揚子江邊的故事

熊家基◆著

【自序】

在我出生不久，日本侵華，中日戰爭開始，隨著父母我們從天津逃到南京；南京吃緊，我們輾轉到了湖北的武漢、松滋，最後到了大後方四川，在四川艱辛地度過了八年抗戰。勝利還鄉才三年，內戰開始，我們又顛沛流離到了廣州；廣州告危，我們不得不隨著國民政府離開大陸，逃到台灣。因此，我的童年可以說是在戰爭中度過。在這段期間，發生了許多可歌可泣的故事，本書正是以一個孩子的所見所聞，將當年周遭發生的事情記錄下來。這些故事都是以事實為根據，雖然有些故事不是直接與我的家庭有關，但為了連貫性，故事的開始及情節主軸都集中在我父母身上並發展下去。書中有許多人物名字略有更改，以免連累他們的後代。

從這一連串的故事中，我們看到了戰爭的恐怖、日本軍閥的殘暴、抗戰時期老百姓生活的艱苦，也反映出封建社會及舊式婚姻的犧牲者、男女愛情的恩怨、人性的善惡、達官富人的奢華、窮人的悲哀、中國人的迷信、大時代的變遷、離鄉背井的痛苦。

十多年前，我把一些在腦海中盤旋的故事講給我的兩位研究生安德魯・法澤卡斯（Andrew Fazekas）及佐伊・齊（Zoe Chee）聽，他們一直建議我把它寫出來。此後斷斷續續地寫了幾篇，又承蒙加國華人報紙專欄作家劉柏松先生及蒙特利爾中華語文學校出版組林鷹郎及石海兩位董事，還有我的弟妹一再鼓勵下，以玩票的性質拖了十多年終告完成。

我感謝我的父母生我、教育我成為一個能夠自立的人，也感謝兩年前過世的妻子敏文她對我這大半生的照顧及鼓勵，還有兩個孝順的兒子邦平、邦安近年來對我的照料，使得我能安心地完成這本書的寫作。

我特別感謝加拿大蒙城中文語言學校程曉明老師，抽出寶貴的時間為本書做校對、林怡君老師的珍貴建議及寫序言、石海董事的電腦技術指導，沒有他們的協助，這本著作難以完成並付梓。

【推薦序】

綺莉思
第二屆金沙書院兩岸散文獎首獎得主

讀完《揚子江邊的故事》，我輕輕闔上書本，遠眺皇家山，不住懷想：揚子江邊究竟是怎樣神奇的一方水土？竟能孕育出這一落令人心神跌宕的大時代傳奇經歷。

《揚子江邊的故事》是作者的童年精華縮影，可謂他前半生珍貴的回憶。作者的父親是國民政府第一屆的立法委員熊東皋先生，於是這部半自傳體又似一部國民政府初期的口述歷史。讀者有幸站在最接近當事者的第一視角，來還原當年對日抗戰的場景。

全書以一種懷舊的筆調在老時光的相簿裡批閱註記，記錄當年孩提時代的作者，從他那單純天真的雙眸映照出的大千世界是何等樣貌。字裡行間處處閃動小男孩的淘氣與純真，有幾則趣味故事，如紙飛機、猴王與小霸王，讀來頗有幾分《湯姆歷險記》的影子，亦閃現作者直率的性格與真摯的情感。

自傳性強的作品往往更吸引我的目光，人們常說：「文學源於生活，但必須高於生活。」這些往事裡的人物形象鮮活，言詞、動作活靈神現，作者回味往事，低迴惆悵之際，讀者亦隨之心生嚮往，更想深入挖掘當年的時代背景與歷史事件。尤其本書大部分的時空聚焦在對日抗戰的歷史線段，每每遙想當年，若拍成電視劇與當代人分享，絕對是一部蕩氣迴腸、扣人心弦、賺人熱淚、膾炙人口的熱播劇！

這些故事從熊家梆（作者父親的故鄉）為主軸開始發展，穿插其他家族人員的背景故事為支線，如作者外婆的媒妁之言，舊社會對三寸金蓮的心結從清末橫跨到民初，因時代背景的切換，竟產生兩種極端的心態反應，讀來不禁令人莞爾一笑。或許年代久遠不可考，或許遙遠的年代都被蒙上一層朦朧的面紗，這些文字迎面襲上時，一陣古樸清香撲鼻而來。

本書說的不外乎是大家庭的興衰跌宕，可是卻紮實反映當時的社會縮影及老百姓最真實的生活心聲。這些故事裡有些就是一套鄉野奇情，例如玉蘭孀這樣的人物，用生命為觀眾實地演示寡婦的悲喜情欲和討生活的頑強勁頭。在〈童年一根針〉的篇章裡，當年人們的善良與包容歷歷在目，在最險峻的年代卻存在最美好的人性，何其有幸！何其令人動容！

以動盪年代為背景的兒女情長總能成就雋永的篇章，例如描寫同志情愛的〈何日君再來〉，其中女間諜顛沛流離的一生可謂真實版的《色戒》。美麗癡情卻遇人不淑的映菊姑姑更令人鼻酸不已！我幾番回味她的一生，既詠且嘆。詠的是她豔驚四座的容貌，嘆的是她悽愴的命運。

作者的父親當年在太行山打游擊戰，為國打日本鬼子，其過程之險峻與驚險，豈是一部精彩的電影所能完全呈現？拍成抗日三部曲的史詩經典大片都不足以道盡其中的二三事。

這些所記所述，我讀來頗有馬奎斯《百年孤寂》的深沉曠遠意味，當作者提筆寫下這些點滴回憶片段時，或許心內也另有一番感受和體會吧？

正所謂「時勢造英雄」，作者成長於兵荒馬亂的困厄年代，看盡大人世界的漂泊起伏、得失榮枯，待繁華褪盡，遂淬鍊出作者對人情世故嫻熟精準的判斷與詮釋。

《揚子江邊的故事》裡的人物都有各自獨特的遭遇，事業的得失、感情的成敗、人生的跌宕，這些情節都是非常獨特卻又具有普遍性，有些甚至有其神祕性與娛樂性。希望讀者們在這些血淚交織的故事裡，不僅僅是發思古之幽情，更能念記人生短促。然歲月長流，在歷史面前，人們應當更謙卑地看待過往事件與珍視前人的足印。

目次

第一章　父親、母親

父親是在西元一九〇一年農曆九月初四出生在湖北省松滋縣熊家椰。熊家在縣裡是一大戶人家，有家產也有聲望，祖先數代都在京城做過官，也操縱了整個鄂西三分之二的棉花產量及市場。父親家有四男一女，父親排行老三，最小的是位妹妹。父親小時在私塾讀書，既打好了深厚的國文基礎，也寫得一筆好字，加上能說善道，交友廣泛，很得鄉人器重，少年老成，十六歲就當上了縣議員。同一年，在父母的安排下與從未見過面的女子完婚，據說她是祖母的遠親。這位過門媳婦人很老實，是個姿色平庸、不識字的舊時代女性，但善於做家事，所以很得婆婆歡心；可是，父親面對她沒有話題好說，也就產生不出什麼感情，覺得生活十分枯燥。

那個時代才子多風流，似乎是一種風尚。在朋友的帶領下，在縣城一座青樓裡，父親認識了一位紅顏知己名叫翠蓮的年輕姑娘。她是一位知情懂禮、善解人意的好女子，而且人如其名，就像一朵蓮花出淤泥而不染，與一般青樓女子很不一樣。父親在知道她淒涼的身世後，對她更生一份憐愛。不久祖母知道父親經常不回家，為了替媳婦出口氣，把父親叫來重重地責難一番，從此父親沒有再去找翠蓮。有一天他心裡很悶，忍不住又去了她那裡，也把這段時間不來她這兒的原因告訴了她。翠蓮含著淚勸父親以後不要再過來，要以家庭及前途為重，更不要為此傷了母子感情。父親聽了她的話很感動，也就再也沒去找她了。據說，許多年後有一位鹽商拿出了一筆鉅款向青樓贖了她的身子，從此嫁為商人婦，總算有了一個不錯的歸宿。

父親十八歲那年在老師的鼓勵下到武漢去讀書。祖母為了兒子的前程，雖然媳婦已有了身孕，還是答應了他。父親智慧過人，經過閉門苦讀半年，通過考試而進入武漢大學法律系。父親在校十分活躍，演話劇，辦刊物，又當上學生會主席。當時國民黨的地方機構開始注意到父親，父親也因此成為一位忠實的黨員。父親一直忙著讀書及課外活動，很少有空返鄉探望家人，只在女兒出生那年回去過一次。大學畢業後父親一直留在武漢工作，親友們只知道他在一所與國民黨政府有關的機構工作，誰也不知道工作的細節，父親也很少向人提起。

二十八歲那年，父親被調到天津鐵路局人事室工作。北國的風情人物，父親很習慣也很欣賞，而有賓至如歸之感，對於遙遠故鄉的懷念也就隨著時間而淡去。父親在法租界租了一間房，房子周圍環境不錯，有圍牆，有花園，尤其是他房間窗前種了幾棵楊柳樹，隨風飄曳，令人陶醉。房東是一對四十多歲的中年夫婦，兒子到國外讀書去了，家裡多了一二間空房就拿來出租，除了賺一點外快，家裡也會熱鬧一些。父親幽默風趣的談吐很討這對夫婦喜歡，父親從此快樂地長住下去。

父親下班後在鐵路局食堂用過晚餐，往往一路散步回家。某天他經過一家照相館，突然眼前一亮，這家照相館櫥窗裡擺了一張幾乎與真人大小無異的少女全身照片，她的美麗與端莊使他呼吸急促，頓時無法將眼睛離開。父親心裡納悶，猜想：這位少女是哪戶有錢人家的閨女？還是電影明星？自那天以後，父親下班總是匆匆吃了飯，便跑去那家照相館窗前報到。

母親祖籍是浙江寧波，但她在天津出生長大，故有北方女子的大家風範及江南女子的秀麗，加之皮膚細白、雙眼皮、挺直的鼻樑、淺褐色的眼珠和五尺四寸半的身高，實具有西洋女子的風采，故她的大半生一直生活在別人的讚美中。外祖父從二十來歲就在北方做綢緞生意，會講一口流利的法語。後來到了故鄉寧波娶了一位本地女子，那就是我的外祖母，他帶了外祖母就定居在天津。母親是長女，下面有三個弟弟和一個妹妹。外祖母有重男輕女的傳統觀念，外祖父人很開明，加上母親長得像他，所以他一直最寵愛母親。外祖父有兩個同父異母的弟弟在做生意，路途遙遠大家不常往來，母親從未見過自己的親祖母，也始終不明白為何父親不留在上海，那麼年輕就到北方來跑生意。外祖父生意做得很成功，經過數年的努力，置了不少產業而致富，住的是大街洋樓，上面住家，下面是店面，請了三位夥計，生意興盛。外祖父做生意信用好，有自己固定的顧客，其中不少是西方人。

由於家境不錯，母親被送進一家教會女子中學讀書，人緣好又長得漂亮，故有許多同學都爭著與她做朋友。其中一位叫沈梅的女同學住在同一條大街，人很開朗爽直，帶點男孩子氣；她的父親是位牙醫，曾留學日本。沈梅是在日本出生，五歲才回到中國，故會一點日語。平時她們一同走路上學，放了學也一起回家，故成了很好的朋友。在回家的路上，經常有些別校的男孩子尾隨在後，都被沈梅一個個地罵跑了。母親人很聰明，但其學校成績除了美術課外，一切平平。她花在看電影上的時間遠超過在家讀書的時間。記得小時候跟母親去看電影，電影還未完她已預測到劇情的結局，沒有字幕的外語片她也會看得津津有味。雖然她不懂片中的語言，但從演員的表情中，她可以想像到他們在講什麼及劇情的發展。

母親天生樂觀，從不與人斤斤計較，也很會做人。記得我們小時候與鄰居孩子打架，母親總是責罰自己的孩子不對，故左右鄰居、親戚朋友甚至家中傭人都與母親相處很好。母親極具同情心，在別人有困難時常常出手相助，但有時也很敏感，往往會擔心自己是否說錯話得罪了人，同時也怕看人臉色。母親每天面帶笑容，有時為了沒想到的事情突然發生而難過一陣子，但第二天會忘得一乾二淨。母親與人聊天或商討事務時總是靜靜地聽別人講，但到了自己該講話及出主意時，往往很有主見，令人心服口服。

那個時代的女孩子，多半不被父母鼓勵多讀書，中學畢業已經足夠了。因此母親沒有念過大學，十八歲不到就畢業待在家裡，經常與好友沈梅去看看電影及逛逛百貨公司，日子過得很是愜意。畢業半年後，沈梅隨父母搬去了北京，日子突然變得很空虛，母親開始勤練書法。外祖母喜歡打牌，母親坐在後面看，偶爾代外祖母摸幾把，久而久之學會了一手好牌藝。

某天母親到茶莊買了一包外祖父喜歡喝的龍井茶，在回家路上，看見前面黃包車上有位男士不斷回頭向她看，母親嚇得加緊腳步趕緊回家，到了家門口才鬆了一口氣。她覺得那黃包車上的男士似乎很面熟，忽然她記起來了：那位是當年默片時代的當紅小生王次龍。一週後有兩位陌生男士來拜訪，外祖父去杭州進貨，由外祖母接見。這二人自稱是某電影公司代表，有某人推薦邀請母親去北京試鏡。外祖母聽了嚇一跳，氣得半死，心想張家是有錢的大富人家，竟有人要她家閨女去做戲子，三兩下就把這兩位陌生人趕了出去。那個時代，老一輩的人往往把藝人看成低三下四的人，在他們的世界裡是沒有地位的。此事讓外祖母非常生氣，都怪外祖父送母親去讀書，學會了一個人在大街亂跑，招來這麼多麻煩。雖然來提親的人一大把，不是母親不願意，就是被外祖父打退堂鼓。

自此以後外祖母幾乎把母親軟禁在家，出去打牌也把母親帶了去才放心。

因為是週日，昨晚又去老李家聊天聊得很遲，因此父親很晚起床。看看手錶都十點半了，趕緊洗刷完畢，打開窗戶想呼吸點新鮮空氣。突然父親眼睛一亮，呆呆將嘴巴張得半開，父親看到柳樹下站著一位穿著黑白洋裝的少女，她似乎斜仰著頭向樹裡打量，想知道周圍的鳥聲從哪兒來，那如仙女般的美好容貌，不就是那家照相館櫥窗裡的淑女嗎？這時少女發現有陌生人看她，低了頭一溜煙地跑了。父親懷疑是在做夢，捏捏自己的臉，才明白是真的。他心跳得厲害，預料這一定是房東家的客人，父親在房裡來回踱了一會方步，趕緊換了一套新衣服，便往房東家客室走去。客室內很熱鬧，房東方太太一見到父親就大叫：「熊先生快進來，我們是三缺一，正預備叫阿華請你過來呢！」父親進入客室，只見裡面坐著兩位中年婦女，一位是瘦瘦的沈太太，一位是胖胖的張太太，很失望地沒見到那位少女，但父親仍然很禮貌地陪著三位婦人聊天。張太太一口寧波話，父親過去有位朋友是寧波人，他也學會不少寧波方言，所以大家談得很投機。就在此時那柳樹下的佳人突然走了進來，方太太忙著問她：「妳覺得阿華的繡花枕頭繡得好嗎？」少女還來不及回答，方太太過來一把抓著她的手說：「過來，這是我們的房客熊先生。」父親趕緊站了起來做了一個日本式的深鞠躬，少女漲紅了臉點了一下頭，就跑到母親張太太身邊坐著。

吃過午餐牌局開始了，只要張太太坐他下家，父親就放牌讓她吃，也不時斜著眼偷看坐在張太太背後的少女。牌局結束張太太是大贏家，笑得合不攏嘴，父親當然是輸家，方太太小贏，於是大家約好週三晚上再來搓八圈。自此以後父親成了幾位婦人的固定牌搭子，父親輸了不少，但贏得張太太的好感。同時父親對自己的婚姻很失望，故從來沒有向人提起自己是已婚之人，事實上十八歲離家後，他已過了十多年單身生活。半年後，張太太覺得父親人很忠厚，於是主動邀請他到家裡打麻將，父親心中暗自高興，覺得時機已到，要做進一步的追求。

又過了兩個月，父親幾乎成了張家常客，即使不打牌也過來陪張太太聊天。張太太聽房東方太太說父親寫得一手好字，年底到了想請父親寫副春聯應應景，父親一口答應。張太太叫女兒阿娥準備紅紙及筆墨，父親瀟灑的書法贏得母女的讚美。父親也打聽到張家大小姐是影后阮玲玉的忠實影迷，剛好那時有部她的電影《戀愛與義務》正在戲院上映，父親想請張家母女去看，張太太猶豫地對父親說：「我要去陳太太家拜壽，你做大哥哥的就帶阿娥去看吧，看完後就麻煩熊大哥送她回來。」父親聽了真是喜出望外，為了給張太太留下好印象，看完電影馬上叫了二部黃包車親自送張家小姐回家。張太太心中還是不大放心，有點後悔怎麼這樣輕易地讓女兒跟一個大男人出去看電影，於是牌也推辭不打了，在陳家坐了一陣子，就趕著回家。想不到剛進家門，女兒就被送回來，心中這時才安定了下來，從此對父親印象更好，也十分放心父親跟她女兒往後的約會。

在我記憶中，第一次見到外祖母，是一位近六十歲的老太太，令我覺得奇怪的是，外祖母的那雙腳比其他我見過的老婆婆要大上許多。我去問了母親，她便告訴我一段有關外祖母的有趣故事。

相傳女人裹小腳始於唐朝，民女楊玉環的母親，為了使女兒長大後能入宮受寵，費盡心計，從小就給女兒纏小腳。等楊玉環十五六歲時，不但相貌出眾，由於小腳又經母親一番調教，走起路來嬌柔嫵媚、婀娜多姿。進宮後，果真把皇帝給迷昏了，玄宗不但把她封為貴妃，並下令全國婦女從此必須纏小腳以為風尚。

這一時髦一傳就是上千年，不知害苦了多少中國婦女，我的外婆便是受害人之一。外婆祖籍是浙江寧波，她的父親是位鹽商，長期出門到內地做買賣，她的母親是位心腸很軟的家庭主婦。外婆有個比她大兩歲的姐姐及一個小她兩歲的妹妹，三個姐妹中她最漂亮。外婆四歲那年，她的母親開始替她裹小腳，她怕痛，經常哭得死去活來，姐姐妹妹都能忍，就是她不行。晚上睡覺往往會痛得發癢、發燒，她的母親不忍見著女兒這般痛苦，於是趁家人都入睡了，便偷偷給女兒解開纏腳布，天亮時再替女兒裹上，她想這樣做，至少可使女兒少受一半的罪。哪知等外婆到十四五歲時，同年的女孩子以及自己的姐姐妹妹都具有一雙標準、時髦的三寸金蓮，外婆卻羞愧自己擁有一雙八寸大板腳。一年又一年，眼見自己的姐姐妹妹及一塊長大的閨房好友們，一個個都出閣了，自己年過雙十仍待在家中沒有婆家。她的父親常責備母親當年給她偷放小腳那件事，親朋好友也到處給她做媒，可是她那雙八寸大金蓮，常常會把人家嚇跑。

冬去春來，又是一年過去，外婆望著窗外盛開的桃花，感慨時光似箭，自己的終身大事卻毫無著落，不覺淚水滾滾流了下來。她用手抹去雙頰的淚珠，看到這半年不見的大姨媽手上挽著一個包包，匆匆從小路趕過來，人還沒進門，卻拉開了大嗓門喊著：「阿妹快開門，阿姐有好消息！」大阿姨氣喘喘地進門來，一把抓著外婆母親的手說：「阿妹啊！妳還記不記得上海鳴發綢緞莊的張大娘嗎？前天我在上海和她一起去看紹興戲，我們聊得愉快極了，大娘問我知不知道哪家有好的大閨女給她的大公子做個媒。張家大公子為張先生前妻所生，一直在天津替他管理那邊的商務，替老頭子賺了不少錢卻耽誤了自己的婚姻，二十六歲了還打著光棍。我看過他的照片，人長得好看，挺鼻樑、長臉兒，張大娘說她兒子希望能娶到一位生性溫順、相貌美麗端莊，年紀在二十歲左右的好人家女兒。阿妹啊！妳看我們的秀蘭不就是最好的人選嗎！」外婆的母親聽了真是緊張又興奮，她想起張家是上海數一數二的大富人家，大爺、大娘雖是有錢人家，卻樂善好施，假如能攀上這門親事，將來女兒不但有了好的公婆，這輩子還可以穿金戴銀做個享盡榮華富貴的闊少奶奶。想到這兒，她高興得連眼淚都流了下來。但過了一陣子，她卻愁眉苦臉地對她姐姐說：「阿姐啊，妳怎麼忘了我們秀蘭的那雙大腳！」大姨媽這才驚覺到，轉過頭來望了一下外婆的那雙大腳，外婆羞得連頭也抬不起來，大姨媽也開始猶豫地說：「真要命！我在張大娘那兒把秀蘭講得如天女下凡，還把秀蘭的半身照片給人家娘看了，她滿意極了，已去信天津叫她的兒子五月中來妳這兒相親呢！現在只有半個月的時間了！」

房中頓時一片寂靜，大姨媽急得直打轉，忽然她停了下來，臉上露出一片喜色，在外婆的母親耳邊咕嚕咕嚕地私語一番，外婆的母親頓時眼睛睜得像個銅鈴那般大地說：「這不行，絕對不行，這不是騙人家嗎？」大姨媽帶著責備的口吻說：「當年是妳的心腸軟讓妳女兒成了大腳姑娘，妳要秀蘭做一輩子老姑婆嗎？」外婆的母親想了好一陣子，無可奈何地說：「好吧！為了女兒只好這樣做了。」

原來大姨媽心生一計，叫外婆的母親用硬布料做一雙三寸長的小腳繡花鞋，纏在外婆平日穿的大板鞋之前端，外婆的腳尖可以踩進那三寸繡花鞋裡，然後把外婆的褲腳加長，蓋過鞋面，只露出那三寸金蓮，外婆可以用腳尖踩著那三寸小繡花鞋輕輕站立或短距離地慢慢步行，不知內幕的人，看了真以為她有一雙標準的三寸金蓮呢！

她們把這計畫告訴了外婆，她起先哭著不願意，認為這是騙人的行為，再者感慨自己空有一張美麗的臉孔，竟要用這種手段去騙婚，更怕的是男方一旦發現了她的大板腳，把人退了回來，今後叫她如何再去見人。大姨媽用她不爛的三寸之舌苦勸她一陣子，又對外婆保證說：「秀蘭啊，一旦妳跟張公子拜了天地，結成了夫妻，妳就是他的人了，哪怕妳是個大痲子、醜八怪，他也不能退了，何況妳生得如桃花般美麗，俗語說『一夜夫妻百日恩』，到時他才捨不得把妳丟了呢！」外婆這才點頭由她們去擺布。大姨媽是經常跑上海的人，也認識不少大官、富豪人家，場面見得多，對人際關係也摸得清清楚楚，為了這外甥女的婚姻，也是絞盡了腦汁，費盡心計。

那年五月十五日，天高氣爽，門前有兩隻喜鵲在桃花樹上又唱又跳，大姨媽看到了滿懷心喜，跑到後房告訴大家這是一個好預兆，想來張、李二家這樁婚事是有點眉目了。

外婆的母親天未亮就來廚房忙著燒幾樣平日拿手的寧波小菜：雪地紅燒黃魚、紅燒烤麩、豆干、毛豆炒肉丁，再配上青蟹、醉雞、醃冬瓜……，堆滿了一桌子。張家大少爺很禮貌地帶了幾件上好的衣料及生果做禮物，很準時地到了。高挑的個兒，英俊瀟灑的相貌，對人更是彬彬有禮，外婆家的人個個見了都喜歡。外婆那天穿著白緞子繡梅花短衫，黑緞子長褲下露出一對令人憐愛的三寸金蓮，靠著大姨媽旁邊坐著。大姨媽喜得合不攏嘴，對張少爺說：「大公子路上辛苦了吧？這就是我的外甥女秀蘭。」張公子很大方地站起來向外婆問好，外婆也扶著椅把慢慢地起來還禮，兩人像觸電似地打了一個正面。當時的張公子，也是我的外公，真不敢相信世間真有像畫上美女一般美麗的女子，心中滿意極了。外婆臉紅得發燒，低了頭為他不凡的儀表心兒跳個不停。

張公子回上海後催著他娘，三天後便派人送上兩擔子的珍貴禮物，外婆的母親喜得一陣又一陣地發暈。大姨媽擔心夜長夢多，沒有幾日就趕到上海催張大娘請人卜個黃道吉日，三個月後外婆終於出閣了。婚後外公對外婆沒有一絲兒抱怨，誠如大姨媽說的，一夜夫妻百日恩，上面的公婆見兒子對媳婦的大板腳沒有一點挑剔，又那般恩愛，也就看開相安無事了。

婚後外公帶了外婆又回到天津繼續做他的綢緞生意。那時辛亥革命成功，國民政府下令全國婦女禁止再綁小腳。外公全家那時住在法租界，外公會講一口流利的法文，來往顧客中洋人不少，外公偶爾也會帶外婆去參加他們舉辦的宴會，同行中的中國商人往往都是隻身出席，覺得帶了小腳老婆出來怕被人見笑。外婆還滿出風頭的，有時會穿上半高跟鞋，換上洋裝，隨外公出席宴會，獲得不少洋人的讚美及驚豔。外婆向外公打趣地說：「老天看你心地好，當年娶了我這大腳姑娘，現在你這老婆卻趕上時髦，出盡風頭了。」

經過數次與張小姐的交往，父親給張太太的印象是忠實、可靠、將來很有前途，所以也就很放心地讓女兒與父親約會。父親在張小姐心中是人很聰明、學識高，脾氣又好。有一天外面下著毛毛雨，張小姐發小姐脾氣叫父親去外面站著，父親乖乖地在雨中待了一個小時，張小姐心中不忍，叫他趕快進來，拿了幾條毛巾及自己父親的外套叫他趕快去澡室換了，免得受涼。

經過一年的交往，父親胸有成竹，與張小姐商量共同的婚姻大事。張小姐對父親說他們寧波人很守舊，第一他必須向她父母親提親，第二要得到她父母住在上海近親的同意才能論婚嫁。父親聽了微微皺眉，他知道寧波人很排外，尤其對湖北人印象不好，所謂「天上九頭鳥，地上湖北老」，在寧波生意人口中經常會聽到，但他認為張太太一定會支持他，張太太的大姐從上海來，現正在張家做客。父親除了陪她摸了幾次牌外，也經常陪她聽戲及逛市場。想來這位大姨媽應該不會反對，比較沒有把握的是張小姐的父親，因為他視張小姐如掌上明珠，希望將來有位乘龍快婿，父親覺得自己條件似乎差了一截，所以父親每次遇到張家男主人便十分膽怯，覺得他冷得怕人，但他不得不去試試。

這一天父親到理髮廳理了一個當時銀幕大情人范倫鐵諾的中分頭，頭上抹了名牌髮油，亮光光的，真還有一點派頭，在家換上西裝皮鞋，便去百貨公司買了大包小包的禮物到張家提親去了。剛好那天是週日，父親已打聽到張先生這天在家。進了客室大門見到張先生居中坐著，右邊雙人靠背紅木椅上坐著張太太，張小姐緊靠在她旁邊，大姨媽坐在左邊，四人正在聊天聊得高興。父親進來打了招呼，在大姨媽右手邊的雕花木椅上彬彬有禮地坐著。大家閒聊了一陣，又品嘗了一點父親帶去的杏仁餅，室內氣氛非常好。父親覺得時機到了，便走到中間向張先生及張太太各人做了一個深鞠躬後，便講明來意。張先生突然臉色變得嚇人，一陣青一陣白地盯著父親說：「熊先生，你不是在開玩笑吧？」張太太插嘴說：「炳文，熊先生人很好，跟阿娥交往很久了，二人很談得來。」張先生聽了更是火冒三丈拍了一下桌子說：「原來你們都背著我，我還以為他只是你們的牌搭子，原來另懷心計！」父親紅著臉低了頭忍著不作聲。張先生又衝著父親不客氣地說：「熊先生你也該想想你哪一點配得上我女兒，這些東西請帶回去吧！」說完轉身就進書房去了。

父親覺得受了侮辱，起身正要走，張小姐卻紅著眼睛跑過來拉住他，室內頓時顯得陰沉可怕。過了一陣子，張太太自言自語地嘀咕了一陣子，便朝著大家說：「讓我去勸勸他。」大約過了一個時辰，張太太走出來在大姨媽那兒耳語了一陣，大姨媽站了起來便匆匆向書房走去。半個小時後，大姨媽跟張先生走了出來，各回原位坐著，張先生已不像剛才那麼激動，對著父親說：「熊先生，大家都講了你一大堆好話，我也不願多講，這要看看大姨媽的意思如何？」說完便朝大姨媽那兒看了一眼。大姨媽人很斯文，講起話來也是慢條斯理：「炳文，雖然我認識熊先生不久，但看得出來他是很有責任感的人，他會好好照護阿娥的。」說完後笑笑瞇瞇地望著父親。父親趕緊站了起來向大姨媽一邊鞠躬一邊不停地說謝謝，室內又恢復到喜悅的氣氛。

大約過了半年，張太太也就是我的外祖母選了一個黃道吉日來辦婚禮，父親的幾位結拜兄弟也夠義氣，紛紛出錢又出力。婚禮是在喜來春大飯店舉行，席開三十桌，女方客人竟占了二十六席，外祖父、外祖母唯一感到遺憾的是住在上海的親戚反對這門親事，除了大姨媽一家人外，統統都不出席婚禮。女方客人中不少是寧波同鄉及一些商界名流。當司儀宣布新郎新娘進場，樂隊奏起了〈結婚進行曲〉，母親披著婚紗像仙女般地挽著身穿燕尾禮服的父親的手，微低了頭進場。當時聽到客人中一陣喧譁，因為有許多客人是沒見過母親的，她的美麗蓋不住他們的驚奇。

外祖父在商界頗有聲望，也是愛面子的人，私下也就幫助不少女兒的婚宴。除了海參、魚翅等十道主菜，外加中西二式甜點、名酒。客人雖然吃得津津有味，但對這門親事都帶有一些惋惜與不平，認為父親遠配不上母親，在新郎、新娘到每桌敬謝酒時更是鬧哄哄地一片私語。有一位不知名的女客人在敬酒的隔桌上竟故意大聲說：「張太太摸牌摸糊塗了，竟把一朵鮮花插在牛糞上。」接著引起其他客人哈哈大笑。父親聽到雖很不是滋味，但也只有忍了。

客人中多半是送禮金的，尤其是女方客人不少送了重禮。外祖父雖在酒席上花費不少，但愛女心切，怕女兒嫁出去會吃苦，便把禮金全給了女兒。心想起碼這一兩年，他可以不必操心了。

第二章　婚後

父親在天津市郊區租了一幢老房子，除了中間有一大廳外，右邊是一大臥房，左邊是一書房，後面有傭人房及廚房，房子前面有個大院子，側面有一口古井及一棵百年大柳樹。婚後生活還算美滿，小倆口有時去看看電影，有時則是去朋友家摸摸小牌，父親是吃客也很會燒菜，於是母親除了燒寧波菜外也學了不少湖北菜，久而久之青出於藍而勝於藍。父親每天按時上下班，母親除了做家事外，偶爾也請幾位老同學來家小坐聊天，或上上小館，日子還算過得很愜意。有一天母親接到沈梅的來信，信中報導她已考取南開大學文學系，不久會回來天津跟大家見面。母親有一年多沒見到她了，由於沈梅母親盲腸開刀，所以她沒有來參加婚禮。母親心中十分高興，隨手翻出過去一起照的照片，學生時代的生活實在太美了，心中微微後悔為什麼自己要急著結婚，不然就可以像沈梅一樣，重新回到學生生活，想著想著直到有人敲門才清醒過來。開了門看到下班回來的父親，手上提著一條活生生的青魚跟一包肥豬肉，笑笑瞇瞇地對母親說今天加了薪，所以要親自下廚做家鄉的名菜「魚糕」給母親吃。母親聽了十分興奮，順手把一張照片遞給父親看。這一看可不得了，父親的臉由白轉青，怒氣沖沖地把面前一張桌子推翻，口中罵著粗話，原來照片上是母親跟一位身著西裝、短髮中分頭的翩翩美男子的半身合照，母親見他這般發怒，也嚇了一跳，心想原來嫁的人也是個紙包不住的臭脾氣，當時追求她時那種好脾氣原來是裝出來的。母親等他氣消一點，便走上去撿起地上的照片，拍拍父親的肩膀說：「老頭子，你是否老眼昏花了，看清楚一點，這是沈梅呢！」父親雖沒見過沈梅本人，但也看過她的照片，於是奪過照片仔細端詳，發現那嘴邊的一顆美人痣加上濃濃的黑眉，這才知道自己發錯了脾氣。母親假裝生氣不理他，父親便泡了一杯香片茶給母親陪不是，回到廚房做了一頓豐富的晚餐，又百般有耐心地教母親如何做魚糕，剛才那股怒氣早已雲消霧散。在這段日子裡，父親雖經常小發脾氣，但母親並不會搭理他，所以生活還算過得平安。

此時天津市忽然出現了奇怪的現象，每臨黃昏時刻，在大街上可以看到許多長得標緻、穿著日本和服的年輕日本女郎，她們坐了黃包車逛街，但大約兩三個月後，這批女郎卻全部失蹤了。不久又來了一批年輕女郎，同樣的每三四個月又更新了一批。有人傳說這是日本來的妓女，但一般來說氣質都不差，令人懷疑的是這些日本姑娘為什麼不留在日本，卻跑到這麼遠的地方來做賣身生意。

有一天沈梅沒課便約母親去看電影，散場後便在路邊買了一包糖炒栗子，邊走邊聊吃栗子，彷彿又回中學時代的快樂時光。母親好奇地問她有沒有要好的男朋友，沈梅嘆口氣說男孩子見了她就跑，哪有什麼男朋友。曾經有一位同班姓陳的同學約她去郊外野餐一次，後來就沒有下文，有位女同學告訴她，那姓陳的男孩子說她缺少女孩子的溫柔，不久追上了另一位外系的女孩子。母親打趣地對她說：「妳應該學學剛才電影中的阮玲玉，那般溫柔且楚楚可憐的樣子。」沈梅聽了大笑說：「打死我也學不會！」兩人正笑得前仰後倒，忽然看到路邊有一位穿著日本和服的年輕女郎，臉色蒼白地靠在牆角彎腰嘔吐，像是病得厲害。沈梅小時在日本住過，母親又是在日本長大的華裔，於是跑過去用日語問她是不是病了，她可以送她去醫院。那日本女郎用著驚奇的眼光看了沈梅一眼，搖搖頭說這是老毛病，沒有關係，她就住在對街後面的巷子裡，說完後又彎腰想吐。沈梅扶著她堅持要送她回家，母親看看手錶，時間不早，又想到父親今天出門忘記帶大門鑰匙，便向沈梅說她必須馬上趕回家，便離開了。

大約過了三週，沈梅下了課又來找母親聊天，手上拿了一包點心，母親說：「老同學還這麼客氣做什麼！」沈梅說：「不是我送給妳的，是有位人士送給妳的，妳猜猜看是誰？」母親猜了老半天也猜不出來，沈梅笑著說：「夠了，妳還記得那天看完電影後，在路上遇到的日本女子嗎？」母親說：「記得，我正想問妳，妳送她回家後情況怎樣？」於是沈梅告訴母親，在母親離開她們後，她就扶著那日本女子穿過大街走到一個長巷，大約過了七八戶就到了她家。開門的是位五十來歲的婦人，這婦人馬上上前扶著她，用日語埋怨說：「上月份叫妳回日本不肯，現在給我找麻煩，這位小姐是誰？」年輕的日本女子告訴婦人，她在路上病得厲害，這位好心的小姐扶她回來的，她還會說日本話。婦人聽了一直笑著向沈梅鞠躬道謝，並堅持請沈梅進屋坐坐。房子不大，有三間房鋪的是榻榻米。沈梅伸頭望望另間房也有兩位年輕女郎正在更衣化妝，婦人聊了幾句，便到她們房間幫忙她們梳髮。沈梅問那日本女郎：「那婦人是妳媽媽嗎？」女郎從抽屜裡翻出一張照片，指著那對中年夫婦說是她的父母，一個十五六歲的男孩是她的弟弟，那位婦人是照顧她們幾位住在這兒的保姆。沈梅看看她父母照片，覺得他們也是很有教養，心中起了不少疑問，於是站起身準備告別。女郎要求她留下地址，改日定去拜訪，沈梅說她住在學校宿舍裡怕不方便。女郎一直要求，她只好留下宿舍號碼走了，回到宿舍她一直覺得這位日本女子的身世奇怪。

第二天剛好沈梅的父親從北京趕來看她，於是她便把昨天遇到那日本女郎的事告訴了父親。她父親想了一下便對她說這是日本人的政策，為了改造人種，於是送了一批批少女到中國來做人體買賣，一旦懷了身孕便送回日本。因為中國北方人種高大，在中國北方好幾個都市都有此種現象。送來的女子很多都是出生在好人家，為了配合政府政策自願來的。沈梅聽了伸伸舌頭，覺得小日本野心可不小。三天前沈梅下了課正跨進宿舍大門，看到那日本女郎手上提了一個布包似乎在等她。那女郎見到沈梅高興地走上來做一連串的鞠躬，說謝謝沈梅那天的照顧，於是從布包包裡掏出一盒日本甜點麻糬，另外又拿出一個小紙袋裡面裝了四隻紅紅綠綠的麻糬，說是要送給母親的。沈梅說：「妳太客氣了，身體好些了嗎？」女郎點點頭，沉默了一陣便對沈梅說她明天就要回日本了，以後不會再回來，特別趕來向她告別。女郎走後，沈梅這才領悟那天女郎一直嘔吐想必是懷了身孕，她的任務已完成，所以現在要回日本去了。母親聽了沈梅的話有一種說不出來的感慨。

大哥是在民國二十一年十二月出生，最興奮的是外祖母，因為生的是個男孩，於是她便給大哥取了一個小名叫寶寶。大哥五官清秀但皮膚較黑，頗令父親失望，因為父親自己不白，老是盼望自己的孩子都能遺傳到母親的白皮膚。大哥身體健康，很少生病，精力好，每天又跑又跳。一年後母親又懷了二哥，母親就經常把大哥送到外祖母那兒住幾天，讓自己輕鬆一下，久而久之大哥與外祖母產生了濃厚的感情。

二哥的來臨，給父親帶來無限喜悅，因為二哥遺傳到母親身上所有的優點，加上頭上長著三叢桃花尖的黑髮，像極了年畫上的小男孩。有時母親抱著他逛街，路上行人會主動停下來逗他，都說從沒見過這麼漂亮又可愛的小孩。別人的讚美更是加深父親對二哥的喜愛，下了班總是匆匆趕回家抱孩子。有一天女傭李媽抱著六個月大的二哥在大門外閒晃，忽然走來一位身穿黑袍留著長鬍鬚的老道士問李媽說：「大嫂請問這孩子的媽在嗎？」李媽見他溫和有禮又帶仙氣，便把母親請了出來。道士向母親合掌行了一個禮便說：「夫人恕我直言，你這孩兒乃是天上皇母娘娘身邊抱花瓶之花童，是背著娘娘投胎人間，娘娘要在某月某日某時刻把他收回去。」母親聽了一頭霧水，道士接著又說：「夫人生性善良，能逢凶化吉，將來有三個兒子，其中有一個為貴子。」說完又向母親拜了一下，飄飄然而去。母親要給道士香火錢，他搖搖頭不收。道士走後母親百思不得其解，心想這是不可能的事。父親回來後，母親把道士的話告訴了他，父親笑笑勸她不要太迷信了。

不久某天李媽把二哥放在走廊上的小圍椅子上坐著玩，自己走進房拿水瓶。忽然聽到噗通一聲，李媽趕緊跑出來，發現椅子翻了，二哥躺在椅子旁邊動也不動，李媽嚇得嚎啕大哭。母親聽到哭聲跑出來，見到這情況也緊張得手足無措。只見二哥閉著眼睛還有呼吸，頭上、身上竟毫無傷痕，母親叫了一部車子趕緊跑到吳內料診所。吳醫生診斷結論是孩子受了驚嚇，通常要一段時間才醒得過來，回家好好守著他，明晨如果還不醒來就趕快送醫院。二哥一直沒有醒過來，在停止呼吸時，竟面如桃花嘴帶微笑。母親看看日曆和時辰，嚇得一身冷汗，這時辰、日期正與道士所說完全吻合。

二哥的去世帶給父親無限的悲傷，母親雖然喪子心痛，但那道士所言一直在腦海中盤桓而不得其解。之後奇怪的事又緊接著發生。二哥去世的三天後，每到三更半夜，母親總是會聽到從古井那邊傳來陣陣婦人悲傷的哭聲，一連幾天皆如此。母親叫父親一塊兒去看看，但每次略接近古井邊，聲音就停了，到井邊四周看看也見不到什麼。大門裡面是好好上鎖的，母親嚇得回娘家住了一陣子，這哭聲大約一個月後才消失。

一年過去，母親又有了身孕，一九三五年農曆三月二十三日，母親生下了我。我剛生下時，母親、父親都嚇了一跳，以為是二哥又來投胎，因為兩人長得太像了。做嬰兒時我是長得又白又胖，所以小名叫胖胖。父親把他所有的愛都放在我身上，這可能與二哥的早逝有關。總之，父親對我的愛令我無法忘懷，同時他也是影響我這一生最大的人。

早在一九三一年，日本帝國藉口有日本人在華失蹤，九月十八日發起了柳條溝事變以作為侵華的前奏曲。此時中國在北方的局勢已經很不穩定，中國共產黨向以潛伏組織戰起家，這也是一九四八年他們打垮了國民黨，成功統治了中國大陸的主要因素。在這個動亂的時代，共產黨加強了地下潛伏工作，加上日本漢奸的背面挑唆，各地的鬧學潮、罷工紛紛而起。一九三六年天津鐵路局一帶，成千工人在鐵路局前示威罷工，要把鐵路局打爛，整個南北交通頓時停頓，造成當時社會很大的恐慌。就在這個時候，父親冒著生命危險出來向工人們講話，他的沉著及勇敢，使得工人在喊打的喧鬧聲中逐漸沉靜下來。父親向以金舌頭、腦筋轉得快著名，是天生的演說家。他先以同情的態度使工人覺得他是站在他們那一邊，然後以國家目前的局勢道出日本侵華的陰謀，中國的內亂有助於他們達到侵略目的，為了不做亡國奴，他勸大家要相忍為國。他這番真誠的演說感動了這群工人，次日南北鐵路又開始通車了。

這一場驚動中國南北的大新聞，不久傳到南京的國民政府，當時中國的情報機構中統頭子徐恩曾先生，立即發電報去天津招回父親準備好好重用他，父親的一生從此起了極大的變化。

在一九三六年的七月，父親因為工作調遷的關係，準備舉家遷到南京，那時母親剛懷了毛弟，外祖父母知道了，很怕女兒帶孩子太辛苦，同時又很疼大孫子，於是建議把大哥留在他們身邊，等孩子生下來後，外祖父再把大哥送回南京來，父親也點頭同意了，想不到這一別就是整整八年。

第三章　南遷

京滬鐵路的火車上載了滿滿的乘客，此時北方局勢已不穩定，中日戰爭隨時會爆發，導致人心惶惶，許多人紛紛把家遷往南方。那個時代的火車又舊又慢，加上中間有許多站要停，需要好幾天的路程才能到達南京。母親臉朝著窗外，雖然離開出生長大的地方及親人，心中有無限的感慨與惆悵，但江南美麗的景色，優雅的農莊、池塘減輕了她的悲傷。母親見到一大片一大片綠色稻田，好奇回過頭向父親說：「真想不到南方人這麼喜歡吃韭菜，這麼多韭菜可怎麼吃得完？」父親聽了哈哈大笑說：「小土包子，這是農夫種的稻秧子，大米就是它們成熟後結的種子。」母親聽了自己也忍不住笑了起來。

初到南京一切都感到新鮮，也減輕了初來的陌生及寂寞。南京也是歷史古蹟之地，有許多東西可看，但母親仍然很懷念北方人的豪爽、做生意人的禮貌及愛吃的食物，如天津青蘿蔔、煎螞蚱。那時父親在城裡暫時租了二房一廳作為安居之處，房東姓譚在南京夫子廟附近開了一間小小茶莊。譚老闆不大講話，是老老實實的生意人。老闆娘很能幹，精打細算，月底前一天就來催房租，但古道熱腸，母親有什麼事拜託她，她一定幫忙。他們膝下只有一個十二歲的女兒名叫小娟，圓圓的臉、圓圓的鼻頭加上一雙大眼睛，見人就笑，嘴巴很甜，很討母親喜歡，她常常跑來陪我玩。有時晚上母親要跟父親出去應酬，就會把我交給小娟及老闆娘照應，母親回來時不是買包糖果給小娟就是塞給她一點零用錢，她非常高興，每兩三天就跑來問母親：「阿姨妳今天晚上出不出去？」譚老闆家還住了一位學徒名叫阿劉，十七歲，父母早亡，是由他大姐帶大，後來大姐嫁到湖北去了，故十三歲他就被送到茶莊當學徒；人長得壯壯的，十分勤勞，在家時也是幫忙老闆娘拖地做家事，譚氏夫婦把他當兒子看待，準備等小娟大了，收他做女婿，故譚老闆出外地採貨總是帶他去，店裡則留給跟隨他多年的老管家李爺照料。譚老闆在家時會教阿劉讀書、練字……

父親善於交際，不久後便在工作單位認識了不少朋友，其中來往最深的是一對年輕的情侶程健松先生及王義芝女士，據說女方比男方大八歲，不是很漂亮但長得年輕、清爽。王義芝祖籍四川，早年留學蘇聯，為人豪爽，敢做敢為，口才一流，學識豐富，在男士群中大談政治毫不遜色，令人心服口服——這也是她最吸引程健松先生的地方。她為人浪漫又很新潮，生了四個孩子，據說都是跟不同的男人所生。程健松陝西人，長相端正，長臉兒，天生一對桃花眼，右頰有一長酒窩，乃一美男子。王很欣賞母親做的麵食，三五天便會到家裡做客，父親、母親生性好客，不久大家就成了最好的朋友。我那時才一歲多生得白胖可愛，王堅持要收為乾兒子，就這樣由朋友又變成了親家。

一九三七年日本出兵侵略霸占了東北，逐漸向南下進攻，當時中國在蔣主席的領導下宣誓抗日，八年抗戰正式開始。不久中國北方已淪落在日本軍閥的鐵蹄下，此時父親接到上司命令潛伏到敵區河南太行山打游擊戰，把母親留在南京，離去時囑咐母親：「如果時局緊張先到武漢仲良二叔家小住，再輾往湖北松滋老家么弟那兒暫避。」

在日本有計畫的侵略下，日軍遂漸逼近南京，國民政府已向四川一帶遷移，乾爹程健松與王義芝也準備把家搬往四川。他們安排了母親及我上了開往武漢的火車，在車上母親感到惶恐而緊張，她懷了毛弟及帶著年幼的我將往陌生的地方去投奔一位從未會面的遠方親戚，是否被親戚接受心中也未有定數，想著淪陷在天津的父母、兄弟及孩子不知怎樣了，在前線向日作戰的丈夫也生死不明，淚水不覺滾滾而下。

三天之後火車終於到達武昌，車站上人頭濟濟，母親牽著我拖了行李從人群中擠了出來，好不容易叫到一輛黃包車，按著父親留下之地址，在一長巷中終於來到仲良二叔家。二叔的家是所灰色的老房子，母親敲了一陣門，「呀」的一聲大門開了，出來的是位矮胖卻長得雪白乾淨的中年婦人，圓圓的臉上掛著一副金絲眼鏡，驚奇地望著母親。母親先開口說：「妳一定是仲良二嬸了。」婦人驚悟過來望了我們一眼對母親說：「妳是東臯侄媳吧？進來，快進來到裡面歇歇，東臯前陣子來過信，託你二叔照護你們母子呢！」母親在正堂上的靠椅上坐了下來，脫掉外套對二嬸說：「武昌比南京真熱得多了」二嬸點了下頭向母親身上掃描一下，睜大了眼睛輕輕地問母親說：「三侄媳，妳是否又懷了身子了？」母親點頭說是的，並告訴她已經有七個月了。二嬸皺了一下眉頭說要去拿餅乾給我吃，便轉身進了房裡。

仲良二叔是父親的一位堂叔，也是父親在私塾裡的啟蒙老師，中等個兒，長相清秀，標準書生型；原配夫人早逝未留下兒女，二叔後在妓院中贖了一位紅妓秋圓為妻，夫妻情感深厚，二叔也就不再踏入風月場所。秋圓婚後一年生了一個男孩取名映飛，不幸就在男孩出生那天因難產流血過多而過世。孩子的命是被救了回來，但全身皮膚潰爛，醫生說孩子在母親肚裡做胎兒時已感染了梅毒菌，好在眼睛未感染到，否則就成了瞎子。二爺爺聽了更是心神憔悴，孩子留院住了數月，又請了一位奶媽細心照料，孩子的皮膚終算復原了。那時仲良爺爺才四十多歲，除了生活需人照料，也頗寂寞，但他很癡情，始終忘不了秋圓，這樣拖了十多年，在親友的勸說下終於娶了一位在小學教書的老小姐曾桂平為妻。她曾是一位虔誠的佛教徒，人很迷信，原本打算出家為尼，但為了接濟家鄉之父母故一直留在學校教書。這位二奶奶在前年出閣時已近四十歲了，次年也生了一個兒子取名映皓，於是便離開了教職，在家相夫教子。

不久二奶奶用碟子裝了些餅乾走了出來，叫我們先吃一點填填肚子，並對母親說：「妳二叔跟我大兒子馬上要回來了，趁小的還在睡午覺，我就去燒飯，妳坐坐。」母親向四周望望，大廳正中靠牆有一長桌，上面放著白瓷觀音菩薩，菩薩前面供有水果及香爐，牆的右角地上也放有土地神泥像，前面也置有香爐。不久聽到有人急速敲門，二奶奶聽到喊了一聲：「三媳麻煩妳開開門，是我家老大回來了，我這兒放不下手呢！」母親應了一聲便急著去開門，我也跟著後面追去。門才半開，已聽到外面抱怨：「怎麼要這麼久？」開了門站在面前是一位十五六歲背了書包穿著黑學生制服的男孩子，人很瘦，但長得很性格，也有點小帥氣，他睜著眼睛望母親。母親笑笑對他說：「你是映飛吧？」男孩驚疑地點點頭，母親接著說：「我是你東皋三哥的妻子，三嫂。」男孩「啊」了一聲低了頭跑進自己房間去了。不久二奶奶把燒好了的四菜一湯端了出來放在廳裡方桌上，母親急著去幫忙放碗筷。就在此時有人輕輕敲門，母親正要去開門，二奶奶搶先一步說：「三媳讓我來，別傷了身子，是妳二叔回來了。」二奶去了好一陣子，母親不清楚地聽到外面嘰嘰咕咕的聲音，終於二奶紅著臉勉強帶著笑容跟著二爺爺進來了，母親心中已料到事情可能不大妙。二爺見了母親忙請母親坐下，很慈祥地問了一些父親的近況及南京的生活及時局。吃飯時二奶奶在餵他一歲大孩子吃燒爛的菜飯，二爺爺不斷地夾菜給我及母親吃。吃完飯二爺爺抱了小兒子進臥房休息去了，二奶奶在廚房洗碗，映飛叔已不像先前那麼害羞，一直用紙摺飛機、青蛙陪我玩。母親問了他許多話，他都答了，他說他喜歡音樂及看電影。母親跟他聊了許多電影，他如數家珍，真是無一不知。這時才看到他臉上的笑容，他也覺得好不容易遇到一位知音及他喜歡的人。這時二奶奶走了出來笑著對母親說：「我們映飛是誰都不理，跟三媳倒是有緣呢！」映飛看到二奶奶出來，不高興地轉身又回房裡去了，母親已體會出他們母子相處並不很好。

二奶奶拖了一把椅子挨近母親坐下，握著母親的手輕言細語地說：「三媳我有話跟妳說，妳是明理的人，千萬不可誤會。妳遙遠而來，我們應該照護妳的，家裡實在太小，就只有這麼幾間房，廳裡供有菩薩，加之妳又懷了孩子，打地鋪也不方便。妳二叔有一位鄉親在前面四條街開了一家來福旅社，老闆娘也是念佛的，一會妳二叔會送妳們過去，也會託他們照護妳。旅社裡有食堂，妳們三餐都不成問題，收費也公道，張家老闆娘燒得一手好素菜，三媳妳看怎樣？」母親聽了先是一片落空的感覺，但想到二奶要煮飯帶孩子，也確實不能再為了自己麻煩人家，便回二奶說：「二嬸我知道了。」說著眼圈也紅了起來，便趕緊站起來去收拾行李。

旅社的房間雖然舊一點，但打掃得很乾淨，也頗寬敞。張老闆夫婦知道母親娘家也姓張，於是更來得親熱，老闆娘經常煮蓮子湯及銀耳給母親進補，母親也會做人總是回敬一些小禮物，因此大家相處很好。張家老闆娘大母親五歲，便稱呼母親為妹子，母親稱他們為張大哥、張大姐。旅社住的客人多為過路之生意人，夫婦倆也是從早忙到晚，賺的是辛苦錢。二爺及二奶也來看望過母親一兩次，倒是映飛經常放了學跑來找母親聊天。一天他氣沖沖地跑來，母親問他有什麼事不開心，他說昨天他回家遇到鄰居的大女兒袁小佩，於是在外面聊了很久並約她週日去看電影，想不到他二媽躲在大門裡偷聽並告訴了他爹，後來被他爹教訓了他一頓並處罰他不准吃晚飯。二娘假惺惺地還溜到他房裡塞給他兩個芝麻餅，他生氣地把它摔在地上。母親安慰他說：「你爹娘也是為你好，現在專心讀書，長大後娶個大美女。」映飛這才有了笑容並對母親說：「三哥有命，大美女都被他搶了，我到哪兒去找？」母親在他頭頂拍了一下說：「別說傻話，快回家去，遲了你爹又要生氣了！」他這才背了書包拔腿就跑。

毛弟在一九三七年九月在武昌一家醫院出生，生下來九磅半，母子平安。二奶奶也燒了雞湯來看望過一次。在醫院住了一陣子，又回到來福旅社，張老闆娘更是招呼母親無微不至，不是煮豬肝湯就是燒母親喜歡吃的蔥燒鯽魚。母親有次感激地流著淚對她說：「大姐妳對我們母子這麼好，將來不知怎麼報答才好。」張老闆娘用手絹替母親擦乾了眼淚說：「妹子，我哪盼望妳將來報答呢，我沒有兄弟姐妹，也無一男半女，觀音菩薩給我帶來妳這麼一位好妹子，是我的福氣呢。」

時光過得很快，轉眼在武昌已住了近半年了，有天母親牽著我到市場去買點好吃的綠豆糕、芝麻酥給二爺過壽。正準備進店鋪時，聽到背後有人叫：「阿姨！」母親轉過身望望，看見路邊有一年輕人擺了地攤在賣文旦，她再仔細看看忍不住地驚叫起來：「你不是譚老闆家的阿劉嗎？你怎麼也會跑到這兒來？」阿劉被母親這麼一問，百感交集地低頭哭了起來……

原來在母親及我在離開南京不到三個月，日軍已攻下了南京。由於南京是首都，加之這一占領南京的仗打得很辛苦，殘暴的日本軍閥像瘋狗似地殺害了成千上萬的中國無辜老百姓，婦女、幼童、老人一個都不放過，造成了歷史上最血淋淋的一頁：南京大屠殺。就在日軍進城那天，譚老闆慌張地把店上了鎖，帶了阿劉跑到家中躲著，晚上也不敢開燈，只聽到外面陣陣機關槍掃射聲及哭聲、喊救命聲，一家人嚇得冷汗直冒。家中有一地窖，於是帶了些水及食物大家躲了進去。過了好幾天，譚老闆覺得這樣不是辦法，遲早日本兵會來搜索，還是趁早逃得好。他對譚老闆娘說：「過去每次出去採貨很照應西岸碼頭上的趙三爺，他有條漁船，我們可以送點錢給他，求他幫忙逃命。」老闆娘說：「往哪兒逃呢？」譚老闆說他母親家有位遠親在江西南昌開窯瓷場，去了他那兒再說。譚老闆說完猶豫起來，錢都放在店裡保險箱裡，他必須去拿。老闆娘說太危險了，建議叫阿劉陪去，她才放下心。

兩人在後門偷偷張望一陣，看不到什麼日本兵這才溜了出去。一路上躲躲藏藏費了好幾個鐘頭才到達店裡。到了店，大門的鎖已被撬開，店裡一片零亂，滿地散的是茶葉、茶罐，保險箱也被人背走了。譚老闆失望地帶了阿劉立刻往回家路上跑，但又怕被日本大兵抓到，偷偷摸摸地又費了許多時辰才摸進家裡後面的巷子。走了一陣，譚老闆忽然往後退了一步停住，他發現他家的後門敞開著，知道事情不妙，他與阿劉向四周望望無人，於是溜進後園，進了柴房一看地窖的蓋子也開了，裡面黑黝黝的沒有人，譚老闆急得顧不了一切直往大廳跑。阿劉向後園探望一陣，也跟著後面趕過去。剛走進大廳，阿劉見到譚老闆倒在大廳進口處臉色發青地在嘔吐，他再向廳裡一望，自己也嚇得幾乎暈倒，老闆娘與小娟全身一絲不掛動也不動地躺在地上，滿地流著鮮血，想來是被日本大兵強暴後再用刺刀殺死，可憐的老闆娘肚皮裡的腸子也被刺了出來。譚老闆吐了一陣，靠在牆角上氣喘地哭了起來。這時阿劉聽到樓上閣樓有走動聲，趕緊跑來用手捂住譚老闆的嘴巴。就在此時見到一個日本大兵在樓梯上挾著老闆娘藏在閣樓裡的首飾箱往下走，當他看到樓下有人，驚慌地摔了首飾箱，正預備拔槍時，阿劉隨手抓了一把椅子向他扔了過去，正中日本鬼子腦袋，他狼狽地抱著頭從上面滾了下來。阿劉立刻跑去，壓在他身上用手拚了命似地捏住他的脖子。這時譚老闆也跑來幫忙，用腳踩住他的手，不一會日本兵瞪著雙眼動也不動地被捏死了。阿劉這才慌了跟譚老闆說：「趕快跑，給其他日本鬼子發現了不得了！」譚老闆望著妻子及女兒的屍體說他不能離開她們。阿劉急著對譚老闆說：「人都死了，你留著有什麼用？」於是拖了譚老闆向後街跑，預備到李爺家去躲躲。

他們穿了七八條巷子，正準備過大街，忽然聽到後面有吹哨子聲，接著轟轟地開來三輛載滿中國人的大卡車，最後一輛車上跳下兩個日本兵舉著槍向他們跑來，口中罵著日本粗話。阿劉及譚老闆知道跑不了，只好站著不動，日本兵抓住他們的衣領推他們上了最後一部卡車，然後自己上車壓陣，阿劉及譚老闆望望車上是清一色的年紀不太老的男人，大半人的手都被綁了起來，只有他們幾個後來被抓來的沒有被綁。車子繼續向西部曠郊開，經過一片樹林來到一小山丘，翻過山丘，是一大片荒地，這時可聽到零星幾下槍聲。阿劉知道情況不妙，心中已開始計畫怎麼逃。不久這三部卡車在一大土坑前面前停了下來，頭一輛車被綁著手的中國人被帶到土坑邊緣站著，然後日本兵用槍把子向每個人後腳彎子重重一打，再用腳把他們一個個踹進深坑裡。後面的人看到開始驚叫，有些人開始跑，但手被綁跑不遠，又被抓了回去，因此秩序大亂。阿劉車上的日本兵也跑到前面幫忙抓人，阿劉在譚老闆耳邊輕輕叫了一聲：「快跳車！」接著自己先跳了下去向枯草叢方向跑，譚老闆及少數手未綁的中國人也跟著跳下來。不久日本兵發現了，趕過來向這群人開槍，阿劉拚了命向前跑，陸續聽到有人被子彈打中「哦」一聲倒地的聲音。這樣跑了不知多久，阿劉已感到筋疲力盡，躺在枯黃的蘆葦叢裡動也不能動。這時槍聲聽不到了，過了一陣子又聽到卡車離去的聲音。天已漸漸灰暗下來，阿劉在蘆草叢中伸出頭望望四周無人，他擔心譚老闆不知怎樣了，於是向原路彎了腰跑了過去，見到路邊躺著十來個人的屍體，他心裡開始發慌。他蹲下來一個個看，終於找到身上一片血跡的譚老闆，他抱著老闆冰涼的身體，情不自禁地哭了起來。忽然他聽到遠遠傳來一陣陣犬聲，他放下譚老闆，又跑回蘆草叢躲了一會。他在過去隨譚老闆出門採貨常經過這山丘下之樹林，穿過樹林大約走一個小時多路程，就到西岸江邊趙三爺的家。於是他帶著疲憊的身體在寒夜中向樹林那邊跑了過去。

趙三爺用漁船把阿劉送出了南京，也給了他一些乾糧。阿劉勸他不要回去，一塊兒去武漢。三爺說他已七十來歲，孤老一人，生死對他已不重要，要死也要死在自己故鄉，便道別而去。阿劉走了幾天旱路，晚上借宿寺廟，也沿途替客船拉縴，輾轉兩個多月，終於來到武昌找到姐姐。姐姐有兩個年幼的孩子，姐夫在一家貿易公司做工友，姐姐也在家縫縫布鞋賺點外快，全家擠在一間房裡，他只好在房外走道上搭了一個睡鋪。他不願增加姐夫姐姐的負擔，湊了一點錢到市場賣水果過活……

母親聽完阿劉的話，使她想起那活潑可愛的小娟、精明能幹的譚太，及忠厚本分的譚老闆，想不到他們會那麼淒慘地死在日本鬼子的手下，不覺傷心得眼淚直流。過了一陣子，母親拿出兩塊銀元給阿劉，說她今天要去二叔家拜壽，請他包兩個文旦、六個柿子。阿劉說：「阿姨妳給得太多了，一個銀元都用不了。」母親堅持要他收下，臨走時並告訴了阿劉她旅社地址，叫他有困難來找她。

過了一週，母親又帶了一些錢到市場去找阿劉，想叫他姐姐縫雙牡丹繡花鞋給旅社張大姐，來到市場竟找不到阿劉。原來的地盤竟換了一個賣對聯的中年人，母親問他阿劉去了哪裡，他說他不清楚，可問問賣糖炒栗子的王老。王老說兩天前市裡招募新兵，他投軍去了。母親「啊」了一聲，心中浮起無限感慨。

父親斷斷續續也有信來，勸母親早早離開武漢去松滋故鄉，日本軍閥已有計畫向兩湖進攻，二爺爺也有同感。那時毛弟已近半歲多了，於是母親寫了一封信給父親的么弟告訴他下月底將乘輪船先到宜昌，然後再到松滋見面。

在離開武漢那天，二爺、映飛叔及張老闆娘都來送行。老闆娘更是買了大包小包的一些母親愛吃的零食，像綠豆糕、花生酥等湖北土產。

第四章　松滋行

輪船徐徐地離開了江漢關碼頭，母親向送行人頻頻搖手，遙望蛇山、黃鶴樓逐漸在視線中消失，心中有無限惆悵。到底在那兒也住了半年多，為了躲日本鬼子，現在又得跑。仲良二爺看母親小孩年幼，於是找人際關係好不容易替母親訂了二等艙，小孩、大人、行李統統擠在一張床上。三等通艙裡擠滿了打地鋪的人，一大半是軍人，感覺上武漢已不是長待之地。

輪船大約行了三天就到了宜昌，碼頭上鬧哄哄的，宜昌可說是鄂西一帶商業匯集中心，鹽商、茶商、棉花商都以這兒為會合及出發點，都市雖小，卻很熱鬧。到松滋縣還得轉乘小輪，大約半天路程，一天只有一次班次，當天的小輪早已離開了。母親正焦急萬分，背行李的扛夫告訴母親他的叔叔及嬸母有一小舟經常載棉商來往松滋，人很可靠，他去西邊碼頭看看他們出門沒有。大約過了半個小時，那扛夫終於乘了他叔叔的小舟來了，船主是對四十來歲的中年夫婦，男的瘦得很結實，女方長得小而靈活。她輕巧地跳上岸來在母親手上接過毛弟，又幫忙放下行李，便到船頭小炭爐上燒水準備泡茶。小舟上有竹篷可避風躲雨，兩頭有簾子，地上鋪有草席及木枕、棉被以供客人休息，裡面打掃得乾淨又頗寬敞。不久小舟便離岸出發，母親及我躺在席子上逗毛弟玩，久不久母親也伸出頭來向兩岸觀望，那雄偉的高山懸壁、蒼綠的松嶺、滾滾的流水實令人嘆為觀止。荊州及三峽一帶乃是歷史上之古蹟，母親看了忽有懷古之情，做學生時她最愛讀的一首李白的唐詩〈下江陵〉：「朝辭白帝彩雲間，千里江陵一日還，兩岸猿聲啼不住，輕舟已過萬重山。」想不到今天終於看到了這詩中之景象，她忽然領悟到為什麼中國歷代產生了這麼多的詩人、文豪及畫家，中國美麗的山河對他們奉獻了極大之靈感。

船主大嬸這時走進來對母親說：「少奶奶，前面一段路浪潮較大，你們最好躺在席子上不要走動。」說完便過去將簾子放了下來，自己盤腳坐在席上，過了不到一刻鐘，船開始搖動起來，愈搖愈厲害，竟然上下起伏不定，簾子也被浪水打濕了，母親緊張得把我及毛弟緊緊地摟著，不停地問大嬸：「會不會翻船？」大嬸看出母親的緊張，便笑笑地對她說：「我那當家的十六歲就在這一帶搖船，現在已有三十年哪，這兒的水性都摸透了，從來沒有出過事。」母親這才放下心來。果然不一會風平浪靜，大嬸笑笑地對母親說：「少奶奶我沒講錯吧？」便拉起簾子走了出去。過了一會大嬸又進來用碗裝了幾隻麻花給我們甜嘴，坐下來陪母親聊天。她好奇地問母親說：「少奶奶妳年紀輕輕的帶著兩個小孩出遠門，當家的去了哪裡？」母親嘆了口氣說：「我先生在前線打日本鬼子，武漢局勢已不穩定，我是在逃難到松滋縣熊家梆去投靠親戚。」大嬸帶著同情的眼光看母親並告訴她熊家梆離縣城有好一段路程，過去兩個月來土匪在這一帶很鬧事：殺人、劫財、搶姑娘，最近縣裡派了許多官兵在抓土匪，已搶斃了不少，但還沒有一網打盡，最好不要在晚上趕路。母親告訴她會在城裡一位親戚家小住一陣，然後父親的么弟芰舫會來城裡接他到熊家梆去。

船終於到了離松滋縣城數里外一個老鎮的碼頭，母親見大嬸對她這麼關心，便額外付了她許多船費。夫妻倆樂透了，熱心地替母親叫了轎子及扛夫，母親帶了行李坐上轎子，一位中年的扛夫用扁擔挑著兩個圓竹籃，我和毛弟各坐一個，便向城裡出發。父親有位堂嬸住在城裡，堂叔在縣城開店做進出口買賣賺了不少錢，也買了大房子，不幸四十來歲就過世了，留下了兩女一男及房子。堂嬸把店租了出去，靠收租過活。么叔已安排好我們先到她那兒住些日子再來接我們去他家住。

抬轎子的是一對年輕力壯的兄弟，箭步如飛，挑我們兄弟倆的扛夫還得邊走邊跑才能趕在轎子的前面。大約行了三里路，前面是一大片一大片的綠色稻田，這時正值夕陽西下，彩紅的天空與稻田相照映。母親覺得這景色太美了，令她想起了在校時地理老師常說：「兩湖熟，天下足。」真是有其道理，松滋確實是一富有的魚米之鄉。在田道上走了好一陣，經過一個毛草屋子，裡面傳出陣陣淒涼的聲音，那聲音好像是女子在唱歌又好像是在哭泣。母親聽不懂那鄉音，便好奇地問轎夫。轎夫說這是鄉俗，女子才死了丈夫，她便要這樣哭唱四十九天，把他死去丈夫過去的生平及做人統統要哭唱出來。就在此時遠遠傳來一陣陣槍聲及殺喊聲，這時轎夫及扛夫趕緊躲進稻田旁的小林子裡，母親嚇得直問是怎麼回事，轎夫輕輕地回答說：「少奶奶，這是官兵在追強盜，幹我們這一行的在路上經常會碰到，已經不稀奇了。」果然，過了一陣外面平靜無事，轎夫們出了林子又繼續趕路。大約近傍晚終於來到縣城，城裡只有兩條主街，地上鋪的是大石頭，由於年代久了，已被行人、車輛踏得又黑又亮。麻雀雖小卻五臟俱全，兩邊都是大木樓，有茶樓、飯館、當鋪、中藥店、旅社等等，天色已晚大部商店都已打烊。

在城裡大約行了一刻鐘，轎夫找到了堂嬸的住處，那是一幢二層樓的大木屋。由於年代已久，雨水長期侵蝕，部分木板都已油漆剝落變了形，下面租給人家開的是中藥店，後面有三房及一大廳，樓上也有三房，堂嫂及她的兒女都住在下面的三間臥室。臥室外面是大廳為公用，後面延伸出去有廚房及一間小廁所，樓上有一大間是堆貨用的，角落上有一竹床是給女傭周媽睡覺的，另一小間是供有祖先牌位的祭房，側面稍大一間是客房。敲了一陣門，出來了一位年約六十來歲的婦人，她跟母親談了幾句，便請母親到大廳坐，不久對面臥房簾子開了，出來一位身著紫青色的織錦短衫、黑色綢褲，年約三十七八的中年婦人，方臉兒，頭梳得亮光光的，臉上脂粉塗得很厚，眼睛很靈活，眉眼之間略帶媚氣，頗有幾分姿色，她似乎知道有客人來特意經過了一陣打扮。她見到母親兩三個箭步跑過去捏著母親的雙手說：「天呀！這是從哪兒來的大美人！」母親馬上站了起來回了一聲：「玉蘭嬸妳好！這次要在妳家打擾幾天了！」婦人翻了母親一個白眼說：「三妹子妳講的是外人話，自家人不要客氣了，我的三個孩子都到外婆家去了，要住到下月中才回來，所以家裡空房多得很。」說完便蹲下來哄著我及毛弟玩，又問長問短地鬧了一陣子。女傭周媽煮了兩碗肉絲麵給我們吃，吃完麵母親拿出二件繡花綢子衣料給玉蘭嫂，她高興得直喊：「這不行！不行！」但很快就收下了。這時周媽走進來說客房已整理好了，婦人便對母親說：「三妹子妳行了一天路，早點回房休息。」母親正要上樓，婦人跟著趕來說：「妹子我不是嚇妳，我們住的是百年老屋，老祖先及野魂經常在夜半出現，最好關了門半夜不要出來。」母親回了一聲「知道了」，忽然覺得背後一陣涼，心中浮起無限迷疑。當晚母親輾轉難眠，用椅子把房門抵得緊緊的，但總聽到樓梯上有走步聲及開門聲，她只好把棉被蓋在頭上，過了好一陣子才入睡。

縣城白天卻很熱鬧，擺小攤子的都出現了，母親逛了一兩次就不敢再出門，因為每次出門總被一大堆人團團圍住，把她當外國人。一週過去了父親的么弟芰舫叔還沒有來接她，玉蘭嬸已不像她初到時那麼熱情。吃晚飯時玉蘭嬸突然放下筷子長長地嘆了一口氣說：「近來油、鹽、柴、米都漲了一倍，所收的房租都不夠開銷了。」母親領會她的意思便對她說：「嬸娘，妳別心煩了，等么弟來時我會謝妳的。」次日么叔託人帶信來說此時田裡收租工作很忙，大約再遲個五六天才能來接她。玉蘭嬸知道這事，臉上立刻浮出不悅之色，母親也覺得日子過得好辛苦。

那天夜晚上當母親正要進入夢鄉，忽然聽到從樓梯那兒傳來一陣陣淒涼的鬼哭聲，當時母親聽了汗毛直豎，後來又聽到一聲人的咳嗽，母親忽然領會到那一定是玉蘭嬸裝鬼來嚇她，希望她早點搬走，於是母親起身把房門開了一條小縫，對外喊道：「女鬼呀！我與妳無冤無仇，為什麼來嚇我，妳不怕閻王爺把妳打入十八層地獄嗎！」果然那晚就沒有再聽到女鬼的哭聲。次日玉蘭嬸很沉靜，話兒也不多，母親心裡有數，暗笑道：「看妳裝鬼能裝多久？」可是當晚又發生了不可思議的事。母親一向在睡覺前不但關窗，門上了閂，還用一把椅子抵著門。當天快亮時她突然發現圓桌上點燃的蠟燭竟在地板上端端正正地燃著，一張我和父母親、大哥的照片從櫃檯上也跑到地板上放在蠟燭的前面。母親檢查門窗不像有人碰過，心中疑浪起浮不定，便開了門去找周媽。周媽聽了母親的話便說：「三奶奶，我想是妳們熊家祖先來看妳們全家照片呢！」母親聽了心寒了一陣，但還是一頭霧水，已感受到這地方真不能多待了。次日母親已託人帶信給莘舫么叔催他早日來接她去熊家梆。這天孩子都睡了，母親睡不著，為了打發時間，便拿出毛線給毛弟打件毛衣，一直打到午夜。正預備上床睡覺，忽然毛弟哭醒過來拉肚子，房間水用完了，於是母親拿著蠟燭開門想叫周媽打盆水來給毛弟清洗，走了幾步，忽然聽到樓下有喃喃細語聲，母親停下腳步向下看看，心中嚇了一跳。玉蘭嬸蓬頭散髮正開了後門送一位男人出去，從背影母親認出那是下面中藥店的陳老闆。不幸毛弟又哭了，玉蘭嬸回頭向上一望正好與母親打個正著，母親嚇得忙跑回房裡，關了門，一夜難眠。

次日早飯時，玉蘭嬸裝著無事發生，笑笑瞇瞇地從廚房裡端了一盤炸小魚，朝著母親說：「三妹子，這魚買來時還是活生生的，我特意為妳燒的，快來嘗嘗。」母親一直誇她手藝好，玉蘭嬸聽了高興便趁機向母親說：「藥店的陳老闆真是老糊塗，昨日他店裡打烊時忘了把水煙袋帶回去，半夜煙癮發了睡不著，跑來敲門拿煙袋，害得我也沒睡好。」母親也裝著無事發生地說：「嬸娘，抽水煙跟抽鴉片一樣，癮來了，就像漲洪水堵都堵不住。妳是脾氣好，換了別人真把他臭罵一頓。」玉蘭嬸聽了心裡來得更是高興，她以為母親已經相信了她所說的話。

過了一天芠舫叔終於叫了兩部轎子提早來接我們去熊家梆。玉蘭嬸見到他滿面春風嗲聲嗲氣地喊道：「哎喲！么老爺是什麼風把你給駕到的，近來棉花賣了大錢吧？我還以為你把我這寡嬸給忘得九霄雲外了呢！」芠舫叔笑著對她說：「嬸娘嘴厲害，又在嘲笑我了。」玉蘭嬸請么叔進屋小歇喝杯茶，又進房去端了一碟瓜子出來。母親趁她進房時問么叔有沒有父親最近消息，他回答說沒有，只是在一個半月前寄來母親的生活費，便順手從口袋裡掏出一疊鈔票交給母親。母親喝了兩口茶就先上樓去整理行李，下來時母親向嬸娘辭行，同時塞給她一個錢包說道：「嬸娘，這一陣子真是打擾妳了，這是一點小意思。」玉蘭嬸把錢包捏得緊緊的，嘴裡卻叫著：「不能收，不能收，這絕不能收！」么叔打個圓場說：「妳生活也夠辛苦了，還是收下吧！」於是玉蘭嬸不再堅持，進房去把錢包放好，出來握著母親的手說：「三妹子，熊家梆是鄉下，沒有城裡熱鬧，住悶了就到我這兒來散散心。」母親謝了她的一番好意，便帶了我及毛弟上了轎子隨么叔向熊家梆出發了。

熊家梆是松滋縣的一個鄉鎮，這兒的居民大半都姓熊，祖先都是在明朝期間由江西遷來的，所以大家都有親戚關係。父親家有四兄弟：老大英年早逝，老二為人老實，是個瞎子，父親長年在外，故祖先留下之財產及田地都由么叔熊芰舫掌管。么叔很得祖母喜愛，因此是熊家邦的首富人家、大地主。一路上母親看到一片片排列整齊的棉田，綠油油的很是美觀。母親喘了一口氣覺得在城裡雖只待了個十來天，好像發生了許多事情，心中一直安靜不下來，希望這次去么叔家住，一切來得平安。

抬轎子的年輕人體力好，邊走邊跑，不到兩個時辰已到達了熊家栦。熊家栦看來與一般鄉鎮無多大分別，小街小巷散布著一幢幢灰色瓦房，轎夫終在一座有株紅色大門與四周有紅磚圍牆的四合院停了下來，母親看了一眼，覺得在鄉鎮來說這氣派算是很大的了。轎夫先去敲門，不一會門開了，出來一位老管家趕緊跑來拿行李。進入園子，東西兩邊都有廂房，房前有幾棵梧桐樹可以遮蔭，院子內有石凳供人休息。四周種了不少芭蕉花，進入正廳裡面兩邊有檀香木雕成的鳳凰花鳥屏風——據說這是老祖先去杭州購買的，正中及兩邊有紅木雕花桌椅，也都有百年歷史，牆上掛著名人字畫都是幾代老祖宗的收藏品，其中最名貴的是清代嘉慶年間一位進士出身的羅家彥寫的四幅長軸書法。羅為湖北天門縣人，在他做官時送給熊家老祖宗的，故熊家認為這是傳家之寶，因此交代熊家子孫世世代代要好好保存下去，絕不能轉賣或遺失。不料在清朝道光年卻被小偷偷去，熊家上下驚慌萬分，不但報了官，也花了不少銀子請私探到各地搜尋，終於在北京某字畫店發現了這四幅書法，結果鬧上了公堂，打了一年官司，費盡心血，終於贏了這場官司，這才把這四幅書法帶回松滋熊氏老家。正廳左右有邊房，左邊的一間是飯廳，右邊為書房，正廳後面延伸出去又是一番天地，有花園、假山及荷花池塘，裡面養了不少錦鯉。花園兩邊都有廂房，前面圍有雕花欄杆，比較講究，想來是給主人家享用的，我們被安排在右邊的一間廂房。

母親把行李放好，也替我和毛弟洗了臉準備出房去見么弟媳。這時正好丫頭秦姑送熱水瓶來，母親請她帶路。秦姑說太太正在午睡，等她醒了，她再來請母親過去，母親只好留在臥房繼續整理東西。一直到近黃昏秦姑才來，她告訴母親老爺及太太在飯廳等我們去進晚餐，她來帶路。母親轉身在抽屜裡拿了一個金花髮夾送給秦姑，她接到手裡高興得發抖。母親叫她快收好，別給他人看見了，秦姑馬上把它放進口袋裡。飯廳裡擺有一大木圓桌，么叔見我們來了，忙站了起來替我們介紹么嬸、帳房先生楊四爺及他的三個大約從三歲到六歲的孩子。這位么嬸娘家是荊州縣人，母親也姓熊，故與么叔有表親關係，生得個子矮小，苦瓜臉兒繃得緊緊的，好像在生氣似的，母親見了心裡一涼，已感覺到這位弟妹不好相處。這時楊四爺站起來向著母親問么叔說：「么老爺，這位必是三爺的二房少奶奶吧？」么叔忙向他點頭說是的。母親聽了好生奇怪，為什麼這位帳房先不稱他為三少奶奶，而稱他為三爺的二房少奶奶？母親為了這句話想東想西整夜輾轉難眠。

次日清晨，老管家老何帶了一位年輕的小姑娘來見母親。母親好奇地望了她一眼，小姑娘瘦瘦高高的，不漂亮但衣著整齊很清爽。她見了母親笑嘻嘻地喊道：「二娘妳好！」母親聽了心中一驚，馬上聯想到昨晚帳房老先生的稱呼，知道事情不妙，結婚六年來這才明白在婚姻上可能已受了欺騙，心中突然燃起一陣怒火，站在那兒給怔住了。老何見了這狀況立刻喊道：「少奶奶不舒服嗎？」母親這才醒過來，忙說：「沒事，是老毛病。」老何這才退了下去。母親叫小姑娘到床邊坐並問她的名字及年齡，小姑娘說她叫霜姑，今年已經十七歲了。母親又問了她許多有關家裡的事，她說大半時間奶奶與她們住在一起，小半時間到荊州姑姑家住，現在家裡只有她及娘住。她又告訴母親她已訂了婚，未婚夫是位軍官少尉，昨日才趕來看她及她娘，明日就得回部隊，所以娘派她來接我們去她家吃午飯。母親本想一口拒絕，但又想到這對母女也是無辜的可憐人，何況自己也想多知道一些情況，便乘了轎子隨著霜姑向她家出發。

半個小時的路程便到了霜姑的家，她家是個小型的四合院子，灰磚小院牆，黑色大門，門前圍著一大堆男男女女的鄉下人。母親覺得奇怪，原來這群鄉下人聽說三少爺娶了一個外國媳婦回門，都趕來看熱鬧。母親剛下轎，這群人跑來團團把我們圍住，其中有不少婦女用手去摸弄母親燙的捲髮，口中不停地唸道：「外國人的頭髮真軟又捲，眼珠子也是黃色的。」其中又有幾位婦女爭著抱我說：「洋人生的娃兒就不一樣，又白又胖真是可愛。」其中一位馬上搭腔說：「所以嘛，聽說在城裡一個布做的洋娃娃都要賣幾百元錢。」霜姑也未料到會有這麼多人跑來看熱鬧，便趕緊跑去敲門，出來一位穿軍裝的少年軍官，霜姑在他的幫助下，才把我們救出重圍，平安地進到屋裡。霜姑向母親介紹她的未婚夫紹清，這位文質彬彬的年輕軍官很善談，也曾跑過許多地方，在武漢也待過一段時間，故與母親聊得很開心。霜姑替母親泡了一杯茶，便到後面去了，過了一陣子出來把碗筷放好端來幾道很清爽的下飯菜，有臘魚臘肉、兩面黃豆腐、蒜粒炒莧菜、菌油及排骨藕湯。母親覺得每道菜都很合口味，尤其是那道菜「菌油」小小圓圓的菇子真是又鮮又香。母親好奇地問霜姑這道菜是怎麼做的，霜姑說這菇子不是平常菇子，它們生長在高山懸壁上，採菇人往往訓練了一批猴子爬到懸壁上去採，有了菇子洗淨後微放點鹽炒熟，然後倒進罐子裡用麻油浸個幾天就可吃了，也可用它來燒豆腐、炒蛋或煮青菜都很下味好吃。母親甚感奇怪，為什麼霜姑的媽一直沒有出現，霜姑也隻字未提，母親心中也有起伏不定的矛盾，為了維持一時的自尊，她也就不開口問了。就在飯吃了一半，母親無意間看到牆角那兒有一婦人伸出頭來張望，但很快又縮了進去，母親斷定那是霜姑的媽，於是裝著沒看見。吃完飯我感到有點不舒服，母親摸摸我的頭有點發燒便告辭回么叔家了。到了家裡，老管家請來了一位中醫，他看完我後，對母親說我是出痧子，最好不要出去，多喝水在家休息幾天就會好的。於是母親倒了一杯溫開水給我喝了，我就上床睡了。

晚飯時這位弟媳沒有出席，么叔臉色十分沉重，想來是在嘔氣。母親回房後秦姑剛好送水來，母親把門輕輕關上，便問秦姑：「老爺是否與太太吵了架？」秦姑先是不答，經過母親一再要求，便在母親耳邊輕輕說：「少奶奶妳千萬不能告訴別人是我說的，太太說妳為什麼不住霜姑家要住她家，八成是為了分財產來的，便這樣和老爺吵了起來。」母親聽了一身冒起怒火，真想過去把這位小心眼的弟妹臭罵一頓，想想這樣做對秦姑不利，便忍了下來。母親整夜難眠，次晨找到了么叔說她想搬到城裡旅社去住比較方便，么叔也會意到母親的意思，便對母親說：「今天外面風雨很大，侄兒又在出痧子，就過兩天再走吧。」母親忍不住這口氣，堅持要走，么叔便叫來幾頂轎子，護送我們進城，一路上又是風又是雨，我因出痧子吹了風，長大後一遇上冷風眼睛便流淚。在進城的路上母親傷心地哭了起來，想到自己的父母如果知道女兒受了騙做了別人家的小老婆如何受得了，又想起過去父母的牌友陸太太是位姨太太，常常受到別人的歧視，母親哭得更是傷心。轎夫聽到母親的哭聲便問么叔：「為什麼這位少奶奶哭得這麼厲害？」么叔便對轎夫說：「她是我三哥的小太太，恐怕是被我三哥寵壞了，遇事不爽便鬧點小脾氣。」母親聽了更是生氣，心想這位小叔也不是好東西。從此母親對父親的感情多少打些折扣，這個結在心中跟隨了她一輩子。

轎子在風雨中不知行了多久，終於來到縣城裡的鴻運客棧。這是一棟二層樓的大木屋，客棧鄧老闆知道我們是么叔親戚，特別選了一間乾淨而較寬敞的房間讓我們住。房內有一大木床及兩把椅子及一方桌，桌上放有一隻熱水瓶、一個茶壺及兩個杯子，桌下放了一個臉盆、一隻痰筒，設備雖簡陋，但需要的東西也都有了。樓上有公用廁所及浴室，打掃得還算乾淨，樓下除了櫃檯外也放了十來張桌子是給房客用餐的。這兒的客人有過路的只小住一兩天，也有長住的客人，由於租金公道、服務周到，供應的食物也很合一般人的口味，故生意興隆。母親頭兩天頗感寂寞，後來與左右鄰居熟了，鄧老闆晚上在走廊上放一方桌，經常與客人打四圈衛生麻將，由於母親為人正直，從不與人斤斤計較，一流的牌品，因此幾乎每晚都被人邀去摸四圈。經常的牌友除了每天嘻嘻哈哈的胖鄧老闆外，還有一位劉先生，個子高大，不像是本地人，不大講自己家世，只知道他年輕時當過兩年兵，鄧老闆太忙時則由老闆娘琴婦代他打，她抓牌出牌都很快，性子急，又經常催上家打快一點，加上專門搶小胡，故十打九贏，因此大家都不大願意找她打。母親愛做牌，更是輸多贏少。

有天早晨母親正在穿衣服，進來一位清理房間的女工，她自我介紹叫楊嫂。母親見她溫和有禮，做事乾淨俐落，只是看來很憔悴，便問她家裡有些什麼人。楊嫂說她有一男一女，女兒已經十六歲了，旅社忙時也來幫忙，兒子才十二歲，在小學念書。母親又問她先生在什麼地方工作，她深深嘆了一口氣說：十年前她先生害了一場大病，之後腦子就壞了，每天神經兮兮的，講些傻話，就只有靠她在外打工，維持一家生活。母親很同情她不幸的遭遇，說著楊嫂又過來幫忙母親替毛弟穿衣洗臉，母親見她這般勤快，在她離去時，給了她一點小錢，說是給她孩子買糖果吃，楊嫂不停地說謝謝。過了一週，楊嫂又來打掃房間，旁邊多了一位年輕的小姑娘，楊嫂介紹這是她女兒邦欣，小姑娘嘴甜，馬上叫了一聲：「太太妳好！」母親看了她一眼，這姑娘生得白白的很俏皮，一對會講話的眼睛十分靈活，便問楊嫂她女兒有沒有上過學。楊嫂說她女兒小學念完就在家照顧弟弟及老頭子，沒有再繼續去讀書，明年就要出閣了。母親好奇地問她：「妳女兒許配到什麼人家？」楊嫂說：「我娘家姓熊，我女兒許配給我堂兄的兒子，就是熊家梆的熊家繼。」母親聽了嚇了一跳，家繼是我父親大哥的小兒子，馬上跑過去握住楊嫂的手說：「真想不到我們竟是親戚，我就是熊家梆芟舫么老爺三哥的太太。」楊嫂聽了也是一愣，馬上領悟過來對母親說：「世界真小哦，雖然妳比我年輕一截，照輩分我應稱妳為三嫂才對。」她馬上叫女兒來跟舅媽行禮，這姑娘高興地過來給母親深深地一鞠躬，又叫了一聲「舅媽」。母親馬上在皮箱裡拿出兩塊料子作為這母女倆的見面禮，母女倆愛不釋手，感激得眼圈都紅了。

從此之後邦欣一直伴著她母親來打掃房間，她問了許多大城市的生活，總是很羨慕母親的穿著。有一天她娘不舒服，由她一人來清理房間，她對母親說她恨她娘為什麼把她生在這麼一個窮苦的家庭，母親聽她這麼講很是驚奇，她覺得這姑娘是絕對地聰明，可惜虛榮心大，將來進入社會很容易學壞。

母親一直沒有父親的消息，自從搬到旅社來住轉瞬已經一個多月了，么叔也沒有來看過我們，同時淪陷在天津的父母、兄弟妹妹及大兒子也不知怎樣了，心中很是鬱悶，好在楊嫂來打掃房間時，可以聊聊家事。忽然間楊嫂有好久沒來打掃房間，換了一位年紀較輕的杜媽，母親覺得事情不對，便去問旅社老闆娘到底楊嫂怎樣了。老闆娘驚訝地說道：「三嫂子，楊家出了大事妳都不知道嗎？」母親急得催她快點講，老闆娘說楊嫂的女兒自小就許配給熊家大伯的小兒子家繼，不料邦欣趁她娘出外上工去了，就經常約了小未婚夫在她家柴房搞男女關係，可憐家繼消耗太多竟得了色癆吐起血來。經過他父母一再追問，他才告訴了真相，熊家非常生氣，馬上通知楊家解除婚約。不久這醜聞傳開了，邦欣知道她沒臉再待在故鄉，有天晚上拿了她娘替她準備的嫁妝、一條金鍊子、一隻玉鐲及幾件衣服跑了。楊嫂哭得死去活來，派人各處去找也找不到，就這樣病倒了。母親聽了很難過，便派人送去五塊大洋給楊嫂看醫生。

晚上的牌友又新增加了一位年輕的軍官，他所屬的部隊是從由湖北東部轉來，部隊住在一所小學裡，軍官級則住在這旅社裡。搓牌時母親感覺到他的國語有江浙口音，便開口問他：「王少尉你府上哪裡？你口音不像是湖北。」軍官笑笑說：「我是浙江人。」母親興奮地再問他是浙江哪一縣市，軍官回答是寧波，母親幾乎跳起來對他說：「真想不到在這裡會遇到小同鄉，我也是寧波人。」軍官帶著懷疑的眼光說：「熊太太妳怎麼講的是一口北方話，一點南方口音都沒有？」母親告訴他她是在天津出生長大，寧波也只在小時候去過一兩次。軍官又問母親：怎麼會來到這裡？先生到哪兒去了？母親嘆了一口氣說，她是到他先生家鄉來投靠親戚的，親戚家不方便，就只好住在旅社裡，先生在河南太行山打游擊戰，直今消息也沒有。軍官同情而感慨地說：「可恨的日本鬼子拆散了多少中國人的家庭！」這場牌打得很沉重，尤其是劉先生從頭到尾沒講過一句話，母親很覺奇怪、想他可能是身體不大舒服。

有一天早晨母親拿臉盆去接水，遇到劉先生拿了一支斷了頭的牙刷從澡房走了出來，他皺著眉頭對母親說：「嫂子，真不懂，這麼堅硬的牙刷，竟在我刷牙時突然斷了，該有什麼不祥的預兆吧！」母親笑笑對他說：「牙刷用久了，骨質都鬆了，自然容易斷，劉先生不要太迷信。」這時正好那位少尉軍官很神祕地走了過來，母親向他打了一個招呼，轉頭劉先生已經溜了。

那天下午母親正忙著催我及毛弟上床午睡，忽然聽到樓下一陣陣鬧哄哄的聲音，母親跑到樓梯向下一望，只見四五位官兵舉著槍用繩子綁著一位大漢，推推拉拉地向外走。這時路上看熱鬧的擠來一大堆人，母親覺得這大漢背影頗熟，這時正好有位樓下的夥計走上來，母親問他是怎麼一回事，夥計說四號房客劉大爺想不到竟是政府追蹤半年多的江洋大盜陸彪。母親聽了驚訝得連嘴都合不攏，忙問夥計是誰報了案，夥計說不知道。回到房間，母親覺得事情來得這麼巧，她記得早上劉先生斷了牙刷頭的事，她又覺得那位年輕軍官行動頗神祕。自從這位軍官參加了牌局，劉先生摸牌常心神不自在，有一陣子推辭不打說晚上睡不好。她又想到劉先生牌品很爽，對人頗有禮貌，怎麼會是一位強盜呢？既是強盜為什麼會躲到縣城的旅社，不躲到小鄉下去？難道那位軍官就是來追查他行蹤的？母親一晚輾轉難眠，一直被這些疑問纏著。

三天之後消息傳來，那位化名劉宏的陸彪已被政府槍斃，還把屍體綁在縣政府前面的一個柱子上，以警惕世人不要做壞事，母親聽到不勝唏噓。次日早晨，母親替我及毛弟穿好衣服，趕到飯廳較晚，只有寥寥數人在那用餐。母親剛坐下不久，那位王少尉端著一碗稀飯過來坐在我們對面。王少尉先開口對母親說：「那位陸彪也可憐，死了連收屍的人都沒有。」母親對王少尉說：「聽人說陸彪只搶大富人家，搶來的錢財也救濟過一些窮人，我們可以每人捐一點錢請人買副木棺把他埋了。」王少尉說好，他會先去政府把事說明，以免引起別人猜疑。母親便藉機問他，那天抓陸彪的大兵是不是屬於他們部隊的。王少尉聽了笑笑說，他們的部隊只是過境部隊，抓他的是屬於地方政府的官兵，他們不能隨便管閒事。母親點頭又問：「那麼是什麼人報的信呢？」少尉望望四周的人都走光了，便小聲地對母親說：「熊太太，咱們是同鄉，告訴妳一件事可千萬別對外人講，陸彪被抓的第二天，有人看到旅社的鄧老闆從縣政府出來，腋下還挾著一個大的牛皮紙包，故有人猜疑是他報的信，到縣政府領了一筆大獎金。」母親聽得傻了，覺得這地方真是諜影重重，每天嘻嘻哈哈的鄧老闆也是隻笑面虎。

消息傳來武漢已經失守，大家都人心惶惶，母親許久沒有父親的音訊，非常焦慮。午餐後王少尉過來對母親說這裡局勢已不安定，他勸母親應該去四川；接著他又說他們部隊後天就要前往四川，他可以將母親作為親屬關係帶往四川。母親謝謝他的好意，說明天給他答覆。母親十分矛盾，到底她還不十分瞭解王少尉的底細，留在這兒不走，萬一日本鬼子來了，那麼命運不堪設想，想想還是去四川比較安全。事情來得就是那麼巧，這天晚上父親竟然回來了，母親真是喜恨交加，喜的是父親安全回來了，恨的是她已發現父親在婚姻上欺騙了她。

父親的口才是一流的，他早已預料母親會發現這祕密，在他的解釋下，母親雖然知道父親是舊式婚姻的犧牲者，但對母親來說她才是最無辜的犧牲者。在以後的歲月中，無論父親對她再好，對這件事總是耿耿於懷。

父親告訴了母親許多在太行山打游擊戰的故事，那種出生入死的驚險生活，使母親聽得入神。孩提時母親也告訴了我們父親作戰時發生的故事：有一次，父親被日本大兵抓到，在準備砍頭之前，日本大兵拿來幾瓶高粱酒與父親對喝，父親那種豪放的性格，日本兵很欣賞。父親酒量很好，於是裝著醉了，他要求日本兵准許他去廁所方便。日本兵看他醉意很深，於是不大懷疑他，便把他送到小山丘邊的茅草廁所，大兵在外拿了槍等著。父親見茅坑底下是一大洞，上面一小半有空隙與外界相通，故有幾隻大老鼠在那兒吃糞便，父親也顧不得臭與髒，便跳進糞池裡，從後面爬了出去，往著山林跑，總算逃過了鬼門關。另一次，父親裝扮成苦力，挑了兩簍子的煤炭，底下藏有作戰用的武器，當他經過關口時，日本兵喊他停下來，日本兵拿了刺刀在簍子裡翻了兩下，父親心裡已緊張萬分，好在日本兵沒有翻到武器，便讓他過去了。

第五章　童年

父親這次回來主要的是政府見父親在前線打游擊戰立了大功，這次調回內政部任專員，我們總算安定下來，有了自己的家。最早我們住在重慶市的川東師範區，那是一棟二層樓大廈，裡面住了四五家與內政部有關而職位較高的職員家屬，大廈有圍牆也有看門的。四川四面環繞著高山，每日清晨霧氣茫茫，雖然有長江穿過，但從三峽到四川水流凶猛；這樣的天時地利也救了中國，日本除了用空中攻擊外，陸地進攻卻是困難重重。起初日本飛機平均每三天來轟炸一次，轟炸的建築物多半是重要的公家機關大廈，後來變成顯眼的民宅一起炸，於是有了防空洞的設施。四川的山石非常堅硬，防空洞又多半造在山的斜面及樹叢中，日機很難找到。在日機快到的前十五分鐘，政府測量到了便通知各地用超量的擴音器放出巨大呼呼的聲音，這叫躲警報，於是每家老老少少都到離家最近的防空洞躲藏，這樣也救了不少人的生命。於是日本飛機來進攻的次數增加，有時一天有好幾次，來不及躲藏的人，也一批批地被炸死。

有一次躲警報回來，我們住的那棟大廈，大門及前面半邊屋子都被炸了，看守大門的王老老及他的孫女兒因來不及出門，就被活活炸死。記得他那孫女兒只有七歲，是個啞巴，他有時陪我們一群孩子躲迷藏。次日，我們在被炸的屋子瓦片中好奇地找東西，忽然發現一截小小的人的手指頭，嚇得我們四處亂跑，後來才知道那是王老老孫女的手指頭。大約不到半個月，我們住的整個大廈被日機炸毀，父親機關把我們安排在兩三里外的一群茅草屋子裡。住在那兒的人家多半屬於內政部工作的家屬，雖然住得簡陋，由於大家都認得，故東家長西家短的熱鬧得很，幾乎成了一個新的小村莊。日本鬼子的情報也真夠厲害，住在那兒才半年多，一天日本飛機來了，丟了兩三枚炸彈，這整個村落就在火焰中消失了。父親不得不把我們安排到另一都市沙平壩暫住。

那時母親正懷著大妹，行動十分不方便。房東的小兒子大約有十多歲，有一天他帶我上街去玩，忽然拉警報了，於是他拖了我拚命似地向回家路上跑。可是不到十分鐘已聽到日本飛機隆隆的聲音，接著一陣陣炸彈爆炸的轟轟聲，天上發出紅光，鐵片像葉片似地急速在頭上飛過，不幸地有些人被打中倒了下去。我看到兩三片發紅的鐵片呼呼地從側面朝我們飛來，我們趕緊趴到地上，總算逃過去了。好不容易跑到家，只見母親及毛弟躲在飯桌下，我們也跟著鑽了進去。不久警報解除了，我們才喘過氣來。

大約過了一個月，母親生下了大妹，因為這地方靠嘉陵江，故父親給她取名嘉陵。父親覺得這地方不夠安全，又把我們安排在南溫泉。可恨的日本鬼子，除了轟炸重慶外，四周的衛星城一個也不放過。有一次警報機又響了，父親人在重慶，母親抱了大妹牽著我，我又拉了毛弟向防空洞方向跑。忽然聽到日機從遠處飛來了，我們已跑得筋疲力盡，大家跌成一團。此時日機已飛近了，緊接著是一陣陣炸彈爆炸聲，母親趕緊把我們伏在一棵大樹下，正對面百公尺外的一排排的房子都著火了，中間的一棟二樓房，有一穿白衣的年輕女郎癡呆地站在窗口，這時火愈燒愈大，女郎及整棟房子終於倒在火焰中。可恨的日本帝國軍閥惱怒了，中國百分之九十的土地都被他們占領了，為什麼這四川省費了比從前多幾倍的軍力也攻不下來。於是他們不分晝夜地派一批接一批的飛機來轟炸，一連三天我們躲在防空洞裡聽到外面隆隆的轟炸聲，真是又餓又怕。終於警報解除了，出來防空洞，每個人都筋疲力盡，連眼睛也張不開。走到大街一看，百分之八十的房子都被炸毀，滿街都是被炸死的人，大半的人被炸得四分五裂，頭手分家，他們流的血在地上形成了一條條的小溪。我記得父親牽著我要到對街一家小餐館吃點東西，因為怕踩到地上的血水，故像青蛙一樣一步跳一步地走。有一次不小心踩到一截人的斷腿，嚇得我大叫，父親只好一手抱毛弟、一手挾著我的身體，費了好一陣子才到達餐館。裡面擠滿了人，一對好心人見了我們，把桌子讓給我們，外面一陣陣的血腥味不斷地傳進來。父親點了一些包子、饅頭給我們充饑，用完餐茶房送來幾條熱毛巾給我們擦嘴、擦臉，原先的白毛巾已變成粉紅色的毛巾，擦在臉上有一股難聞的血腥味。

父親的機關很替員工的安全著想，於是把員工家屬安排到一小鄉下唐家沱。這小鎮其實離重慶市並不大遠，每天有一班輪渡從重慶到唐家沱，大約一個半小時就可到達。但是，這小鎮從未遭到日機的空襲，一來是小鎮，再者位於山谷之中，雖有揚子江在旁穿過，小鎮四周高山森林叢叢。小鎮分老鎮及新鎮，碼頭及菜市場、商場皆位於老鎮，很是熱鬧。居民清一色的本地人，男女頭上往往纏有像印度人那種白布，聽說這地方往往風大，用來防頭痛的。當地人不管是在做工、挑水，或在江邊洗衣，嘴裡不斷地在唱或繞口令，民情樸實也很快樂。我們這些從外地來的人，他們稱為下江人。就在這小鎮我度過我大半童年，也留下許多令人難忘的回憶。

頭一年我們住在西邊的一棟二層樓的房子，這樓房上面住有二戶人家，除了我們，另一家姓季，他們自己沒有孩子，領養了一個女兒叫玉霞，她個兒很高，大約有十四歲。季媽媽大約有三十八九歲，小時包過小腳，後來才放的，故走起路來還是有點搖晃。季媽媽與眾不同，毛弟從小愛哭又尿床所以不大受父母喜愛，另一張姓人家的小女也是愛哭，長得醜，常被父母打，季媽媽每天像保姆似地摟著這兩個孩子坐在石階上唱山東小調給他們聽，有好吃的東西總是先拿給他們吃，疼愛萬分。

當地鄉下老百姓除了過年及節日外很少吃肉，茼蒿菜煮豆腐湯外加一小碗辣椒醬最為普遍，嘩嘩幾下飯可吃三四碗；他們用的是陶土做的中大型碗，比目前一般家庭用的碗大約大一倍。我們住的房子底樓為一大廳，是作為飯廳，父親機關家屬及附近住的居民都可在這兒包飯，有一年約三十多歲的大廚掌廚。那時抗戰期間生活較苦，大廳有十五張桌子，每桌有八個座位，四菜一湯，全是素的，每月底打牙祭一次，才見到紅燒肥豬肉；加之奸商抬高物價，大米中加入五分之一的沙粒、碎石以增加重量，可憐母親每次要花近一小時的時間，把我們孩子碗中的沙石挑出來之後她才吃，這時桌上的菜已空空。那段期間得盲腸炎要開刀的人如雨後春筍。

那年我還未滿六歲，有天母親坐在飯廳後門縫衣服，廖大廚在一旁用大木桶淘米，大多數的孩子都上學去了，我因感到無聊，便順手從母親線盒裡拿了一根針，來回跑當蜜蜂玩，不料一不小心，那枚針掉到米桶去了。廖大廚沒有見到，一邊與母親聊天一邊用手攪米，我只得大叫：「針掉到米裡去了！」母親及廖大廚聽到我叫都嚇得忙問我是怎樣了，我告訴他們我在玩一根針，一不小心掉到米桶去了。母親急得直向廖大廚說對不起，廖大廚在木桶裡翻來翻去地找了三十多次也找不到，廖大廚說他不能再找了，否則會耽誤大家吃飯的時間。這一百多人吃的米，母親知道賠不起，但萬一有人卡住在喉嚨裡也會鬧出人命來。開飯時母親站在飯廳中央向大家說：「諸位先生女士很對不起，我那孩子太頑皮，他不小心把一根針掉到廖大廚的米桶去了，廖大廚找了三四十次也找不到，請大家用飯時小心一點，千萬不要吃得太快。」大約飯吃到一半時，有位女士舉手，她的另一隻手捏著一根針問：「是不是這根針？」這位女士是周媽，我們的衣服也包給她洗，人很和善，做事認真，故很有人緣。媽媽聽到她的話，馬上牽了我的手跑到她的面前，母親緊張地捏著我脖子問我是不是那根針，我實在記不得，只好說不知道；母親又急又氣，抓住我拚命打，我被打得痛得大哭。周媽一把把我摟在她懷裡，用手絹擦乾了我的眼淚對我說：「小胖，不要害怕，慢慢告訴我，在你玩針時是一根針還是兩根針？」這時飯廳裡靜得鴉雀無聲，我想了一下說是一根針，「嘩」的一聲大家拍手笑了，媽媽很不好意思地向周媽道謝，說她被急得都糊塗了。我們回到飯桌，母親飯也不碰，還是不放心地向大家望著，直到最後一個人離開了飯廳，母親才鬆了一口氣。我走過去摸摸母親的背，她馬上抱著我緊緊的，兩人都埋了頭哭了起來。

我進的小學在家對面的一座小山丘上，每天要經過谷下的一片水稻田，才能到學校。學校有二十多位老師，多為當地眷屬的婦女。班級是從一年級到六年級，一天要上七小時的課，從早晨七時到下午三時，每節課有十分鐘休息。每年七月、八月為暑假，也有三天的年假。那時的孩子有一口飯吃就不錯了，哪有什麼玩具，男孩子們玩的是打彈珠及滾鐵環，小點的孩子玩的是紙飛機及紙青蛙比賽：大約是七八個孩子站在一條線上，然後大家一起喊：「一二三！」接著把紙飛機扔了出去，哪架飛機滑翔得最遠便是贏家，其他輸的人之飛機都歸贏家所有。青蛙的遊戲是兩個孩子各站桌子一邊，兩面相對，面前一隻紙青蛙，其中一人喊：「一二三！」於是各吹自己的青蛙使它往前去撞對手之青蛙，如果有一隻青蛙先翻了身，便是輸家，這隻輸了的青蛙就歸贏家所有。好的飛機及青蛙除了摺法有技巧外，紙張的好壞最為重要。我們班上有一位叫張大鐵的，生得是體壯頭大，個性跋扈、凶猛，班上同學多半被他用拳頭捶過，是班上一號小霸王。有一天他帶來幾隻用略具彈性的滑面紙做的飛機，結果他把所有人的飛機都贏走了，有些孩子向他要一張紙，他說可以，但必須跪地向他磕三個頭，有幾個人真的做了，但他賴帳還是不給。

孫平是我放學後經常一起玩的同伴，住得離我家不遠，他說他們家對面住的一家人有天在前面草地上燒紙，他媽正在外面曬衣服，看到張大鐵趁沒有人在，在那堆火中用樹枝挑了一大把沒有被燒到的紙，他抱了那把紙就跑了，我這才明白那紙張的來源。我叫孫平指給我看是哪戶人家，孫平指的是一棟二層樓的黑木房，據說這是一所政府的祕密機關，裡面進進出出的大約有四五個人：其中一位年輕的女士叫沈洛霞，個兒嬌小，長得還秀氣，梳著兩條辮子；另外有位面上經常帶笑的張先生，看來人很和藹；最常見的是位姓左的年輕男士，人長得十分英俊，經常穿一短夾克，表情嚴肅，聽說他曾在淪陷區被日本人抓去坐了一年牢，受到不少折磨，放出來後神經有點不大正常，故很多人都不大敢接近他。那時我真羨慕張大鐵，也始終在找機會能混進那木屋找到一些同樣的紙張。

有一天看到那和藹的張先生從外面回來，我馬上跑過去拉住他的衣角問他要紙。張先生說我身上沒有紙，我要求他帶我去他辦公室去拿，張先生說他不能帶我進去，因為他有位同事會殺小孩的。我覺得他在騙我，我堅持要進去，他被我纏得頭痛，於是告訴我他只能在他辦公室待一分鐘就得離開，否則就太危險了。我們進了他的辦公室，因為是週日，空空的沒人，張先生打開抽屜拿了幾張信紙給我，我丟給他說不是這種紙是滑面硬皮紙。這時張先生急著說：「快走，有人來了！」我回頭一望，見到那姓左的人手上握住一隻黑色大剪刀，眼睛發紅地向我們走過過來，嚇得我直往張先生懷裡鑽。那姓左的叫著：「我要剪掉你的小麻雀！」他過來要抓我，我把張先生抱得緊緊的，張先生用手臂擋住那姓左的說：「老左別認真，他只是一個小孩子。」想不到那姓左的來得更猛，口裡一直喊著要剪小麻雀。張先生站起來用雙手擋住他，叫我快跑。我見大門開著，便從張先生懷下溜出來，拚了命似地跑了。從此之後我再也不敢接近那黑木屋。三個月後，原先在這黑木屋工作的人都被調到重慶市去工作了。半年後又傳來消息，那姓左的對沈洛霞有意思，但沈已有了一個男朋友，不久就要結婚。有天姓左的身上藏了一把菜刀，等沈下班在回家路上，他跑過去拿出菜刀要沈馬上跟他去結婚，沈嚇得大叫救命向前直跑，不久被左追到，他像發了瘋似地連砍了她九刀，這可憐的女郎因流血過多，被送到醫院不久就去世了。我們聽了這消息真是不勝唏噓。

小時候最喜歡聽大人講《西遊記》的故事，對孫悟空最為崇拜，尤其是他在花果山稱王，翻一個筋斗就有十萬八千里，是我們這群孩子的英雄。那時大家都窮，做孩子的沒有玩具玩，如果外面下雨，關在屋裡更是無聊。有一天我與毛弟把飯廳裡的長板凳一個又一個地架起來當花果山，我叫毛弟坐在前面看我扮孫悟空。我慢慢地從下面往上爬，爬到頂端正得意時，不料凳子垮了，我從上面摔了下來，右邊頭角摔破了，鮮血直流，我嚎啕大哭，毛弟也嚇得叫媽。剛好那天父親在家，他聽到哭聲趕快跑下來捂住我的傷口把我抱到樓上屋裡，媽媽也慌張地跟了進來問是怎麼回事。父親一面替我擦紅藥水，一面責難母親連孩子也沒有照顧好，母親回嘴說：「我不能整天跟在孩子後面，況且還有一個小女兒一下要喝水，一下又要小便，你為什麼不去照顧孩子？」父親聽了更氣，上去打了她一巴掌，母親又叫又哭地跑過來捶父親的胸。這是我們第一次看到父母打架，嚇得三個孩子一起大哭。隔壁的季伯伯、季媽媽聽到了都跑來勸架，季媽媽把母親及大妹、毛弟接到他家去讓母親消消氣，母親好幾天都不跟父親講話，直到父親向她道了歉，兩人才和好如初。

不久我們的家搬到下坡的一幢二層樓的樓下，上面住的是姓袁的一家，他們有三女一男。袁伯伯有氣喘病，身體很瘦弱，袁伯母經常向醫院要生了孩子留下的胚胎衣包，煮湯給他吃，據說可以治病。樓下除了我們家，另一家姓楊，楊太太年紀較輕，不久才生了一個兒子，叫小綿羊。楊太太精明能幹，只是喜歡背後講人壞話，挑撥是非，但非常熱心，你有什麼事交代她去做，她絕不推辭，母親看到她有這一點優點，也就交了這位朋友。這棟房子有一公有的大廚房，故我們的飲食要比前好多了，夏天我們三家輪流煮綠豆湯，邀請大家一起吃，很有大家庭的樂趣。有一次該袁家煮，煮好後只見袁家邀請楊太太，沒有邀請我們。妹妹及我和毛弟吵著也要吃，袁伯母見到理都不理，母親弄得也是一頭霧水，只好把孩子們帶進臥室裡，把門關了。大約過了兩週，袁伯母跑來向母親道歉，她說她已認識楊太太是怎樣一個人。原來楊太太告訴袁伯母，母親在背後罵她，袁伯母經過一段時間觀察，才發現楊太太在挑撥是非講瞎話。那時父親仍在重慶市工作，大約週末回家，如果碰到假期就在家多待幾天。我最感興奮的事就是等父親回家，他總是帶好吃的東西回來，同時他又最疼我，因此被母親處罰機會就會少很多。

那時學校的老師可以用打手心來處罰學生，往往最凶的老師被家長認為是好老師，因為老一輩人的觀念是教育小孩是不打不成器，學生遲到要打、不按時繳作業或是上課講話也要打，逃課或是打架更要打。班上有位同學張大鐵身體強壯，聽他娘說他從來沒生過病，可能是身體太好，精力足，故常常作弄或欺負別的孩子，班上同學都怕他幾分。他的家離我家不遠，故有時會碰在一起回家。有一天在回家路上，我與柳京松走在一起，我們看到路邊有一片片長方形被人拋在地上的粗面紙，當我們正在詫異，張大鐵走了過來說：「柳京松、熊家騏我們來玩遊戲好不好，我來做裁判，當我喊『一二三』，你們開始撿地上的紙，一直撿到回家路上的小山坡為止，撿到最多的是冠軍，我會送他一架紙飛機。」我們聽了都很興奮，當他喊完口號後，我們兩人拚命似地撿地上散的紙，當撿到小山坡才停了下來，每人身上抱著一大把紙，張大鐵走過來看到忽然仰頭哈哈大笑，我們都被他笑傻了，他笑著說：「你們這兩個大傻爪，這些紙是人家死了人，在抬棺材去埋葬時，丟在路上給鬼魂用的紙錢，誰撿到鬼魂就會跟隨他，他家就會死人。」我們聽了都嚇得把紙拋在地上，張大鐵得意地一路笑哈哈回家。事情也是來得巧，不到一年，柳京松的父親得肺病過世。

自從那一次被張大鐵捉弄後，我是儘量避免和他在一起，他也感覺到我在躲避他。有一天我穿上母親替我縫的新衣服去上學，鄉下孩子很少有機會穿新衣的，故這件新衣特別亮眼。那天最後一堂課是書法練習寫毛筆字，那時沒有墨水，每個孩子都有一塊石硯及一隻墨條，放幾滴水在硯台裡，用墨條去磨，一直磨到濃濃的墨汁，就可用毛筆沾著寫字了。下課後每個孩子的手都是黑黑的，我把石硯及墨條用紙擦乾後便放進書包裡，我那書包是用粗白布麵粉袋上面串一條白棉繩子改成的。這時張大鐵陰笑地過來說：「我今天可有了一塊抹布了。」說著就把一雙大黑手伸了過來，想擦在我的衣服上。我趕緊往後跑，他追了過來氣勢來得更凶，我只好用書包擋架，他竟惱羞成怒握住拳頭要來打我，我便把書包來回地搖晃以做抵抗的武器。「砰」的一聲，書包中的石硯碰到他的右角頭，他頓時血流滿面，躺在地上嚎啕大哭，我站在一邊傻了。有學生看到報告老師，鄭老師看到驚慌地扶起張大鐵，並叫我跟她一起去辦公室。老師替他擦了藥也敷上膠布，叫了一位校工送他回家，然後拿出一塊竹板也不問事情發生的原因，反正把人打傷了就是禍首，在我左右手各打了十下，打得我手都抬不起來，並罰站一小時，不准馬上回家，直到鄭老師改完作業告訴我可以回家了。

一路上我提心吊膽，張大鐵的母親一定會向母親報告她兒子被打傷的事，那麼母親必定會嚴重處罰我的。來到回家路上的小山坡，抬頭望望上面黑壓壓的已擠滿了來看熱鬧的人，小鄉下人閒得沒事做，一點小事發生馬上就傳遍了全鄉鎮。我只好硬了頭皮慢慢往上爬，只聽到母親在喊：「趕快上來！」我已知道凶多吉少，走到人堆面前已見到母親手握著一條倒過來的雞毛撣子，張大鐵的母親摟住她那寶貝兒子氣勢洶洶地站在母親旁邊。母親見到我走過來一把抓住我的頭髮，在張家母子面前用盡力氣地在我背面抽打，我痛得大哭大叫，只聽到後面人聲嘩嘩，突然有人跑過來抓住母親的手說：「熊太太，不能再打了，妳看這孩子被打得氣都喘不過來。」張大鐵的母親也說話了：「好了，不要打啦，以後多管教一下就行了。」母親一直向她陪不是，等張家母子離開後，母親才帶了我回家。回家後母親又罵了幾句，就忙著燒晚餐。當我們正要睡覺時，遙遠地聽到江邊傳來陣陣汽輪鳴響聲，母親聽到對我說：「可能你爸爸搭這班輪回來，回來後叫他好好教訓你。」我心中喜的是父親要回來，憂的是怕父親真會處罰我。大概過了半個時辰，父親敲門回來了，手上又提了大包小包好吃的東西，我不敢像往日那般又蹦又跳地興奮，只是靜靜地躺在床上。父親好生奇怪，走過來問我是不是生病了，母親這才開口說：「這孩子就是被你寵壞了，竟然在學校打架，把張家大鐵的頭都打得流血。」父親問我到底什麼原因要打架，我就把事情發生的前後告訴了父親。父親也知道張大鐵是怎樣的一個孩子，父親沒有處罰我，叫我儘量離開張大鐵遠點，有事立刻報告老師。我點點頭，覺得只有父親最瞭解我，跟著眼淚也流了下來。父親拍拍我的背，剛好碰到母親打的傷痕上，我痛得直叫。父親解開我的衣服一看，只見條條紅腫的傷痕，父親重重蹬了一下腳對母親說：「這孩子這兩年比以前已瘦了一半，身體已不大好，怎麼禁得住妳這樣毒打！」母親回嘴說：「張太太帶了她兒子吵上門來，我都給氣瘋了！」父親心痛地摟住我，我覺得父親帶給我無限溫暖，在他懷中我默默地睡著了。

第六章　何日君再來

高家對面那所小屋據說是政府機關的一個情報小單位，那兒的職員大約每一年半全部更新一次。最近又換了一批新人，三男二女。兩位女士，一位叫柳文新，另一位叫李萍，這兩位女士幾乎每日連在一起，在高家租了一間房子，一起上班、買菜、散步。柳文新生得高瘦，一身男性打扮，短髮西裝頭，男人襯衫打領帶，穿西裝長褲、皮鞋，舉動、講話都硬邦邦的像個男人，其實五官不醜，長臉、大眼，她的哥哥嫂嫂是我們家老朋友，就住在我們家後面百把公尺之外，柳太太有空就來找母親聊天。那位叫李萍的女士中等個子，生得雪白乾淨，眼睛細細的很媚人，一口京片子，是男人喜歡的那一型女人。大家都奇怪她這麼好條件怎麼沒有個男朋友，卻與柳文新這個假男人混在一起。

母親從柳太太那兒知道柳文新是五個孩子家庭的老三，底下有兩個妹妹，從小就喜歡穿男孩子衣服，個性強，喜歡人家聽她的，也經常與上面大她一兩歲的哥哥們打架，母親也管不了她。一般人都稱呼她柳少爺，她聽了很高興，卻討厭人家稱呼她小姐。家中只有她最特殊，她的兩個妹妹生得嬌滴滴的，非常女性化。讀中學時更看得出她的性向，喜歡漂亮溫柔的女孩子，也成了她們的護花使者，如有男孩子對她們不禮貌，她會挺身而出打抱不平。在讀中學時，她的體育成績很好，賽跑、跳高樣樣皆行。抗戰爆發後她也隨大哥來到重慶，在政府機關工作。在她工作單位組織了一個女子籃球隊，因為她個兒高、彈性好，又會搶籃板球，被派為打中鋒。在一次重慶市的女子籃球比賽中，因為隊上一共只有七名戰將，其中兩名是來湊數，基本動作差，大半時間坐冷板凳，所以打得很辛苦，很幸運地進入決賽。柳文新那天打得很賣力，搶了十多個籃板球，對方球隊是去年度冠軍，後衛射手奇準，一路領先三到五分之間，直到最後兩分半鐘追成平手，雙方隊伍都緊張萬分，兩邊加油的觀眾吼聲如雷，這時還有一分鐘，輪到對方進攻，前鋒投球未進，柳文新跳起搶到籃板球，遠遠一個快傳給隊友，隊友太緊張，一投未進，文新飛奔上去搶到球，隨著一跳球投進去了，這時裁判吹了一聲哨子，球賽結束。柳文新的隊得了冠軍，隊友們、教練及帶隊的趙科長高興地抱在一起又蹦又跳。柳文新在宿舍沖完澡換了衣服出來，在門外碰到一位長得十分清秀的年輕女子，文新好奇地望了她一眼，那女子卻笑笑瞇瞇走過來對她說：「妳的球打得真好，恭喜妳了，妳可能不認得我，我叫李萍，在資料室工作，我從南溫泉調過來才一個半禮拜。」文新覺得這女孩活潑可愛於是上前與她握手，並約她晚上去吃擔擔麵，李萍笑笑的地點頭。

這一晚柳文新與李萍在小飯館裡吃得津津有味，柳文新又叫了一瓶高粱酒，兩人喝得醉醺醺的，話也就來得多。原來李萍出自梨園之家，父親在北京一所京劇班子裡唱武生；因為家貧，六歲就被父母送進班子裡學戲；由於身子結實，十五歲時師父就叫他專攻武生，也學會十八般武藝，小小年紀，已演了好幾台重頭戲，像《三岔口》、《花果山》；由於勤奮好學，師父也額外教他不少詩書歷史，二十歲那年師父就把在班子裡唱二旦的侄女許配了他，一年後生下了李萍。這時李萍父親的親媽因丈夫過世、自己又患氣喘，前來投靠兒子，李萍的娘要照顧幼兒及有病的婆婆就不再唱戲了，好在她父親在圈子裡人緣好，也逐漸走紅，還算勉強可以維持這個家。在這京劇班子長大的李萍也愛上了京劇，但父親覺得這圈子裡也有黑暗的一面，尤其女孩子不大適合這種職業，於是送她去學校念書，管教嚴格，但閒暇時在她娘那兒也學了不少戲。在她中學最後一年，中日抗戰已開始，不久北京失守，人心惶惶，能走的都走了。京劇中一些有節氣的藝人，都不願意在敵人面前獻藝，像當時中國最紅的藝人梅蘭芳先生，首先留了鬍子不再唱戲。日本人在唐朝時代就派了大批留學生到中國來學中國之文化，其中包括書法、繪畫、陶瓷、插花、茶道等等，因此日本人對中國傳統戲劇也十分欣賞。梅先生在日本軍閥軟硬兼施的威脅下，寧願坐牢也不答應演出。李萍父親的戲班子為了生活只好懷恨照常演出。李萍的父親十分愛國，就在這時瞞著家人參加了中央政府的地下工作。首先李萍發現父親下了戲並沒直接回家，往往失蹤兩三小時，她不敢對母親講，她怕父親在外有了別的女人，如果母親知道會受不了。後來母親也覺得父親近來回家較遲，便問他去哪裡了，父親老是推說不是與人喝酒便是去哪家摸四圈麻將，母親也就不再問了，但李萍心中對父親的話起了疑問。

有一天母親對父親說：「娘最近身子發軟，連站起來都沒力氣，我已託唱花臉的王四爺買了一條東北人參，今晚他會帶給你，下了戲就帶回來，我會先熬點肉湯，等有了人參我再加進去用小火慢慢熟，明早就可給娘喝了，你可別忘了。」下了戲李萍的父親匆匆趕回來把人參交給了她的母親，便對她母親說他有急事必須出去一下就回來。等父親剛出門，李萍便穿上外套出去跟蹤，李萍躲躲藏藏地跟蹤了三四條街，忽然見父親鑽進一個漆黑的巷子裡，他在一所老房子前停下來東張西望一陣，然後便去敲門，門開了他很快溜了進去，門又很快關了。李萍彎了身子跑過去想在門縫裡看看，當她正低下頭，有人在她背後用一隻大手捂住了她的嘴巴，另一隻手緊緊地挾著她的身體，她嚇得幾乎暈倒，那人用腳踢了兩下門，裡面有人輕輕問：「是誰？」於是挾住她的人也小聲回道：「青天二零八。」於是門開了，那人把李萍挾了進去，便囑咐開門人把門快關上。在黑黢黢的屋子轉了一陣，便把李萍帶進一間沒有窗戶的房間，裡面桌子上點了一支蠟燭，有六七個人擠在角落裡，燭光太暗也看不清大家的臉。挾住她的人說話了：「這個女人一直跟蹤李大爺，八成是日本漢奸的情報分子！」這時有人走過來拉開那握著她嘴巴人的手，接著說：「小萍怎麼會是妳？」李萍用力推開那大漢，跑過去抱住她父親，嘴巴喊道：「爸爸，你到底是在幹什麼？」李大爺用嘴噓了一聲，輕輕對她說：「坐下來我們好好談談。」經過父親一陣的談話，李萍才瞭解父親的苦心，為他愛國冒生命危險參與地下工作覺得十分驕傲，也慚愧一直懷疑父親有了外遇。父親叮囑她絕不能把這事告訴母親，怕她操心，也不能對任何人談起，否則大家的命都沒有的。李萍站起來說：「請大家放心，我不是賣國賊。請大家接受我的要求，我也想為祖國效力，參加你們的組織。」父親及在座的人都愣住了，李萍的父親終於開口說：「小萍，妳年紀太小，還在念書，這工作是非常冒險的。」李萍反駁她父親說：「爸爸，我不是小孩子，再過兩個星期我就十八歲了。學校已關門三個月了，還不知何時才能再上學。你不是常鼓勵我學花木蘭為國效力？」李萍的爹低下頭嘆口氣對她說：「好吧，我就成全妳，明天妳會見到周組長，他會給妳做短期訓練，再安排妳的任務。」

在一個月左右的暗地訓練下，李萍覺得做一個情報人員，除了勇氣與機智外，也需要許多技術方面的學問，像發電報、武器的施用及脫身的武術等等。雖然訓練時間不長，但她很用功、聰明又懂得隨機應變，只是缺少經驗，所以組織單位先設法安排她到一所偽政府官員招待所做房間的清潔女工。這家招待所當年是用來接待西方外賓的，裡面有套房、餐廳、舞池及樂隊，門口有警衛，員工上班都要呈上印有照片之出入證，她的任務是將日本軍官及偽政府官員出入及有關活動報告給組織，配合其他地下工作人員的行動計畫。李萍沒有把真實告訴她的母親，因此她母親只知道她有一份工作。李萍工作時間是早上七點到下午六點，每週工作六天。有一天夜班，督導他們的是位三十來歲的王先生，會講日本話，曾在日本東京念過兩年書，平時不大言笑，埋頭工作，對員工安排很有條理。

有一天早上李萍拿了清潔工具去整理房間，她敲了一下門沒有回音，門沒有鎖，她想住的人可能出去了，於是她開始擦桌子，摺被子。忽然聽到有腳步聲，她回頭看是一位穿軍服的日本軍官，她急忙地拿了清潔工具預備出去。想不到那軍官比她快一步，跑過去把門關上，過來抱住李萍，嘴裡喃喃自語地說「花姑娘，花姑娘」，便往床上拖。李萍從來沒有讓男人碰過，也沒有交過男朋友，心裡又急又慌，但又不敢大叫，怕那日本軍官施暴力，好在學過一點擒拿術，擺脫那日本軍官，兩人在房間裡的方桌子兩端像鬥雞似地追著跑。那軍官一不小心，碰到桌子上的花瓶，打得滿地碎片。不久聽到有人重重敲門，那軍官罵了一句：「八個牙路。」過去把門開了。原來敲門的是督導員工的王先生，他操著日語問房間出了什麼事，那日本軍官說：「沒什麼，打破一隻花瓶。」王先生看到李萍衣衫不整、滿面汗水地站在角落裡，便走過去抽了她一記耳光罵道：「叫妳來打掃房間，妳竟然不小心把花瓶也打破了，快點給我滾出去，等等與妳算帳。」李萍便趁機溜了。王先生一直向那軍官鞠躬道歉，並派來一位男工把地上碎片打掃乾淨，又送上一瓶米酒給軍官消氣。

回到員工休息室，李萍覺得慚愧，來了近兩個月，還沒替組織做什麼事，差點出了亂子，不是王督導趕來，後果真不堪設想。正在想著，王先生進來叫李萍到他辦公室有話對她說。李萍心中估計八成要叫她走路了，那麼對組織如何交代？想不到王先生不但沒有罵她，卻對她說：「在前面櫃檯管理客人登記的林文英要生孩子了，大概不會再回來上班，妳念過高中，下週起就到前台上班。」這大出乎李萍意外，因為這是她最盼望的工作，這對她蒐集情報是最有利的，她向王先生深深鞠躬並感謝他剛才救了她，王先生卻冷冷地回道：「不是我救了妳，是那隻破花瓶救了妳。」這新工作很輕鬆，每天看到進出的人很多，除了日本將官、偽政府要人，便是在風月場中打滾的女人及交際名花。她曾見過當時北平的名女人李麗與日本將領在這兒出入許多次，心中暗罵：「不知廉恥的臭女人！」許多年後才知道，那北平李麗是軍統情報組織頭子戴笠部下派來的女間諜，周旋在日本將領間以色相換取情報，為國家曾立過功，當年與戴將軍也有過很親密的關係。

有天李萍的祖母換衣服，因為身體不好人愈來愈瘦，一不小心戴在手指上的一枚玉戒指掉下來，不知道滾到哪兒去了。老太太急壞了，因為這是她出嫁時她母親給她的紀念物，李萍的娘在房間找遍了也找不到，心中覺得奇怪。她看女兒的房間半個門開著，會不會滾到她房間去了，她走進去四處看看也見不到，於是趴到女兒床鋪地下看看，果真在床下，在一個黑包包面前停住。她喘了口氣拾起戒指，但覺得奇怪，上週替女兒房間拖地，因床下很久未掃灰塵多，於是她掃完灰塵也用拖把前前後後在床下拖了幾次，並未見到這個黑包包。她好奇地把它撿起來，很重，她打開一看幾乎不能呼吸，裡面裝有一隻手槍及一個小型發報機。她「啊」了一聲，因為她想起女兒最近待在房裡老把門關得緊緊的，有時與她老爸講悄悄話，莫不是他們有什麼任務？她把黑包包放回原地，裝著不知道。

過了三天她再到女兒床下去看，黑包包不見了，她百思不解，覺也睡不著。有天李萍下班回來，幫著媽媽包餃子，她娘實在忍不住了，便對女兒說：「到妳房間去，媽有話跟妳說。」走進房間，她把門關上，坐在床邊叫女兒過來，李萍已感覺到有事發生了。李萍的媽握住女兒的手說：「媽只有妳這麼一個女兒，我們之間不應該有隱瞞的事。這一陣子妳跟妳老爸行動都很奇怪，常常背著我講悄悄話。」李萍叫了一聲「媽」，說：「爸爸是一再叮嚀我要好好工作，他怕妳操心，所以不讓妳知道。」李萍的媽略帶怒色地說：「媽的心裡只有妳和妳爸爸，妳們的命比我還重要，我哪會害妳們，妳還在講瞎話騙媽媽。上週四，妳奶奶的玉戒指掉了，不知滾到哪兒去了，我在妳床下找到，發現有隻黑布包包。妳告訴我裡面的東西是幹什麼用的？」李萍知道無法再隱瞞母親，她也相信母親，於是把自己與父親參加地下活動的事告訴了她。李萍的媽皺了一下眉頭說：「當然，沒有了國家，就沒有了家，我支持你們。但是，要千萬小心，妳奶奶常年有病，萬一出了事，我們逃都逃不了。」李萍過來摟住她娘說：「媽，我們會特別謹慎，妳放心好了。」

半年過去了，有天李萍的父親神色略帶緊張地對她說下了班就回家，他有任務要晚回來，「萬一不回來，有人會到家來找妳，妳要聽他的話行事」。李萍問她父親是否有什麼急事，父親回了一句：「等我回來再告訴妳。」就匆匆出門去了。李萍心中一直不放心父親，母親及奶奶都已入睡，她坐在床上等父親回來。到深夜一點，她開始有點心慌，忽然有人重重敲門，她以為是父親回來了，開門一看原來是曾經捂住她嘴巴的周同志。他慌張地把門關上對李萍說：「快跟我走，妳父親執行一項任務，不料走漏了風聲，被日本人抓去了，我想他們會來妳家追查，萬一妳的身分暴露會牽涉到許多人的生命。」李萍眼淚汪汪地說：「我不能丟下了母親及奶奶。」這時李萍的母親衝了出來說：「我都聽到了，小萍妳快走，奶奶我會照應，我不能走，我要等妳父親回來。」周同志也催她，母親說「等一會」，便跑進房裡，拿了一個小錢包塞進李萍手裡，李萍流著淚喊了一聲「媽」，便隨周同志跑了。

由地下組織的接應，她到達漢口，在那兒待了一陣，然後到了四川，先在南溫泉工作，然後調到重慶市。柳文新聽完了李萍的故事感慨萬千，覺得自己有多幸福，對她更產生一種憐愛。於是握住李萍的手問她有沒有父母的消息，她說她僅知道她的祖母三個月前去世，日本人沒有為難她的母親，於是為了生活她再重入梨園登台唱戲，但一直沒有父親的下文，說著眼淚又流了下來。柳文新安慰她說，今後她會像對親妹妹那般愛護她。不久李萍得了急性盲腸炎住院開刀，柳文新每天來看她，有時待得很晚，等李萍睡著了才離開。病好後李萍從宿舍搬出到柳文新的小家與她同住，她很感激柳文新對她的照應，雖然在生活上有些不習慣及不大適應，但日子久了也就隨遇而安了。

在唐家沱這鄉村生活很清閒，空氣好，也沒有日機的騷擾。每日晚飯後她們不是繞著山丘散步，便是沿著長江而行。大約過了三個月，柳文新接到上司命令要到內地去執行某項任務，大概要兩三個月的時間才能回來。一年多的相處，雖是短暫的離別，兩人心中有說不出的惆悵。柳文新走後李萍顯得很寂寞，常常一人散步到江邊。這天她坐在一塊石頭上，正值夕陽西下，彩色的天空下遠遠見著一艘漁船徐徐而來，那太美了。她不知不覺唱起當時最流行的歌曲〈漁光曲〉：「雲兒飄在海空，魚兒藏在水中⋯⋯，爺爺留下的破魚網，小心還靠它過一冬。」唱完了後她低下頭想起了父母及文新，不知她們怎樣了。就在此刻，她忽然聽到有人在後面叫好，她嚇了一跳，回頭看原來是辦公室同事小郭。小郭及李萍在重慶市時就認識，小郭拉得一手好胡琴，有一次同樂會，李萍清唱一段《三娘教子》，便是他拉的琴。來唐家沱後，雖然小郭邀請她有空來宿舍唱一段，她顧慮到柳文新就藉故推辭了。小郭開口說：「我只知道妳平劇唱得好，想不到歌聲也這麼清亮，真可比美王人美。」李萍滿面通紅地說：「我怎麼一直沒有看見你。」小郭說：「我在竹林那兒聽到妳那美麗的歌聲，就隨著歌聲走來。」李萍更不好意思地說：「你不要再捧我了，其實這首〈漁光曲〉，我是觸景生情才唱的，我是比較愛唱周璇的歌。」小郭興奮地說：「我也最喜歡她的歌，像〈天涯歌女〉、〈何日君再來〉真是動聽極了。」要求她唱一首。李萍搖搖頭說：「今天獻醜夠多，改日再唱吧。」大家沉默了一陣，李萍見小郭一手拿著畫本，另一手提了一個布袋子，便好奇地問他：「郭先生，你是來寫生的嗎？」小郭笑笑點頭說：「我也是看到這晚霞映照著這漁舟，這景色太美，想把它畫下來。」李萍笑著說：「真想不到你還是一位藝術家，我能不能看你畫。」小郭也點頭說：「那是我的榮耀。」說完馬上從袋子裡掏出水瓶、水彩顏料及畫筆，打開畫本匆匆在上用鉛筆鉤了漁船及遠山輪廓，便擠出顏料在調色盤加水調溶，很大筆地畫下那美麗的天空，再用墨色加藍加水畫出朦朧遠山，又在水面上加點彩色及墨綠，最後用細筆褐墨色勾出漁舟，前後大約畫了半小時，李萍見了拍手說：「太捧了！」小郭把這張畫從畫本上撕了下來交給李萍說：「是妳的歌聲帶給我靈感，送給妳。」李萍說：「那怎麼好意思。」小郭說：「這張畫有了一位美麗的主人，也是畫這張畫的人的光榮。」李萍半喜半羞地說不出話來。

自此以後李萍經常伴隨著小郭在外寫生，興趣來時小郭也教教她水彩畫。李萍覺得小郭很有才華，人又穩重，氣質很好。有一天李萍對小郭說：「週末你不是想到老鎮去畫畫，我們早點去，順便我買點豬肉、黃牙白，晚上到我那兒包餃子吃。」小郭聽了直點頭高興萬分。老鎮上有許多百年老屋，小郭畫得特別生動，李萍看了引起不少思鄉之情。小郭看她面帶惆悵便建議她到揚子江邊那家茶館喝茶。茶館裡坐了七八個客人，茶房泡了一壺龍井茶，又端來一碟豆干、一碟瓜子。李萍對小郭說：「你那麼有藝術細胞，為什麼當年不考慮做個藝術家。」小郭嘆了口氣說他曾讀過兩年藝專，後因父親是情報人員被日軍抓到槍斃了，為了替父親報仇，他就參加了中統對日的地下工作。李萍又想起自己的父親，她覺得小郭與她真是同病相憐。兩人閒聊了一陣，回到市場買了些菜便回家去了。李萍教小郭如何包餃子，兩人嘻嘻哈哈高興萬分，彼此距離也愈來愈近。吃完餃子兩人又聊了一陣，在小郭一再要求下，她為他唱了一首周璇的〈拷紅〉，小郭聽得如癡如迷，情不自禁地握住李萍的手，李萍沒有拒絕，紅著臉低下頭。過了一陣，李萍對他說：「天晚了，快回去吧。」小郭這才放開了她的手，依依不捨地回宿舍去了。這晚兩人都輾轉難眠，心中甜蜜又興奮。

一個月後，有天李萍下班回來接到柳文新的來信，說她已回到重慶，大約週六就會回來，心裡真高興。因為自她離開唐家沱，隨時都在想念她。李萍讀完信後矛盾萬分，她知道柳文新回來後，她不可能再與小郭在一起，心中有說不出的矛盾與痛苦。這天小郭見李萍悶悶不樂便跑來問她是怎麼樣了，她推說昨晚沒睡好，小郭建議她今天不要燒晚飯了，他去鎮上餐館點兩個菜回來陪她吃，李萍先是沉默一陣，然後點點頭。

晚上小郭來到李萍那兒，帶來一包滷菜、一瓶紹興酒及一小罐泡菜。兩人吃了一陣，李萍又低下頭，小郭握住她的手說：「有什麼心事告訴我好嗎？」李萍這才開口說柳文新週末就回來，此後她不可能跟他在一起。小郭聽了臉色一陣青一陣白，氣憤地說：「妳能與她一輩子在一起嗎？」李萍含著眼淚說當年她孤零零的一個人病了，柳文新日夜不眠地看護她，她非常感激而答應永久不會與她分開。小郭聽了搖搖頭說妳真傻！想想妳父母知道會如何傷心，妳不想將來有孩子有一個正常的家庭？」李萍蒙著臉哭著說：「不要再講了，都怪我自己，請原諒我！」小郭沒有再講話，失望地望著窗外，屋子裡靜得可怕。過了好一陣子，李萍對小郭說：「飯都冷了，快來吃飯吧，謝謝你買來我最喜歡吃的滷豬耳朵。」她順手夾了一塊給小郭，又倒滿兩杯酒對小郭說：「不要想太多，讓我們喝酒。」兩人一杯又一杯地喝，李萍突然想起小郭說他最喜歡〈何日君再來〉這首歌，於是她淚汪汪壓著自己的感情唱起來：「好花不常開，好景不常在，今宵離別後，何日君再來，來來來，喝完了這杯再說吧……。」唱完後兩人都略帶醉意，李萍扶起小郭叫他好好回家休息，有事明天再說。

小郭走後她靠在床上想了一陣，她想起父親曾對她講過，一個人年輕時要多讀點書，不要讓自己捲入情感的包裹，將來一事無成。她體會到自己還年輕，應該回到學校，她也不想傷害任何人。她起床在抽屜裡拿出紙筆，寫了一封信留給柳文新，信中除了感激她對她的照顧，也表明自己的立場，決定離開她回到學校。信中她說，她對父母沒有盡到孝道已是終身遺憾，但她不能再辜負他們的期望。她也寫了另一封信給小郭，說她走了，感謝他帶給她一段美麗的時光，有緣將來再見吧。她把箱子整理好，這時天已亮，房東太太已在外面咯咯地叫著餵雞。她提了箱子下樓，叫住房東太太，兩人嘰哩咕嚕談了一陣，然後她從皮包裡拿錢付了她下個月之房租，也請她把給小郭的信轉交給他，轉身就走了。這時太陽已從東邊升起，照著那青山綠水，她嘆了口氣，匆匆向碼頭走去，漸漸地消失在人群中。

第七章　斷手、破相

住在鄉下的孩子最怕的是天下雨，因為那時候在抗戰，大家都很窮，哪有玩具玩，通常一下雨，鄰近的孩子就躲到公家大飯廳去玩遊戲。有一天，在飯廳的角落上不知道是誰放了一張大床，我們大約有五六個小孩在上面又蹦又跳。對街陳家大女兒年齡大我們一截，大約有十二歲，加之當時長得又高又肥，只要她一跳，整個床震動得像要塌了。跳了一陣，忽然聽到大妹在尖叫，原來是陳家小兒子抓住她的頭髮不放，我趕緊過去把他推開。萬想不到他那體壯如牛的姐姐看到了，以為我在欺負她弟弟，不分青紅皂白把我從床上用力一推，推到離床五六尺外的地板上。在空中我是右手臂先落地，我痛得大哭，頓時右手不能動了。廚房裡的廚師聽到哭聲跑了出來，見我躺在地上，趕緊抱了我起來送回家。

那時媽媽生了二妹圓圓才幾天，還在坐月子，剛好母親請了洗衣服的周媽每日來幫忙幾小時，便叫她帶我去陳家講理。陳家主人也是父親老朋友，平日不在家，在重慶工作，太太是個痲子，沒有受過教育。周媽到了她家，把前因後果告訴她，想不到她竟惱羞成怒，開口大罵：「是這孩子先欺負我兒子，我沒找你們算帳，你們卻欺上門來！」一隨手在門後拿出一把竹掃把來趕我們走，口中不斷地又吼又叫地罵著髒話。周媽氣得講不出話來，回來告訴了母親。母親也很生氣，便請鄰居楊太太馬上帶我去小鎮上的公家醫院。醫生檢查過後，告訴楊太太脫臼的部分雖然接上了，但我的手還是不能動，可能有骨頭斷了。因為鄉下醫院沒有X光設備，必須到重慶大醫院去治療。母親很著急，因為父親正在重慶哥樂山中央訓練團受訓，每週只有一天可以下山。母親對楊太太說，我的乾爹、乾媽住在重慶市，可以先到他們那兒去，再由我乾爹馬上發電報與父親聯絡。可是，她由於自己在坐月子，不便行動。楊太太聽了自告奮勇說她可以送我去，母親對她說：「妳自己也有一個幼兒，怎麼方便呢？」楊太太說，沒有關係，反正周媽每日要來招呼妳，就請她待長一點，順便看看她的嬰兒。她決定明天一早就搭汽輪去，把我交給乾爹後，她馬上搭下午的汽輪返回唐家沱。母親聽了才放下一顆心，感激地流下眼淚。

楊太太找到乾爹辦公室，把我交給他就走了，乾爹馬上與父親聯絡。父親緊張萬分，請假趕來把我送到醫院。醫生照過X光說右手彎處之脆骨全部跌碎了，可以長好，要上石膏十個月到一年，因為小孩正在長，每週要來檢查一次，平均一二個月要換一次石膏。父親不知所措，帶著我坐在醫院走廊上，心想這樣不但耽誤學校，平時誰來帶我看醫生，自己要受訓四個月才能結束。

這時忽然聽到有人在叫父親名字，父親抬頭一看是老友譚國忠，他問父親是不是來看病，父親便把我的情況告訴他。譚先生說：「你算遇到貴人了，我認識一位跌打骨傷的醫生，那真是神醫。去年我丈母娘跌傷了腳，西醫說要開刀，她年齡大，怕上了麻藥醒不過來，經人介紹去見了這位於師父，不到兩個月就好了。」父親聽了十分興奮，譚先生告訴了父親大概地址，並給父親一張自己名片以做介紹。父親在沒有選擇下，穿著厚厚的軍裝背了我去找那位神醫。因為當時抗戰，蔣主席主張新生活運動，軍人是不能坐黃包車的，父親背得滿頭大汗，到了醫生家裡天都黑了。父親遞上譚老的名片，過了一陣，出來了一位身高六尺以上的光頭彪形大漢。父親向他講了我的情況，那跌打骨傷的師父在我右手上下捏了一陣，又叫我做一些小動作，一聲不吭地進後廳捧來一個大缸，裡面有木炭生著紅色火焰。師父脫下上衣顯出強壯的肌肉，他不斷地運氣，然後用手在炭爐裡掏一把火敷在我的受傷處，他這樣做了過十來次，竟然滿頭大汗，然後他用一根細長的針在受傷處插了兩三下，我竟然沒有一點不舒服的感覺。最後師父用了一塊白綿布摺成一條帶子，把右手抬起成弓形吊在脖子上，然後對父親說：「除了洗澡外吊帶最好不要取下來，每日上午來我這兒一次，一個月我擔保他會復原。」父親聽了都給愣住了，心想真有這麼神奇嗎？出了師父的門，父親帶我在附近小飯館匆匆吃了一點東西充饑。想到乾爹講過，有什麼要幫忙的地方儘管找他，父親決定把我暫寄宿在乾爹家裡。乾爹家離于師父家也只有十五分鐘路程，父親又背著我在黑夜中徒步前行。乾爹程健松就在我們過去住的川東師範區的山坡上，要爬三十多個石階才到他家大門口。父親跟乾爹、乾媽講明了來意，乾爹、乾媽說絕無問題，乾爹說他會叫他一位部下每日來帶我去于師父那兒醫傷。父親交代了我一聲，要聽乾爹、乾媽的話，每週他會來看我一次，留下了我裝衣服的小包裹便走了。因為晚上十時前他必須趕回訓練團，我流著眼淚，依依不捨地望著他離去。

乾爹、乾媽我在四歲時見過，那時候我們還住在重慶市。他們剛結婚不久，爸爸、媽媽請他們來吃年夜飯，他們帶來一個木鴨子玩具給我，這是我在十歲前唯一收到的玩具。木鴨身下有四個輪子，鴨脖子上有一根繩子，拖了它會跑。乾爹原有一位同居兩年多的女友王義芝，比乾爹要大過七八歲，王曾留學蘇聯，能說善道，很令乾爹敬佩。可是王為人浪漫，有年乾爹到外地出差兩個月，王不耐寂寞，竟與一周姓男子打得火熱，乾爹回來後知道此事，決定與她斬斷情絲。到底有多年感情，因此乾爹情緒低落，每日悶悶不樂。那年調查局舉辦新年同樂晚會，晚會節目豐富，有相聲、歌唱及平劇，父親力邀乾爹去散散心。當相聲完後，司儀先生走到舞台中間宣布：「諸位先生、女士，現在替大家換換口味，我們請萬敬君小姐上來給大家唱一首歌，歌名叫〈燕雙飛〉，請大家鼓掌歡迎！」接著台下一陣熱烈掌聲，只見一位窈窕梳著兩條大辮子的年輕女郎向舞台走去，當她跨上舞台第二台階，噗通摔了一跤，頓時引起台下一片笑聲。司儀趕快跑下來扶她，好在沒有受傷。女郎羞得面如關公，當她站在麥克風前，大家才看清楚是這麼一位年輕、秀麗的女士。她定了一下，開口唱出當時由影星陳玉梅唱出名的名曲〈燕雙飛〉，她那清脆的歌聲如同其人那般美麗，這時父親用手碰碰旁邊的乾爹說：「健松，這位小姐很不錯，別錯了機會，快追！」乾爹聽了也很興奮。當父親打聽到這位小姐才來上班不到三個月，是來自湖北省漢口市，父親知道她是湖北同鄉，則更鼓勵乾爹去追。經過半年多交往他們終於結為夫妻。一年半後他們有了一個女寶寶取名小梅。

乾爹、乾媽的家是一棟木造的平屋，有一臥室及一客廳，園子右側有排圍牆，中間有一大門，開了門就是三十多層石階，連接市區大馬路。大門左側用竹子加蓋了一間廚房及儲藏室，每日早晨有位周媽來幫忙打掃房間、洗衣服及買菜。乾媽在客廳靠牆邊新放了一個單人竹床給我睡覺。乾媽可以說是我這一生遇到最慈祥及好心的人，每晚當我叫著要小便，她帶著惺忪的眼睛拿了尿筒招呼我小便，半夜我要喝水，她不厭其煩地起床倒水給我喝，一點怨言也沒有。在我覺得無聊時，乾媽總是叫我坐在她旁邊講故事給我聽。有一天賣麥牙糖的來了，我吵著要買，乾媽不答應，我躺在藤椅上生悶氣。乾媽走過來坐在我旁邊，握住我的手輕言細語地對我說：「小孩糖吃多了會生蟲牙，牙齒上會有一個小洞，醫生必須打麻藥針把洞補起來，才不會痛。」我聽到要打針，就不再要買糖吃，也瞭解了吃糖的壞處。有天早上周媽來打掃房間，乾媽託她看一下小梅，然後帶了我到大街頭有家小飯店去買大餅。這陝西人做的厚厚大餅有面盆那麼大，你要多少廚子就切多少，然後在秤上稱一稱才收錢。回來後乾媽拿出一碟辣椒醬，熱熱的大餅沾點辣椒醬，吃起來真是又辣又香。以後幾乎每天周媽來做工時，乾媽就帶我去買大餅。有天周媽沒來，乾媽問我會不會去買，我說會，乾媽給我一個有手把的籃子，裡面放了一塊錢，並囑咐我過馬路要小心。好在下了門口的石階過一條馬路再走五分鐘就到了飯店。買回來後，乾媽大大讚揚，以後周媽不在，我就獨自去買。乾爹從來沒有討厭過我，但我好像在他眼前沒有存在過。每次他下班回來，我去開大門，他看也不看我一眼，就直接向屋裡走去，這樣更令我想念自己的父親。因此每當父親要來看我那天，我就早早地坐在大門前的石階上等他。有一次我等了很久，天都黑了也見不到父親的影子，我失望正預備推門進去，忽然見到馬路上有人向石階這邊走過來，我走下幾步石階看看那是父親，我飛也似地跑下去抱住父親哭了起來。

有一天，我感到無聊，一個人趴在園子裡地上打彈珠，抬頭一看，見到一對年齡與我相仿的小孩子遠遠地站在那兒看我。起初我以為他們是小叫花子，那男孩流著鼻涕，在大熱天穿著厚厚的舊棉襖，兩隻袖子舊得發光，可能是用來擦鼻涕的關係，底下光著一雙腳；旁邊的女孩穿著連身裙子及一雙黑布鞋，上面都是洞，頭髮亂得像一堆稻草。雖然我覺得他們很髒，但很難碰到其他的小孩，於是我邀請他們一起來打彈珠，他們倆高興地跑了過來。這女孩是那男孩的姐姐叫阿花，弟弟叫阿雄，他們只差一歲零兩個月。據乾媽後來告訴我，阿花跟阿雄的母親在三年前病逝，他們的父親受的刺激很大，加之孩子太小，壓力很大，於是開始喝酒，常常喝得不省人事，兩個可憐的孩子非但沒人照顧，也常常餓得沒有東西吃。他們父親工作的機關就在乾爹、乾媽家的後面，他們父親的同事終於看不過去，於是安排他們住在機關宿舍內，在機關裡飯廳包飯，兩個孩子總算脫離了挨餓之苦。這時飯廳開飯的鈴聲響了，阿花對她弟弟說要開飯了：「我們該走了。」於是阿花牽著她弟弟的手跑了。我對他們喊著：「明天再來玩好嗎？」兩人回頭高興地直點頭。

從此以後這兩兄妹幾乎每天都來找我玩。有一天乾媽家來了兩位客人，潘太太及她六歲的女兒美美。潘太太的家也在唐家沱，他們住在東邊，母親也認識她，因為她只有一個女兒，所以寵得很驕。一般鄉鎮的孩子穿得都很樸素，潘太太卻把女兒打扮成花蝴蝶，她有不同顏色的連身紗裙，頭髮上配有不同色澤的蝴蝶結，腳上經常穿的是皮鞋。有人說潘太太平日省吃節用，錢都花在女兒身上了。這天她來乾媽家穿的是乳黃色連身紗裙，黝黑的長髮向後梳，上面紮了一個黃紗大蝴蝶結，腳上穿的是深咖啡色新皮鞋，臉上抹了兩塊胭脂，小小的櫻桃小嘴，挺挺的小鼻子，的確美麗得像是童話中的公主。當我們正在園子裡拍皮球，阿花及她弟弟來了，並走近過來呆呆地望著美美，美美忽然捏著鼻子叫起來：「啊！臭死了，他們是誰？叫他們趕快走開！」我只好過去對他們說：「你們回家去好了，改天再來玩。」這兩姐弟好像沒有聽到我說什麼，還是癡癡地望著美美。我只好重複地又說了一遍，他們只是退後了四五步，還是不走。美美又叫起來：「你叫他們快走嘛！我媽媽是不准我跟髒孩子玩的！」我只好又跑過去生氣地對他們吼起來：「你們現在就替我滾回去，以後永久不要再來找我玩！」這兩姐弟被我的吼聲嚇住了，回頭就跑了，從此以後這姐弟就沒有再來過。

幾十年來，每當我想起這件往事，心中產生出無限的歉意。時光過得很快，轉瞬一個月到了，這天父親特意請假帶我去見那位跌打骨傷的師父。師父在我右手上下捏了一陣，於是把我手上的吊帶取了下來，並且叫我把右手向上慢慢地向天空舉上來，真是神蹟，我竟不費力地把右手舉得高高的，師父也高興地對父親說：「這孩子的手已經好了，回去跟他母親說要多注意，不要再摔跤了。」父親從來沒有笑得這麼開心。別了師父來到乾媽家，父親對乾媽說趁他今天拿假，他現在就準備帶我回唐家沱家去。乾媽說為什麼要這麼急，可以多住幾天。父親說蔣主席下兩週隨時會來視察，不好拿假。於是父親拿了我的小包裹向乾媽道別，走出大門我心中很矛盾：高興的是馬上能見到母親及弟弟妹妹，難過的是除了我的父母外，這世界上沒有任何人像乾媽對我那麼慈愛，這一別不知何時再能見面。下了石階回頭望望，乾媽還站在大門口向我們招手，我也向她招招手，隨著眼淚也流了下來。

抗戰期間物資貧乏，菊姑送我那支變色鉛筆我把它當作寶貝。有一天在學校上數學課，老師叫我們自己練習她剛剛教的乘法作業，然後低了頭在改學生上週交上去的作業。隔座的同學高炳華好奇地問我為什麼我用的鉛筆與大家用的不一樣，我告訴他那是我姑姑送我的，只要沾點口水顏色就變紫色。說著我就示範給他看，頓時他的眼睛睜得好大，簡直不敢相信他所見的，隨手一把把鉛筆搶走了。我爭著要把它搶回來，他把手舉得高高的，硬是不給，我只好對他說：「你再不還我，我就要報告老師了。」說著就舉起手來。他惱羞成怒，握住那支鉛筆就往我的臉上一鑿，我痛得大叫，接著鮮血流了出來。老師見到也嚇壞了，因為傷處離左眼只差半公分，她馬上把我帶到辦公室擦去了血漬，抹上了紅藥水。

第二天我的左邊臉腫得厲害，母親趕緊帶我到我家後面的醫院去看。醫院裡有位叫張德秀的女護士曾經替媽媽接過生，加上又是父親湖北同鄉，所以對我特別關照。她替我換了藥並告訴媽媽傷口發炎，回家後每天用熱水袋敷一下。可是過了兩天非但沒有進步，半邊臉腫得像皮球，醫院裡的張小姐對母親說可能鉛毒引起發炎，最好送到重慶大醫院去治療。好在家中有一廚子黃道統，是父親有次出差住在旅社裡，道統在那跑堂倒茶水，父親見他很忠厚又是湖北同鄉，家中需要一個男傭人可以挑水煮飯，於是把他帶回家來。家中還雇傭了一位女傭人李嫂，唐家沱本地人，為人知情懂理又善解人意，與道統相處也很好。母親於是叫道統送我到父親那兒去並有封信帶給父親。父親見我真是痛心又著急，馬上帶我去看醫生，經過X光檢查，醫生說變色鉛筆的毒性特別強，鉛頭一直留在肌肉裡要開刀把它取出並清洗傷口處肌肉。過了兩天，父親帶我去醫院開刀，醫生給我的是局部麻醉，醫生取出殘留的筆鉛，也擠出許多紫色濃水，清洗後，然後把傷口縫起來，前後大約一個半小時，並囑咐一週後去拆線。拆完線後傷口處仍有點紅腫，醫生說過幾天就會逐漸消失，於是我又回到唐家沱，可是傷處的紅腫一直沒有消失。有一天與毛弟捉迷藏，一不小心臉碰到牆角上，頓時傷口流出紫色血水。母親見了嚇得忙叫道統立刻帶我去父親那兒，父親帶我去看原先的那位醫生，經過醫生們會診，他們認為鉛毒已到骨頭上了，因為傷處離眼睛太近，必須動一大手術把骨頭上之殘毒澈底清理乾淨，故必須全身麻醉才能動手術。開刀那天父親緊張又憂慮，早上十點我被送上開刀房，醫生叫我不要害怕，閉上眼睛默唸數字「一二三四……」，同時他把一個藥味很強的東西放在我的鼻孔上，不久我就昏睡過去。像做夢似的，我覺得自己從一個黑暗的地方飛了出來，前面迎來的是一片極為強烈的亮光，自己的身體不自禁地朝向白光飛去，就像坐火車似的，兩旁的景物連續地向後飛馳。我見到母親坐在椅子上縫衣服，弟弟妹妹在園子裡跑著玩，學校裡同學在上課，重慶市的大街、電杆及行人一幕又一幕地飛了過去……，我忽然聽到父親的聲音在呼喚我：「胖胖醒醒，胖胖醒醒！」於是我張開眼睛見到父親噙著眼淚帶著微笑的面孔站在床頭，我的頭的上半部被紗布纏著只露出眼睛，我問父親什麼時候了，父親說已經是下午四點。真想不到我已昏迷了六七個鐘頭，自己只覺得做了五分鐘的夢。

在醫院住了三天，接著父親每日早晨送我到醫院換藥，並告訴我那天開刀後醫生有一陣覺得我的心跳似乎停了，大家正急著要急救時，我的心又開始跳了起來，直到傷口癒合拆了線，父親才把我送回唐家沱。從此臉上留下一塊紫色疤痕，有時父親把傷疤上敷點白粉，遮蓋一下，這疤痕隨著年齡逐漸縮小。那時母親覺得到我幾乎每年不是生病就是受傷，於是跑到鎮上找位算命先生算算八字。算命先生說：「妳這孩子命中缺土，一生多病痛，很難養大。」母親把算命先生的話告訴父親，於是父親把我的名字從熊家騏改成了熊家基，因為音相近，而且「基」字底下是土，或許就這樣改變了我的命運。

第八章　阿珍的故事

我康復不到半年，我的家搬到對面的一座山丘，政府在那兒造了十來棟二層樓灰磚房子，分給在外交部及內政部有關的中高級職員家屬。每棟可以住兩戶人家，很幸福地我們被分到濱江路九號的第一層，上面住的是高尚忠先生一家。高先生在外交部做事，高太太叫程華，是我們小學的校長，她的文學程度很好，當年畢業於南京金陵女大。他們有三個孩子，老大比我大四歲叫做文光，老二是女的大我兩歲叫曼理，最小的兒子比我小兩歲，與我的毛弟同年，小名也叫毛毛。我們有三間房，房子後面有一平房分成三大間：有一間大廚房，裡面有兩個大灶，可供兩家同時烹飪；廚房旁邊兩間房，供兩家傭人居住。房子前方有一大塊空地，我們小孩子經常在那兒玩老鷹抓小雞的遊戲、滾鐵環、打彈珠、踢毽子或跳房子，大人則搬出幾把藤椅在那乘涼、飲茶聊天。空地兩側可以種菜，左側種有一棵桃花樹，每年春天滿樹粉紅色桃花，右側是十來棵有二三十尺高的綠色長竹，把這灰磚房襯托出特別美麗。前面廣場側中央，挖出七八層泥階，下了泥階前面有一條八尺寬馬路，馬路穿越東西兩頭，馬路後面是一大片竹林，有一小徑穿過竹林可到前面的長江。鄉下沒有水電，每家要自己去河邊挑水，把水倒進一大水缸，用明礬在水裡攪拌，到髒東西沉澱後才可以食用。長江背對黃山，黃山有二三千公尺高，據說蔣主席的別墅就在高山的叢林裡。小時候我常閱讀童話書，又看過一部叫《白雪公主》的電影，因此經常幻想在那深山裡住著一位老鐵匠，每天叮叮噹噹在那打鐵，又幻想森林裡面住著七個小矮人，真希望自己有一天我會到那兒去。我家一帶地廣人稀，十分寧靜，偶爾會有汽輪經過發出「嘟嘟」的鳴聲，否則每日只能見到幾隻蒼鷹旋轉在半山中，等待獵食的機會。

記得有一天，我獨自在江邊玩，那兒停了一艘生了鏽的廢輪。我好奇地在那兒張望，忽然在我附近飛來兩三隻矮我半個頭的大老鷹，我沒有理牠們，過了幾分鐘竟然又飛來幾隻，不久竟來了十來隻大鷹成半圓形把我團團圍住。那時我並不覺得害怕，於是我撿起地上幾塊圓石頭向牠們擲去，牠們有的在我頭上來回飛了幾圈，又停到原地盯住我。我於是撿起一根斷竹竿向牠們揮舞，牠們不停地亂飛，但還是不肯離去。這時剛好來往重慶與唐家沱的汽輪經過，一連串「嘟嘟」的鳴聲，終於把牠們嚇跑了。長大之後有次看報，上面報導：好萊塢有位導演帶了攝影隊及自己的家屬到非洲去拍一部探險電影，忽然飛來一隻大老鷹把他六歲的兒子抓著就飛了，雖然導演派出無數當地的土著到處去找，一個月過去也無蹤跡，想來早被老鷹充饑了。讀了那篇報導，才知道當年是那經過的汽輪救了我一命。江邊的東面連接著兩三里長的白沙灘，白沙灘有不同層次，我們這群小孩經常在那兒跳沙坑。順著白沙灘向東邊走就可到碼頭，碼頭上方就是舊市場，房屋都有上百年，有藥房、雜貨店、算命看相的、茶館說書等不同商店，馬路兩側都是鄉下人挑擔子來賣蔬菜、水果及雞蛋的。這些做生意的清一色的四川本地人，這市場經常很熱鬧。

我家後面上幾層土階又是一大片平地，散布著幾戶人家。緊貼著我家後面的是一家姓王的本地人，他家左側面是唐家沱鎮醫院，右側是住著兩三家的灰磚房子，第三家是母親同鄉董一峰的家。董伯母在收到內地帶來的鹹黃魚總會送一兩條給母親嘗嘗，董伯伯做紡織工廠，賺錢不少，是這鎮上的大首富。他們有一男一女，男孩子小我一歲叫董國安，是我的玩伴。再向右過去是醫院潘院長的家，潘太太是母親的牌搭子，像小鳥似的，經常嘴裡嘰嘰喳喳講個不停。再下去是父親朋友陸姓人家，也是父母的牌搭子。我家同一層次左邊兩百公尺是一養豬人家，每當我們聽到一陣陣震耳的豬叫，我們知道他們又在殺豬了。我們會好奇地跑去看，看著他們怎麼綁豬、殺豬、接血、燙豬、拔毛、吹豬、破腹等。雖然很殘忍，以生物解剖的眼光看也學到一些知識。在養豬人家的下一家住著一對年齡較大的夫妻，湖北人，他們有一年齡與我相等的獨生子，他的名字叫崔益濤，他的書念得不大好，但為人很單純，似乎不知人間煙火，興奮時他會跳起來直抖兩手。因為家住得近又同班，我們變成了好朋友。我還有兩位同班好友，他們的名字叫徐大之也是湖北人，另一位叫黃紹雄，我們經常在一起玩。崔家斜對面是姓陳的人家，先生在油輪公司做事，也是湖北同鄉；他們家中園子面積很大，周圍有圍牆環繞，在園子的右角落搭有一竹篷，裡面放了不少油桶；陳太太是我們的書法老師，也是母親的牌友。崔家正對面住的人家姓劉，劉家世代在漢口後花樓街開劉天寶中藥店。劉先生看來是位老學究，個兒不高，留著平頭，戴一副厚度很深的近視眼鏡，沉默寡言。劉太太很顯年輕，個兒不大，性格較開朗，留著兩條大辮子，父親把她當小妹妹，有時抓住她的辮子開玩笑。在我家前面那條馬路的東邊又有二棟磚房，這兩棟房子距離很近，頭一家住有兩戶人家，樓下一家姓顧，樓上姓邢，隔壁一家房屋住的姓龐。因為是小鄉鎮，所以大家都認識。在我家左邊也有兩棟磚房，首棟是一所機關，大約有五六人在那辦公，緊接的一棟住的是姓齊的人家。齊家男主人也在那機關做事，齊家夫婦一直盼望生個男孩，但天不從人願，第七個又是女兒，於是決定不再生了，把這么女完全男孩子打扮，短頭髮、經常穿男孩子工裝褲，她叫齊雪姑，起初我以為她是男孩子。我們一起上學，直到有一次她小便急，卻躲在樹後脫下褲子蹲著小便，才知道她是女孩。

在我們剛搬來新家不久，母親雇傭了一位女傭叫阿珍。阿珍個子高高的，大約有十七八歲，總是面帶微笑。在她初見母親時就說好了她只能工作八個月，因為她要嫁人了，母親見她討人喜歡，便對她說：「不要緊，到時我再找人好了。」阿珍雖有一點小個性，但做事勤快，母親交代的事她都做得好好的，因此母親真希望她能待長一點。有一天夜晚，阿珍在油燈下縫一雙黑布鞋，尺寸很大，母親好奇地問她是縫給誰的，阿珍紅了臉，不好意思地說：「是縫給未來我那當家的。」於是母親問她的母親給她準備了什麼嫁妝，阿珍忽然低下頭，隨著眼淚也流了下來。母親嚇了一跳，心想她一定有說不出來的痛苦，於是母親拍拍她的背說：「阿珍，心裡有什麼痛苦還是說出來好些，否則會悶出病來的。」於是阿珍用手絹擦乾了眼淚說：「太太，妳對我那麼好，我講給妳聽好了，只請太太別對他人講。」母親點頭說她不會的。

阿珍姓黃，不是本地人，她的家靠西部山區，是一個極端保守的村子。村子裡有五十來戶人家，因為地方偏僻，民風保守，與外界很少接觸，表親聯婚的情況很多；故剛出生不久就跟大姨的二兒子訂了親，不幸大姨的老二在六歲時得了腦炎，雖然命給撿回來，但卻變成了一個癡呆的傻子。在那個封建的社會裡是絕不允許退親的，阿珍的媽雖然後悔，但也就認命了。

阿珍的父母是務農為生，整天夫妻倆在田裡工作，故家中許多工作都得依賴阿珍去做。阿珍有一位同年知友陳妹，自小就經常在一起玩，陳妹的家離她家只有一里的路，陳妹有一個小她四歲的弟弟，她的爹是以上山砍柴及採菇子、野菜為生，不幸有次在山上工作過久，天都黑了，忽然從林子裡衝出一頭山豹向他撲來，受重傷身亡；她的娘是一瘦弱多病的鄉下女人，沒有生活能力，只有拖了孩子投靠做村長的大伯。大伯為人極端頑固及嚴肅，平日不多話，連她娘也怕他三分。

陳妹的日常工作是上山撿柴，及幫娘洗衣服，因此阿珍與陳妹經常一同在溪旁洗衣服，兩人也可藉機聊聊，偶爾阿珍也陪陳妹去山上撿柴，但不是每日都去，因為她要在家煮飯及幫在田裡工作的爸爸媽媽送水、送午飯。在她十六歲那年，有一天她發現家裡起火的樹枝不多，便與陳妹一起去上山撿柴。這天天氣晴朗，兩人情緒很好，撿柴撿累了兩人坐在石頭上聊天，忽然看到一個年輕人手上拿了一個網子，另一人握著一個玻璃罐子，背上又背了一個黃皮包包，汗流浹背地從上面山坡林子鑽了出來，嚇得兩人抱在一起。年輕人笑笑瞇瞇地走過來叫她們不要害怕，搖搖手上的網子說他是來抓蟲子的。兩人看這年輕人很有禮貌，不像是壞人，才鬆了一口氣。阿珍好奇地問他抓蟲子幹什麼，年輕人回答說做標本。於是年輕人蹲了下來解開黃包包，從裡面掏出來一個木盒子，打開盒子裡面有七八隻甲蟲，每隻蟲身上都插了一根細針固定在盒子裡。年輕人告訴她們說：「這就是昆蟲標本，是讓學校裡的學生認識哪些是好蟲，哪些是壞蟲。像蜜蜂就是好蟲，因為牠會釀蜂蜜。」他又指著一隻天牛甲蟲說：「這隻蟲是壞蟲，幼蟲期在樹幹裡吃牠的肉，變了成蟲就在樹幹咬一個洞出來吃樹葉，因此這棵樹就是有了蟲害，生了病，嚴重的就死了。」兩人聽得津津有味，覺得年輕人學問真好，對他產生好感，也瞭解怪不得城裡的人都進學校，能夠學到許多東西。

陳妹開口問他是從哪兒來的，年輕人自我介紹他叫譚勇，是成都人，還在學校讀書，家住在重慶，每年暑期都來雅安市來看望爺爺奶奶，因為喜歡抓蟲，就在附近的山區找少見的蟲子抓；幾年來附近的地區也抓得差不多了，想到遠一點的地區去抓甲蟲，剛好離這兒十多里的大甲鎮，有位養豬的遠親，自己有部運豬的卡車，這位遠親過去受過他爺爺的恩惠，因此無條件地送他到這兒來，下午再來載他回去；他已是第二次來這兒來，明天將是最後一天，因為後日是他爺爺七十大壽必須趕回去。這時陳妹指著盒子裡一隻身上帶有白點的天牛甲蟲，說她在後山有次撿柴看見過，年輕人聽了眼睛睜得好大說：「真的嗎？快帶我去找，我這次來就是找這種蟲。因為去年我在大甲鎮捕到兩隻，預測牠已分布到這兒來了。」阿珍說她必須回家去燒飯，因為在田裡工作的父母等她送午飯，說完背起撿來的柴匆匆下山去了。

陳妹帶了年輕人爬過兩個山頭終於來到後山，兩人找了好一陣子也沒看到這蟲子，年輕人只捕到幾隻綠色的金龜子。陳妹說可能在上面高一點靠西邊的林子裡，但她現在要回家去，怕她娘不放心。年輕人請她明晨再來帶他去找，陳妹很猶豫，但禁不起他一再要求，同時自己不但佩服年輕人的學識，也被他的氣質所吸引，於是點頭說好，她會來此會他，但請他別讓任何人看見。年輕人高興地連說謝謝，陳妹對他笑笑便下山去了。年輕人覺得這鄉下女子生得雪白乾淨，也產生不少好感。陳妹下了山來，正好碰到養羊的李二麻子趕著一群山羊經過此地，他見到陳妹嬉皮笑臉、色迷迷地說：「妹子呀！妳是愈來愈漂亮，哪天叫我爹到你大伯家求親，我會像侍候皇后娘娘奉承妳，來年為我生幾個胖兒子。」陳妹罵了他一句「不要臉的醜八怪」，罵完便跑走了。李二麻子氣呼呼地也罵了一句「小賤貨」，便往前走。才走了沒幾步，見到一位陌生的年輕人也從山坡下來往左方匆匆走去，李二麻子愣了一下，心想：「那陳妹莫不是搭上了這年輕人在山上私會？」咬了一下嘴皮，自言自語地說：「哼！臭婊子這回有得妳看的了！」

次日一早，陳妹便往後山撿柴及會那位年輕人，心裡很高興又可見到自己喜歡的人，哪裡知道李二麻子早就躲在一塊大石頭後面追蹤她。來到山腳，陳妹向四周望望沒人便鑽進林子裡，來到昨日捕蟲的地方，年輕人早已在那兒等她；打了一個招呼，兩人便向上面西邊的林子裡行進，李二麻子也在後面躲躲藏藏地一路跟蹤。來到西邊林子裡，兩人找了一陣子也沒看到任何跡象。年輕人焦急地對陳妹說那位遠親今天會早點來接他，因為下午他要搭公車去雅安爺爺家，看樣子是沒有什麼希望了。說著年輕人看到左邊有幾棵枯樹，他覺得可能有點希望，於是走了過去，在枯樹周圍揮揮蟲網。忽然看到頭頂前方的樹枝上有隻帶白點的黑蟲子，他慎重地看準了一網掃了過去，馬上捏緊蟲網只開了一條小縫，看看蟲子在裡面，於是打開玻璃罐，小心地將蟲倒進去，立刻蓋上蓋子。他再仔細看看，跟他在大甲鎮採的是同種天牛，年輕人高興地向陳妹這邊跑來叫著：「抓到了，抓到了！」陳妹也興奮地向年輕人這方跑來。年輕人一手握著玻璃罐，一手摟住陳妹的腰在空中打了好幾個轉，陳妹也為他高興。但是，這突來的舉動使她莫可奈何，臉羞得發燒，年輕人才發現不對，連向陳妹說「對不起」。這時躲在林子裡偷看的李二麻子真是又嫉妒又氣惱。隨著年輕人回到原地又捕到兩隻，於是把東西放好，背上黃包包對陳妹說，他的親戚可能已在山下等他，他必須走了；這可能是他最後一次出外捕蟲，明年他大學畢業，將不知道會在哪兒工作，希望以後大家有機會再見面；於是在口袋裡掏出一個小袋子交給陳妹並對她說，這兩天辛苦她，捕到這種蟲總算完成心願，這小袋子裡的東西是他奶奶給他的，他想送給她，感謝她的幫忙，說完對她笑笑下山去了。李二麻子聽不清楚他們講的什麼，但看得清清楚楚年輕人交給她一樣東西，於是轉身向陳家大伯那兒告狀去了。陳妹在林子裡愣了好一陣子才醒來，頓時心中一片空虛，有說不出的失落感。她打開小包包，裡面裝的是塊小玉牌，她用手絹包了起來裝進衣服口袋裡，年輕人的影子一直在腦海裡打轉，隨著滴下幾顆淚珠，無精打采地撿了一些柴便下山了。在半路上巧遇阿珍給她爹娘送午飯回來，阿珍高興地跑上去打招呼，她發現陳妹好像心事重重，於是對陳妹說：「你今天看來不大對勁，我們像親姐妹，有事跟我講好了。」陳妹沉默了一陣，坐在路邊的大樹下把這幾天的事告訴了阿珍，阿珍對陳妹說：「好妹子，人家是大富人家，又是大學生，怎麼會要我們這些鄉下姑娘呢？忘記他好了，妳那包包要收好，讓你大伯知道可不得了。明晨我也要再上山撿些枯樹枝，到時我們再聊聊。」陳妹點點頭背上枯柴回家去了。

當陳妹快走近家時，屋前的院子裡人影重重，她好生奇怪，剛踏進院子裡只見大伯怒氣沖沖地坐在一隻木椅上，左右兩邊放了兩條長椅坐著幾位陳家及村中長老，地上攤著一團粗麻繩、一條竹鞭子，李二麻子站在那兒陰笑，種紅薯的陳大頭站在李二旁邊，她的娘坐在大伯後面的一張小板凳低著頭哭，大伯媽坐在她的旁邊。陳妹知道出事情了，可能李二麻子偷看到她與那年輕人在一起，於是丟下背上的木柴向後跑，想到阿珍家躲躲。跑了沒有多遠就被那李二及大頭趕上，兩人用繩子把陳妹捆綁起來抬了回去丟在大伯面前。大伯氣得滿面發青，走上去踢了她一腳，罵道：「陳家祖先數代的臉也被妳丟盡了，妳每日上山撿柴原來是藉機私會野男人，快說那野男人是誰？……」陳妹喊著說她是清白的，是一從雅安市來的學生在林子裡捕蟲，因為地區不熟，遇到她請她帶路而已，人家早就離開回家去了。大伯說：「女娃兒怎麼可以隨便與陌生的外地男人打招呼！妳所講的與李二看到的似乎有出入。」陳妹說那李二麻子有天在山下遇到想占她便宜，她罵了他一句，因此懷恨在心，藉機造謠。聽罷大家望望李二，於是二麻子跑到大伯面前撲通一下跪下來說：「大伯呀，我若是向你撒謊，叫我家三口子天誅地滅。我不但看到他們抱在一起，竟然做出不能見人的事，我都閉了眼睛看不下去。」大爺聽了臉上一陣青一陣白，陳妹喊道：「痳子，你在說瞎話，不得有好報。」李二接著又說：「我是看得清清楚楚，那男的走時還交給她一個訂情物，一定還在她身上呢！」大伯叫大頭去查陳妹身上的衣裳，陳妹在地上打滾，不讓他搜。大頭用一隻腿壓住她，果真掏出一個用紅緞子做的小包包，他交給大伯。大伯打開一看是一塊印有龍鳳的玉牌，於是大伯相信李二的話，氣得發喘地向請來的幾位長老看看，他們交頭接耳了一陣，於是異口同聲地說：「該嚴重處罰。」大伯下令叫大頭拿鞭子替他打，打得陳妹痛得像殺豬般叫，大頭才停下來，衣衫都抽破了，也看到皮膚上條條紅印子。陳妹有氣無力地說那玉牌是人家用來酬謝她帶路的，大伯聽了更氣，罵她：「竟敢在長老面前撒謊，人家憑什麼只帶帶路就送妳那麼珍貴的東西？」於是叫大頭繼續打。大頭又繼續打了一陣，地上也流下血跡，只聽到陳妹的媽哭著向大伯求情饒了她女兒。這時陳妹忽然沒聲音了，身子也不動，其中一位長老喊著：「大頭，快停！」陳妹的娘及大伯媽跑過來，解開了身上的繩子，發現她已昏迷，嘴、手還在顫抖，於是抱進房裡。

大伯媽去熬了一碗紅糖薑水灌給陳妹喝，陳妹還是昏迷著，她娘坐在床緣上哭著說：「女兒呀，娘不該叫妳上山撿柴的，妳為什麼做出這種事來呢？叫妳娘以後哪有臉見人呢？」半夜裡，陳妹突然眼睛張開叫了一聲「娘」，側過頭吐了幾口血，眼睛一閉走了。她娘哭得死去活來，大伯媽聽到了跑過來安慰她。過了一會，大伯媽回到自己房間告訴大伯，大伯冷冷地說：「死了也好，省得大家擔心她再會做出丟陳家臉的事。」並叫來大頭，吩咐他這就去山腳下挖一土坑埋了算了，怕白天給過路人看到會嘲笑，同時也不能與祖先們葬在一起，免得蒙羞。鄉下人本來就窮，尤其發生在這種情況下，大伯更不肯出錢買棺木，用陳妹平日用的舊棉被一裹匆匆埋了。

次日，阿珍起床後，把昨日為她娘生日做的米糕用荷葉包了一塊預備帶給陳妹吃，於是拿了繩子及新柴刀向山路走去。遠遠望去山腳邊多了一座黃土堆子，走近點看，只見陳妹的弟弟來富趴在地上哭。阿珍嚇了一跳，跑過去扶起來富問他：「你們家是誰走了？」來富說：「是我姐姐。」阿珍聽了幾乎暈了過去，帶著懷疑的口吻說：「怎麼會？昨天我還見過她。」於是來富把昨天發生的事一五一十地告訴阿珍，阿珍聽完抱著來富大聲地痛哭起來。過了好一些時刻，阿珍用衣袖擦乾眼淚對來富說：「你姐姐是清白的，她絕不會做出丟祖宗臉的事。」來富也傷心地說：「我知道姐姐，她不會這麼沒有廉恥。」阿珍又問他：「你媽呢？」來富說他娘傷心過度，加之昨晚一夜未睡，病倒了。阿珍說：「你別難過了，快回去，免得你娘又操心。」來富這才站起來走了。他走後阿珍又哭了一陣子，然後從口袋裡掏出那塊米糕放在墓前，口裡喃喃地唸著：「妹子呀，妳走得真冤枉哦，姐知道妳是清白的，那李二麻子將來沒有好死，妳安心地走吧！」她在墓前拜了三拜，此時她已無心再去撿柴，在回家路上她開始懷恨這個封建、可怕的村子。

一年過去了，阿珍失去同年知己感到十分孤單，往往想到陳妹淚水就流了下來。大姨媽已向他爹娘提過好幾次，希望年底阿珍就嫁過去，因為大姨媽尾脊生有骨刺，痛得厲害，家中許多工作需要人幫忙做。雖然阿珍的娘心中不願意，也無可奈何。阿珍為此事也感到苦惱，因為嫁給一個大腦不清楚又經常尿床的人，這輩子等於在大姨家做奴隸，心中實在不甘心。日子愈來愈近，她知道不能再拖下去了，她想出走，雖然捨不得爹娘，不過一旦嫁到大姨家也是要離開他們的。那麼到什麼地方去呢？她記得有年在奶奶生病危急時，醫生開的藥方，大甲鎮配不到，必須去雅安市去買。在大甲搭公車去雅安，每日只有一班，大約要一個多時辰，父親及三姑在家看護奶奶，她陪著她娘搭車去雅安。鄰座有位年輕的婦人與她娘聊了起來。那婦人好奇地問她們是否去雅安找工作，她娘搖搖頭說不是，她的婆婆生病，是配藥去的。那婦人說她當家的去年走了，她要去雅安轉車去成都；因為聽她一位親戚說成都是大地方，那兒有傭工介紹所，替你找工作，抽成很合理，下江人住在那兒不少，需要女傭的可說供不應求，於是打定主意去成都找工作。阿珍想了一陣，自言自語地說：「好吧，就去成都。」

阿珍在半夜趁父母還在睡覺就起來了，把衣服、梳洗東西都包在一個布包包裡。她知道去成都有很長路程，故把自小長輩給的壓歲錢從床下盒子裡拿了出來。這些年來也存了不少，她娘也不用她的，只是囑咐她好好收好，出閣時做幾件新衣服。她又把小時奶奶給她用紅線串著的一枚薄薄的小金牌放進包包裡，她把砍柴的刀及繩子藏在床下，這樣爹娘早上起床見不到她，會以為她上山去撿柴了，就不會來追蹤她；因為去大甲鎮有十來里路，沒有交通，只有靠兩條腳走路。阿珍輕輕地帶上門，心中一陣難過，默默地說了一句：「爹娘，女兒不孝，我走了。」她用袖子抹去眼淚，匆匆往去大甲的路上邁進。

到達大甲天色已明，店裡賣票的夥計告訴她去成都在雅安轉車，大約到半個時辰車子就要開了。阿珍掏出錢買了車票，剩下的錢已經不多。車子徐徐向前進行，她覺得前途茫茫，看到路邊的一片片綠色梯田，又想起她的爹娘，眼淚不斷地落下來。不知多久，她實在很疲倦，迷迷糊糊地在車上睡著了。「姑娘，雅安到了。」她睜開眼睛，是鄰座的一位先生在向她講話。她匆匆下了車，司機告訴她去成都的公車大概還有一個時辰。阿珍拿著包包坐在路邊的一塊石頭上等，肚子餓又不敢走開去買東西吃。這時剛好有一賣甘蔗汁的小販走了過來，她買了一杯，幾口就喝光了。不知過了多少時刻，有人拿了行李等著上開往成都的公車，阿珍提了包包也趕緊跑了過去。又等了一會，車門開了，人很多，推推拉拉地終於上了車。車子裡很悶熱，開開停停，以便讓大家方便或買食物。

次日清晨才到達成都巴士站，因為時間太早，街上行人稀少，店鋪都還沒有開門，阿珍拿了包包坐在車站的長椅上。過了一陣，見到一位中年婦人在掃地，阿珍走了過去喊了一聲：「大娘，我是從外地來此找工作的，妳知不知道傭工介紹所在哪裡？」那婦人停了下來，看了她一眼說：「姑娘，成都這麼大，妳沒有地址到哪兒去找，等賣票的先生來了，妳問他好了。」等了一陣子，售票的窗口開了，一位胖胖的中年人坐在那兒，阿珍跑了過去問那中年人說：「先生，你知不知道傭工介紹所在哪兒？」那賣票的先生說：「傭工介紹所有好幾處，最近的一家據說離這兒只有兩三條街遠，但我不知道確實的地點。妳可出了車站向前走三四十步到大街向右轉，妳可看到在十字馬路中間有一穿黑制服的警察在指揮交通，妳可問他，他可指示妳怎麼走。」於是阿珍走出車站來到大街，向右轉走了不久果真看到有一穿黑制服的警察在那指揮交通。在她印象中警察是很有權威的人，萬一他懷疑她是離家出走，可能會把她抓起來送回家去，於是不敢過去，只在路上問了一兩位過路人，但他們卻搖搖頭說不知道。

正當她感到十分焦急時，這時有一位在路邊抽煙的人走了過來，他走過來斜著眼睛把阿珍上上下下掃描一般，然後丟掉煙頭笑笑瞇瞇地問阿珍是否在問路。阿珍說：「先生，你知不知道傭工介紹所往哪兒走？」這年輕人睜大眼睛對阿珍說：「妳真找對了人，我就是附近那所傭工介紹所的負責人，我姓譚，大家都稱呼我譚大少。妳從哪兒來？」阿珍不敢實告，她說她姓黃叫阿珍，是從大甲鎮來的。譚大少又問她：「妳要找怎麼樣工作？」阿珍興奮地說燒飯、洗衣她都會。譚大少對她說：「妳現在就跟我去介紹所登記，說不定今天我就可以替妳找到一份工作。」阿珍滿懷高興，就跟著譚大少走了。走了沒多遠轉進一個小巷子，在一棟陳舊的二層樓的木屋子停了下來。譚二少推開門帶她上了二樓，這二樓有兩間房間，門是關著的。於是譚大少叫她坐在外廳上，他說他到樓下廚房找點東西給她充饑。不一會，譚大少端來兩隻煮熟的玉米放在阿珍面前，叫她慢慢吃，他現在就出去接洽一位顧主，馬上就回來。阿珍正是餓得發慌，一面點頭，一手拿起玉米就往口裡送。正吃得起勁時，她忽然隱隱約約地聽到從房間裡傳出男女嘻嘻哈哈的笑聲，她心裡覺得奇怪。不久「呀」的一聲門開了，一位穿著睡衣睡褲的年輕女人走了出來，好奇地看了阿珍一眼，阿珍連忙放下玉米站了起來。那婦人沒有理她，在外端了一面盆的水進房去了，她沒有把門完全帶上，只聽到她對人說：「那譚大少不知從哪兒弄來一個鄉下姑娘，土裡土氣的，大概還沒有跟男人睡過，那開金鋪的魏老闆一直求大少替他找一個健康的處女陪他睡覺以進補身體，看來譚大少這筆初夜開刀費是賺定了！」接著又是男女一陣哈哈笑的笑聲。阿珍聽了嚇得全身發抖，知道自己遇到壞人，掉入陷阱，拿起包包就往樓下跑；可是大門外面上了鎖，拉了半天也不開，她急得滿頭是汗。側過頭看，廚房門是開的，在那大磚灶的右上方有一小窗。她連忙跳上灶推開窗子，外面也是一條窄巷子，沒有人。她先將包包丟下去，跟著人就跳下去，雖然膝蓋刮傷一點，她也顧不得，拿起包包向前拚命地跑，一下轉東，一下轉西，心裡又害怕譚大少發現她不在一定會追來抓她回去。跑了好一陣子終於出了巷子，往前再跑個十來步，抬頭一看想不到又跑回車站來了，她心裡更急，因為車站是大目標，她猜想譚大少一定會跑來這裡找她，那麼往哪邊跑呢？

正在焦急時，這時看到有一群人正在上一輛長途公車，她連忙跑過去問收票先生：「這公車開到哪兒去？」收票先生說是開往重慶的，馬上就要開了，指著前面窗口叫她快去買票。阿珍記得那抓蟲的年輕人就是住在重慶，於是慌慌張張地跑到售票窗口那兒，把口袋裡所剩下的錢統統掏出來放在櫃檯上，向售票先生說要買一張去重慶去的票。售票先生眼睛睜得好大看了一眼櫃檯上的錢對阿珍說：「姑娘，去重慶有兩三天路程，妳這點錢連買一半路程的票都不夠！」阿珍趕快打開包包掏出奶奶送給她的金片子放在檯上，售票先生向四周望望對她說他們只收現金，不收這些東西。阿珍聽了急得眼淚都快流出來，這時在她身後等著買票的一位穿著整齊的老先生對阿珍說：「姑娘，妳這金片子要賣多少錢？」阿珍說她不知道，因為是她奶奶給她的。那老先生想了想對阿珍說：「姑娘，這樣好了，我替妳買一張去重慶的票，妳把那金片給我如何？」阿珍聽了直點頭。老先生從口袋裡掏出一大卷鈔票買了兩張車票，收了阿珍的金片子上車去了，剛好兩人坐在一起。阿珍還是害怕譚大少會趕來，神情十分緊張。她向車外偷偷望望，果真見到譚大少東張西望地從遠處跑來，她趕緊縮下身子。好在聽到一聲吹哨子聲車門關了，車子開始發動出站，阿珍這才鬆了一口氣。

在車上阿珍覺得又餓又累，腦袋裡也是雜亂不定，她把頭靠在窗沿，閉上眼睛儘量使自己安定下來。就這樣睡睡醒醒，不知熬了多久，她見許多旅客都打開包包拿食物出來吃，她饞得口水直流。這時鄰座的老先生也從手提袋中拿出一包饅頭，他問阿珍有沒有帶食物，阿珍搖搖頭，老先生拿了兩個冷饅頭給阿珍，阿珍高興地說：「大爺，謝謝你。」接過來不客氣地大口大口吃。老先生又從手提袋拿出一個熱水瓶，用瓶蓋倒了一杯熱茶交給阿珍，阿珍感激得眼淚直流，老先生對她說：「姑娘，我看妳不像是城市的人。妳家住哪兒？」阿珍看老先生這麼慈祥，便回答他說：「我家住在離大甲鎮十多里路的五谷村，我是家貧出來找工作的。」大爺張大眼睛搖搖頭說：「姑娘，妳年紀這麼小，單身出來找工作，那太可怕了。大都市裡壞人很多，可千萬得小心！」姑娘聽了想起在成都發生的事，想到城市也有可怕的一面，真不知道如何是好，便低下頭哭了起來。老先生急得拿出自己的手絹替她擦眼淚，並安慰她說：「姑娘，不要怕，有什麼困難告訴我，我盡能力幫忙。」阿珍覺得老先生人這麼好，於是把怎麼離家出走，到成都碰到壞人及自己逃跑的事統統告訴了老先生。老先生簡直不敢相信這麼一個年輕的女孩子竟有這樣的勇氣，心裡很是敬佩。阿珍問老先生：「大爺，你的家在重慶嗎？家裡有些什麼人？」老先生告訴她，他與他的老伴住在兒子家，兒子在稅務局做科長，媳婦很孝順，有兩個孫子，一個八歲，小的六歲；這次是他大哥接他去玩，本只打算待一週，大哥夫婦好客一再挽留，竟待了二十天，若不是他兒子催他回去，他大哥還不放人。阿珍聽了對大爺說：「大爺，你人好，所以晚年運走得這麼順，真令人羨慕。」說說又想起自己是一個有家歸不得的流浪人，傷心的眼睛又紅了起來。老先生也看出來她的心思，便對阿珍說：「阿珍，我有位侄女住在重慶附近的一個小鄉鎮唐家沱，先生在重慶上班，每週回家一次，他們有一個七歲大的女兒很乖。我那侄女原在一家小學教書，不料有天與他們住在一起的婆婆中了風，躺在床上不能動，洗澡及大小便都得要人照料；前後也雇了好幾個人，可惜力氣不夠，做了一個短時期都不幹了，我那侄女只好向學校請假以便照顧婆婆。可是學校一直催她返校任教，否則這教書工作會讓給別人，所以我侄女到處拜託別人替她找一有力氣的女工。我看妳年輕也滿結實，不知妳喜不喜歡這份工作？」阿珍聽了興奮萬分，一直點頭向老先生說「願意」。老先生也滿懷高興，侄女委託的事總算有一下落。一路上阿珍與老先生談得很投機，也很受老先生照顧。老先生姓余，去年才退休，原在一家中學管總務，膝下就只有一個兒子，媳婦也是受過中學教育，她原本與余老的兒子是同事，有了孩子後才辭去工作。

車子終於到達重慶市，街上人頭濟濟，車子又多，較成都市更加繁華，阿珍看得眼花繚亂。余老對阿珍說：「我們先到前面飯店吃點東西，我會寫封介紹信給妳帶著。下午有一班輪渡去唐家沱鎮，只要一個小時多點就到了，到時妳就按地址去找我侄女。」阿珍感激得一直向余老道謝。在飯店裡，余老點了一道榨菜炒肉絲、一道魚香茄子，外加菠菜豆腐湯，兩人這幾天都沒有好好吃過東西，故吃得津津有味，阿珍飯吃了兩大碗。吃過飯，余老從袋子裡掏出信紙、信封，用鋼筆寫了一封介紹信。余老把信交給阿珍，並告訴她，侄女夫家姓李，她叫李玉玲，家住民生路十七號，信封上都有寫。阿珍識字不多，故很專心地默唸了好多次。到了朝天門碼頭，余老買了一張去唐家沱的輪渡票交給阿珍，並告訴阿珍不必害怕，到了唐家沱碼頭就是老城，一直向前走，過了石橋再爬一些山坡就是新區，新區到侄女家走路只需十來分鐘，中間會經過她任教的小學。說完從口袋裡掏出那枚金片還給阿珍說：「這是妳奶奶給妳的護身物，妳應帶在身上，快拿去吧！」阿珍覺得大爺對她這麼好，這一別也不知何年何月才能再見，於是百感交集地哭了起來。余老拍拍她的背，勸她不要難過，過些時他會去唐家沱看她。阿珍擦了眼淚，趴在地上給余老磕了一個頭，余老趕快扶起她，送她上了船。

阿珍坐在船艙裡，看到外面滾滾的江水與青山，很感懷人生的遭遇，似乎在思想上她成熟不少。她希望余大爺的侄女能像她伯伯那麼隨和，總之她如被雇用，她會努力去做，不致使余老失望。她又想起在家的爹娘，他們一定為她的出走焦急萬分，她的眼淚又流了下來。一陣輪船的呼聲打斷了她的思潮，這時她看到許多旅客都站了起來在整理行李，她知道唐家沱就快到了，心中又喜又緊張。不久船靠了岸，她隨著旅客慢慢下了船，她在岸邊的石頭上坐了一下，打開包包拿出那封余大爺寫的介紹信往坡上走。這老城很熱鬧，路的兩邊都是賣菜的小販，也有各種不同行業的店鋪。當她走近一座土地廟，旁邊有兩條小路，她不能確定哪一條路是通往新城區的。剛好廟邊有一賣香火的年輕人，她走過去叫了一聲：「大哥，請問你去新城要往哪邊走？」年輕人望了她一眼，指著前面那條路說：「姑娘妳向前直走，然後下山坡穿過石橋再爬點坡子便是新城區了。」阿珍說了聲「謝謝」便向前進行。

阿珍經過石橋再爬了百把步坡子終於到達新區，新區的空間很大，行人稀少，她正猶豫要從哪邊走，前面走來一位收破銅爛鐵的老人，阿珍走了過去問那老人民生路往哪邊走，老人指著右邊那條路說那就是民生路。阿珍加緊腳步往前走，不久果真經過一所小學，又走了不久終於找到民生路十七號。這是一棟二層樓房，想必是兩家人住。她走上去敲門，不一會門開了，出來一位二十七八歲的婦人。她望了阿珍一眼，問她找誰。阿珍問她是不是李太太，婦人點點頭。阿珍說：「我是余老爹介紹來的。」並把余老的介紹信交給婦人。婦人讀了信，問阿珍有沒有照護過老人。阿珍點頭說，十四歲時她奶奶生病，大半時間都是由她看護。婦人看她個兒高，長得結實，又是二伯介紹來的，心中很是滿意，於是把她帶到婆婆房間。見到一位白髮老太太躺在床上，雖然看來很弱，但骨架很大，可猜想到沒病前一定是位胖老太太。李太太喊了一聲「媽」，並告訴她阿珍是來照顧她的，老太太微微張開眼睛看看阿珍。李太太說，她婆婆中風後，半邊身體不能活動，也不會講話，但頭腦尚清楚。她又交代阿珍，除了照顧老太太喝水吃飯、大小便外，早晚要替老太太全身按摩一次及洗臉擦身，下午老太太午睡時可以抽空洗洗衣服，或清理下房間。她說事情已經很多了，早上她會把菜買好，中午及傍晚阿珍可先把爐子火生好，等她下了課回家就可燒飯炒菜吃飯。她問阿珍有沒有問題，阿珍說「太太，放心」她都會做，於是李太太指著角落的一張竹床說：「妳就睡在那裡，比較方便。」然後帶她看看另外二間臥室及廚房，並告訴她樓上的人家姓馬，夫妻倆有一男一女，在小學讀一、二年級，人很好，馬太太經常下來幫她忙替婆婆擦身或洗澡，她因為個子小，搬動她婆婆非要人幫忙才可。說完後她叫阿珍陪陪她婆婆，她去廚房弄飯。

阿珍看著老太太，覺得她有著自己奶奶那般的慈祥，於是走過去坐在她床邊，握著她那隻不能動的手臂輕輕地按摩，老太太有時張開眼睛感激地對她笑笑。過了一陣，李太太進來說飯燒好了，她問阿珍要不要先吃。阿珍說不要了，她想餵了老太太後再吃，李太太笑笑與女兒先去吃了。阿珍端來老太太的粥與肉鬆，用湯匙慢慢餵她吃，老太太很合作，吃了大半碗粥，阿珍替她擦過嘴，才去吃飯，吃完飯又把碗筷洗好。李太太在精神上已經輕鬆不少，於是決定次日去學校與校長商量回校上課的事項。校長希望李太太立刻就能回來，因為代課老師有了七個月身孕，每日來教課很感辛苦，好多次向校長提出另外找人，她不能再撐下去了。李太太只好答應明天一早她就回來教課。

次日李太太把菜買好，交代阿珍早點把爐子生好，中午她有一小時空檔，回來熱了飯就可吃了再返校授課。這天中午一下了最後一堂課，李太太牽了女兒就往家裡跑，想不到一進門阿珍把飯菜已燒好放在桌上。李太太又驚又喜，阿珍餵過老太太午飯，出來對李太太說，假如她燒的飯菜還可以，就不必每日這麼匆忙趕回來燒飯，她可以每天抽時間燒飯。李太太心中有說不出的高興與感激，於是決定每週日放她半天假，讓她出去散散心。

三天過去了，阿珍已很習慣一切的家事，由於年輕身體好，在家鄉時有些工作比現在還要吃力，所以她無絲毫抱怨，日子過得很平安。有天清晨，她餵過老太太吃過早餐，向廚房走去，忽然聽到嘩啦倒水的聲音，她跑進去一看是位年輕的男子，赤著上身與腳，只穿了一件白粗布短褲，頭上纏著白布巾，挑了兩擔水往水缸裡倒。她記得李太太交代過，每三天會有一個叫許哥的年輕人來送水。年輕人抬起頭來，兩人各看了一眼都愣了一下。阿珍問他是不是叫許哥，並自我介紹叫阿珍是新來的女工，那年輕人憨憨地笑著說：「我記得妳，是前三天在老城土地廟向我問路的姑娘。」阿珍這才記起來，笑著說：「謝謝許哥那天的幫忙。你不是在土地廟前賣香燭，怎麼又替人挑水？」許哥說他自小就失去了娘，十六歲他就替人挑水；父親原在土地廟前賣香燭為生，兩年前走了，於是他每日清晨替人挑水，中午就開始在廟前賣香燭。阿珍聽了對他印象很深，覺得許哥真能吃苦，每日都得來往江邊七八次替不同人家挑水，那是很辛苦的事。於是每三四天她都能見到許哥，她被他那一身古銅色皮膚與健壯的肌肉所吸引，也為他那憨厚的性格與面孔美好的輪廓而陶醉。好幾次的週日她都想去老城找他，但在舊社會倫理的壓力下，她不敢這麼做。直到有一天李太太對她說：「阿珍，週日下午是妳的假期，為什麼老待在家裡？去老城走走，許哥在土地廟賣香燭，你們也可聊聊。對了，後天是我婆婆七十大壽，妳代我去廟裡燒點香，保佑她早日康復，也順便買隻母雞回來替我婆婆熬湯。」說完交給阿珍買雞的錢。阿珍心裡又高興又緊張，提了菜籃往老城走去。

來到老城，遠遠就看到許哥，阿珍心裡跳得很厲害，低了頭慢慢走過去。這時許哥看見阿珍便叫了她一聲，阿珍臉燒得厲害，笑笑地走過去說李太太叫她來替她婆婆燒香許願，順便買隻母雞回去。許哥拿了三炷香給她，阿珍點燃了香，在菩薩面前拜了三拜許了一個願，祝老太太早日康復，便回到許哥攤位上來，問許哥何處有賣雞的。許哥說週日他收攤很早，收了攤他帶她去買。站起來讓阿珍坐在長凳上，匆匆到對街小店買來兩淺碗酒釀，交給阿珍一碗，又回頭跑到店裡拿了兩隻湯匙，一屁股坐在阿珍旁邊。兩人吃完，許哥收了攤子，把東西寄放在賣酒釀的店裡，便帶阿珍去買雞。走了一陣子終於來到雞店，選了一隻兩斤半的母雞。許哥說時間尚早，他家離這裡很近，走不了幾步就到了，到他家吃了晚飯再走。阿珍覺得不大好打擾人家，心裡實在想跟許哥在一起，便點點頭。許哥順路買了一把萵麻菜、一盒豆腐及兩條鯽魚，向西邊走了百把步，許哥指著山坡上的一棟舊茅屋說：「這就是我爹留給我的家。」走進屋內，陳設簡單，一張木桌，兩把竹椅，角落上有張竹床、面盆，緊隔的一間小房間是廚房，有一小小的煤炭爐、鐵鍋等廚房用具，角落上有一大水缸。許哥叫阿珍休息下，他就去弄飯。阿珍叫他先去生爐子，她來洗菜、破魚、淘米煮飯，許哥生好了爐子，阿珍先把飯燒好，他叫許哥把桌上的東西清一清，她馬上去炒菜。許哥說：「妳是客人，怎麼好意思！」阿珍說：「燒飯炒菜已經習慣了，一天不做，全身不舒服。」許哥就不再堅持。阿珍手腳快，不一會菜就上桌了，萵麻菜燒豆腐、辣豆瓣鯽魚。許哥覺得阿珍手藝比他強很多，飯吃三大碗。吃完飯，阿珍把碗筷洗好，對許哥說她要回去了，怕老太太看不到她會著急。許哥堅持送她一程到石橋。此時正值夕陽西下，五彩的天空美不勝收。來到石橋，兩人都依依不捨地說再見，此時彼此都已發覺愛上了對方。

自此以後每個週日下午，阿珍都早早換好衣服往老城去會許哥。時間早她也幫忙許哥賣賣香燭，吃了晚飯才回家，兩人感情直線上升。有天許哥對阿珍說他爹去世前對他有兩大期望：一是希望他好好幹活存些錢，將來把茅屋拆了蓋磚房；第二是早點娶個媳婦生個兒子，那麼許家有人繼承香火了。他問阿珍：「願不願意嫁給我？」阿珍心中先是一陣喜，接著又是十分矛盾，低了頭不作聲，隨著眼淚也流了下來。許哥見了緊張萬分地問阿珍是不是她爹娘已替她許配了人家，於是阿珍不得不把自己逃婚離家出走的一段經過告訴了許哥。許哥聽得發呆，阿珍看許哥呆在那裡，便對許哥說：「我就是一直不敢告訴你，我知道你不會再要我的。」許哥這才醒過來對阿珍說：「即使赴刀山、下油鍋我也要娶妳。」阿珍感動得伏在許哥懷裡嚎啕大哭起來。於是兩人先訂了終身，計畫各自先去賺多些錢，等老太太身體復原不大需人照顧時才結婚。阿珍把奶奶給她的小金牌交給許哥，許哥也把他爹留給他的一枚金戒指給了阿珍做訂情物。

日子過得很快，轉瞬一年過去，老太太在阿珍細心照顧下，左邊癱瘓的手腳已有了知覺，可以輕微地活動。又過了半年，可以起床，她能握著拐杖慢慢走路，嘴裡也能講話，只是有時有點疙疙瘩瘩不大清楚。阿珍把這些情況告訴許哥，許哥十分高興，對阿珍說：「我們可以結親了。」於是兩人到算命先生那兒去卜個黃道吉日，算命先生說阿珍命裡缺水，明年四月二十八日是黃道吉日，能大吉大利。算命先生又說阿珍有幫夫運，將來有二男二女，夫妻白頭偕老。許哥聽了高興萬分，多賞了算命先生一些錢，唯一的是還要等八個月才能完婚，似乎太長一點。阿珍說：「這樣也好，我們在婚前可多積蓄一些錢。」許哥沒有選擇，只好同意。

老太太有個女兒結婚才兩年，先生是她哥哥的同事，原住在重慶城裡，因受不了敵機轟的騷擾，最近也搬到唐家沱來。她見母親已康復不少，不需要人時時照料，家中平日只有她一個人，先生每兩週才回來一次，這幾年來嫂子照顧母親也夠辛苦，於是決定接母親去住，以盡孝心。李太太答應了，有一天她把阿珍叫到她臥房裡對她說，她很感謝阿珍這一年多對她婆婆的照料，她一半的命是阿珍撿回來的；她婆婆的女兒最近搬來唐家沱，想接她婆婆去與她長住，由她照顧以盡孝道。「婆婆走後家中就不需請人照料，鎮上東邊有位熊太太，是我們朋友裡對人最厚道的一位，家裡有四個孩子，熊太太平日又喜歡打幾圈麻將，家裡急需要人幫忙，我已向她推薦妳，不知道妳願不願意？」阿珍回答說她願意，只是明年四月她要嫁人了，會不會時間不長，到時替人家找麻煩？李太太說：「熊太太善解人意，妳們見了面妳就坦白說妳只能做八個月，看她反應怎樣？」

母親聽完了阿珍的故事，對這位年輕鄉下姑娘的勇氣十分敬佩。她問阿珍，許哥年紀有多大？阿珍說他大她三歲，明年三月就滿二十三歲了。母親接著又說，她雖然只見過他一次面，一看就知道他是一個忠厚的男人，長得也滿好看的，將來一定是一個好丈夫，阿珍聽了心中有說不出的高興。母親知道阿珍未來的計畫，給她的薪水比她在李家高出許多，每次家中有牌局的頭子錢就全部給了阿珍，平均每月的收入幾乎高出她在李家收入的一倍，因此她做事更是賣力，在菜園裡種了許多蔬菜，替母親也省了不少買菜錢。因為週末母親多半有牌局，不是在家就是在朋友家，因此每週三她給阿珍半天假去會會她的未婚夫。

園子裡的桃花又盛開了，阿珍也知道她的婚期愈來愈近，心中有說不出的感受。母親送給她許多過去穿過的衣服，也拿了一些父親的舊衣服叫她帶去給許哥穿。鄉下人幾年難做一件新衣服，這些衣服雖然被穿過，但質料很好，也沒有破損，阿珍把它當作寶，很捨不得去穿。四月二十八日那天，放了學，在路上我見到阿珍穿著母親給她的黑緞子繡牡丹的長褲，藍色小花上衣外加青色小背心，一定是母親替她臉上塗了一些胭脂、口紅，真像一個花新娘。她拿了一個布包包靜靜站在路邊，我跑過去問她是不是在等花轎來載她，她笑著說：「小少爺，那是有錢人家千金小姐出嫁排場。」她這鄉下窮姑娘是沒有這一套的，這是她們的鄉俗，她必須站在路邊等新郎帶她回去。說著遠遠看到許哥穿了一套乾淨的藍色上衣及長褲，腳上穿著阿珍替他縫的黑布鞋，頭頂纏著白色布巾笑嘻嘻地走了過來。阿珍拍拍我的背說：「小少爺，快回家去吧，不要讓媽媽擔心。」說完就與許哥肩並肩走了。我感到有點惆悵，知道以後不會常見到阿珍了，我站在那兒望著，直到他們消失了蹤影。

大約過了半年，母親去老城菜場想買點自已喜歡吃的食物，轉了一陣子，看到一年輕婦人坐在一個竹簍子後面賣雞蛋，她想買些回去做茶葉蛋。在她還沒走近，那婦人卻對著母親叫：「太太，妳好嗎？」母親走近一看才認清是阿珍。她覺得阿珍胖了不少，肚皮也有點凸出來，於是便輕輕地對阿珍說：「我幾乎認不出妳來了，妳是不是有喜了？」阿珍笑笑說：「是的，已經有五個多月。」於是母親又問東問西地與阿珍聊了一陣子。阿珍告訴母親，她與許哥婚後生活很好，許哥對她很體貼，是個好丈夫，他們也積蓄了一筆錢，等孩子出生後就準備把那舊茅草屋拆了起磚房，計畫上有一房一廳，外加廚房，也準備在房子背後打一豬棚，以後她就在家養豬餵雞及看孩子。明年五月，土地廟對面賣酒釀的杜老爺年紀大了，他很喜歡許哥，預備便宜點把店面轉讓給他，並建議許哥除了賣香燭外也可賣點水果及糕餅，假如錢不夠，可分三期付他。許哥覺得機會難得，於是與杜老爺都講定了，所以許哥以後只是守店就不必辛苦再去挑水。

母親聽了很為她高興，囑咐她好好保養身體，不要搬重東西，怕傷了胎氣。阿珍說：「不會的，過一會許哥會來把雞蛋搬回去。」於是母親選了一打蛋，付了錢後又從小皮包裡抽出兩張大鈔票塞給阿珍，並對阿珍說：「有了孩子也要添補一些東西，我很少到老城來，這份禮我就提早送了。」阿珍一直不肯收，說：「太太妳給我的已經夠多，我不能再收了。」母親板著臉對她說：「阿珍，妳如果不收不是太見外？」阿珍只好收下，並連連道謝。母親笑著對她說：「不必謝，等孩子滿月後帶來給我看看就行了。」阿珍說：「一定會的，到時我會替太太送紅蛋來。」母親對她笑笑，提了籃子裡的雞蛋回家去了。在回家的路上，她想起阿珍對她講過的故事，她為阿珍一個鄉村姑娘從封建的社會跑出來竟創立了自己的新天地，有了一個幸福的家庭，心中有說不出的感受與快樂。

第九章　抗戰時期

由於父親在重慶市工作的關係，因此寒暑假母親經常只帶了我到城裡小住幾天。阿珍走後家裡新雇傭了一位女傭李嫂，李嫂善懂人意，人很溫柔、勤快，因此母親很放心將弟妹交給她照顧。有時我們擠在父親的小宿舍內，多半時間住在父親的兩位好朋友家，一家是楊景柚，另一家是徐兆麟。兩家主人都好客，家中經常有牌局。楊媽媽很能幹，善於交際，楊伯伯人很溫順，他們有一女兒與我同年，聰明伶俐又美麗，經常與我玩皮球、躲迷藏，從小對她就產生愛慕之心。徐家離父親辦公地方較遠，住在九龍井，那時他們家有三男二女，很是熱鬧，幾乎每天有牌局。

有一天，父親跟母親有應酬，徐伯伯叫他的大兒子明華帶我去看電影，他那時才滿十四歲，我才七歲，由於身上除了買戲票的錢沒有一分餘錢，兩人只好走路去。大概走了一個鐘頭才到達戲院，這時戲院外擠滿了人，票房門口已掛出「客滿，請購下場」，我們排了一個多鐘頭終於買到了票。抗戰期間，搓麻將或看電影是一般老百姓的精神食糧，那時最受歡迎的女明星是陳燕燕及周璇。記得女作家張愛玲曾說過，女明星最有氣質的當屬陳燕燕，她那溫柔的女性美及細膩的演技博得一般影迷的愛戴，可說當時紅遍大後方。剛好那天的電影是由她主演的一部文藝片叫《女鬼》，戲院沒有冷氣，人又多，大家看得滿頭大汗。散戲後成千上百的觀眾又急著出場，徐大哥牽著我往出口擠，這時他尿急要去廁所，廁所在舞台旁邊，必須回頭走，剛好他的鄰居劉先生、劉太太擠在旁邊，他就把我交給劉太太。劉太太牽著我的手，因為人太多太擠，不到兩分鐘人就衝散了。我也不知道擠了多久才擠出來，外面等買下一場電影的人黑壓壓的一大堆，我找了一會看不到劉太太，我馬上跑回戲院廁所去找徐大哥，裡面空空沒有一個人，我又跑到外面還是找不到他。我開始著急了，好在我記得徐家住在九龍井，只要找到九龍井我就認得去他家的小路。

那時重慶市每兩三段路在路中間都有一位穿黑制服的交通警察。於是我很小心地跑過去問警察九龍井往哪邊走，他指點我方向，並建議我每走一段路看到警察都要問。這樣，一路上大約問了五位警察。在路上忽然見到母親打扮時髦地坐在黃包車上向前行，我像發現新大陸似地向她狂叫招手。母親聽到叫聲回頭看是我，便對我喊著說：「你爸爸就在後面，快點走過去。」大約走了五分鐘，果然見到父親穿了新西裝帶了兩位漂亮的姑姑——菊姑及映端姑姑在路上走。原來父親是帶了她們及母親去出席一個雞尾酒會，蔣主席夫人及許多政界首領都會出席。父親見了我嚇了一跳，我告訴他前因後果，父親摸摸我的頭告訴我前面一條街就是九龍井。回到徐家，徐家排局未散，徐伯伯問我怎麼明華沒有一起回來，我就告訴他我們迷失的情況，徐伯伯笑笑沒說什麼。一直到晚上十一點鐘了，徐大哥仍未回來，徐伯伯開始著急，於是穿了皮鞋出門去找他。當他在公共汽車上看到明華站在戲院外傻傻地東張西望，徐伯伯馬上下了車走過去，只見明華眼淚汪汪地哭喪著臉，徐伯伯問他：「你不回家站在這兒幹什麼？」徐大哥說散戲後他要去廁所，把我交給劉太太，因為人又多又擠，出來後劉太太告訴他熊家小胖給擠散了，他開始著急，在附近又喊又叫地找了許久也沒找到。那時重慶失蹤小孩很多，運毒（鴉片）的人常常把小孩殺了，剖開肚子藏鴉片運到外地圖利，徐大哥聽過很多類似的傳說，他以為我被壞人拐去了，因此嚇得不敢回家。徐伯伯拍拍他的肩膀對他說：「傻瓜，小胖已到家幾個鐘頭了。」徐大哥聽了張大嘴不敢相信，徐伯伯對他笑笑點頭，他才用手抹去眼淚也開始笑了。

抗戰期間軍民上下一心，士氣很旺，日本鬼子雖然無數次來轟炸，毀掉了成千上百的房屋，但新的房子還是不斷被建造。幾乎每週都有宣傳車沿途慢行，以擴音機報導日本軍閥侵華的暴行，以招募新兵及捐款挹注軍備。許多年輕的學生丟掉了書包，跳上卡車投筆從戎，街上的行人紛紛解囊，甚至連自己的首飾、手錶都往捐款箱子裡丟，宣傳車也不斷播放抗戰歌曲，如〈松花江上〉、〈長城搖〉、〈義勇軍進行曲〉、〈熱血歌〉，這些歌曲非常振奮人心，也勾起思鄉之情。雖然日機不斷來轟炸，一般物質享受很貧乏，但老百姓很團結，苦中作樂，精神上是絕對滿足。

蔣夫人在聯合國一次的演說，使國際人士瞭解中國的處境、日本軍閥的真面目，紛紛支援中國的抗戰。首先回應的是美國民間的志願軍，陳納德將軍領導的飛虎隊，一批批空軍戰鬥機來到大後方，協助中國空軍對抗日機。記得有一次母親帶了我在朝天門碼頭準備搭輪回唐家沱，忽然警報響了，轉瞬已聽到飛機隆隆聲音，碼頭一帶的數百上千的人嚇得四處亂跑。因為附近沒有防空洞，大家慌得手腳無措。母親帶我跑到台階旁邊的一塊大石頭後面躲著，耳朵一直聽到天空雙方飛機作戰的槍聲、炸彈爆炸聲及看到被打中的飛機帶著火焰墜地的剎那。這時有兩架日機飛得低低的朝著奔逃的人群掃射，一批批中彈的老百姓倒了下去，我與母親嚇得趴在地上不敢再看。不知過了多久槍聲已經停了，也聽到有人走動的聲音，但我們仍趴在地上不敢抬頭，直到聽到解除警報的聲響我們才睜開眼睛爬了起來。有上百的人都躺在地上被機槍掃中死了，有些受傷的人在那兒呻吟，一些好心的人在那兒替他們裹傷，這情況看了使人心寒、悲痛。

這時看到一位身穿軍裝的人在江邊解除背上之降落傘，起初有人在跑以為是日本人，定眼看去才發現是盟友美國空軍。忽然間他向右方走去，因為他聽到嬰兒尖銳的哭聲，不久見到他從一個死去的婦人懷中抱起一個很小的嬰兒，他看看四周，然後走向我們這邊來，只看到他與碼頭一帶的人談話，大家都搖頭，可能聽不懂他講什麼。媽媽跟我好奇地走了過去，只聽到這年輕的美國大兵不斷地向四周的人用英文說：「父親！……父親！……」母親懂得一點英文，懂得他的意思是在找嬰兒的父親。於是母親問問四周的人，大家又是一陣搖頭，其中有人建議他可以把嬰兒交給警察，母親知道再上兩百多層石階就是大馬路，那兒有交通警察。於是母親指著石階上面用英語對他說：「警察，警察！」那美國大兵似乎理解母親的意思，於是又回頭走向那死去的婦人，他蹲下來脫下外衣蓋在婦人身上，抱了嬰兒又對嬰兒死去的母親默默講了一些話，就走上石階離開了。母親見到這情況眼淚汪汪地對我說：「這位美國大兵心腸真好。」

大約二十多年以後，我讀到中文雜誌《今日世界》的一篇真實報導，內容大致寫到中日抗戰期間，有位年輕的美國人，因為一直愛慕中國，在陳納德將軍號召志願軍到大後方四川協助中國空軍抵制日本的侵略，因此他離開了未婚妻及親人來到中國。在一次空戰中不幸飛機中彈，在墜落那一刻他跳傘成功來到地面。那時許多中國老百姓被日本飛機掃射或炸死，在死人堆裡，他發現一位死去的年輕婦人懷裡抱著一個女嬰，那孩子可能肚子餓了哇哇哭。年輕的軍人抱起了她，因為找不到孩子的親人，他把孩子送到當時由蔣夫人開設的孤兒院，並且告訴負責人他要收養這可憐的女嬰，等他回到美國安頓之後會來接她。他回到美國後結了婚，為了達成願望，他們暫時不生孩子，夫妻倆努力工作存了一筆錢。那時國民政府已遷到台灣，在他探聽到蔣夫人也把這群可憐的孤兒帶到台灣，他興奮萬分馬上與有關機構聯絡，經過半年辦手續，這年近四歲的女孩終於在航空人員的護送下來到美國。這年輕的夫婦愛她如自己親生，不久他們也生了一個女兒，他們對兩個孩子一樣公平，讓她受最好教育。在大學裡她結交了一位華裔人士，在二十二歲大學畢業後，她決定嫁給那一位華裔男友，小她四歲的妹妹將是她的女儐相。結婚那天，那位收養她的美國人以父親的身分挽了她出來，當他把這新娘交給那年輕人時，終於流下了一滴快樂的眼淚。當我讀完了那篇報導，真是感觸好深，似乎當年發生的情景又一幕幕地呈現在眼前。

雖然唐家沱離重慶市不遠，因為四周環山，樹多屋少，日機認為沒有轟炸價值，所以這地方又安全又寧靜。這小鎮的富豪董一峰先生在兩座山丘之間用沙石填了一座「一峰橋」，有了這座橋後，躲警報時我們不必先下到山谷底，然後爬到對面山丘的防空洞，對山的孩子也可過了橋到學校上課。我的家與學校在同一山丘，只要走路十分鐘。我家後面王家對面住著一戶人家，一對中年夫妻，及一位十八歲的女兒叫秋紅，她個兒很高，很清秀，雪白的皮膚，幾乎足不出戶，偶爾在大門口坐坐，也不與人打招呼，有時把自己臥房的窗戶打開伸出頭來癡癡地望著天空。後來我們才知道她是一個啞巴，忽然有好一陣子沒見到她，有人說她得了憂鬱症病了。有天放學回家，只見啞女家前有一群道士在那兒做法事，一大群人圍在那兒看熱鬧，我與毛弟也擠了過去，聽到人說啞女昨晚死了。在啞女住的那間房間從前也死過兩位少女，有人也曾看到女魂在啞女房裡遊蕩，因此房主請了法師來安魂。只見其中一位身穿黃袍、頭戴金冠的法師，在那兒跑圈圈，一手拿寶劍，劍頭刺上一張黃色符紙，嘴上念念有詞。忽然他把符紙點火燒了起來，把寶劍向天上揮舞一般。過了一陣，他閉上眼睛默站一陣，當他張開眼睛時，法事便做完了。他隨屋主進去屋裡，看熱鬧的人才逐漸散去。

後來聽屋主說法師告訴他，長江對面的黃山，多年前在山腳下原有一所製造作戰武器的兵工廠，後被日機炸毀，其中有位年輕的女工不幸被炸死，死後就埋葬在現在啞女臥房的地底下，她必須找位相仿年齡的女子做替死鬼，那麼她就可以輪迴轉世，替死的女子也必須再找下一位才可轉世，故這屋子已經死了三位年輕女子，這是不可相信的迷信，但鄉下愚民很多，他們都信以為真。

半年後搬來一對姓陸的父妻，湖北人，他們有兩個孩子，老大是位女孩，二十歲，長得很秀麗，兒子只有十五歲。女兒住在啞女過去住過的房間，剛搬來時這女孩聰明活潑，不久就變得很憂鬱，常常嘆氣，或者孤零零地一個人低著頭散步。她的父母帶她去見過醫生也找不出原因，幾個月後，她變得癡癡呆呆，他們的鄰居忍不住便告訴了這對夫妻有關這屋子的故事，這對夫妻聽了真嚇壞了，馬上就搬到城裡去，半年後傳來消息這女孩又恢復到過去那麼活潑可愛。

某年夏天，我聽到外面狗叫得厲害，心想可能是陌生人來了，我趕緊出去按住了狗。抬頭望望是對母女，女的大約有三十六七歲，看來很憔悴，手上提個布包包；那女孩大約十二三歲，圓圓的臉，個子很高。我問她們找誰，那中年女人問：「這兒是不是熊家？」於是我大聲喊了一聲：「媽，有人找妳。」母親聽到我的叫聲跑了出來，當她見到這中年婦人，愣了一下。那婦人說道：「熊太太，真是多年沒見了。我姓陸，是妳在天津的鄰居。」母親「啊」了一聲記起來了，忙請她們進屋裡坐坐。母親記得陸先生是父親的牌友，同在政府機關做事。陸太太娘家很富有，出嫁時娘家送了一棟小洋樓，家裡傭人好幾個。因為患有風濕病，有時為了止痛，吸了幾口鴉片，久而久之成了癮，因此平時不常見到她，晚上到她家搓麻將才能見到她。母親看她這副落魄的樣子十分驚奇，便問她陸先生怎麼沒有一道來，陸太太說她們是日本鬼子進入天津後才逃出來，大部分財產都無法帶出，輾轉來到重慶，因有人誣告她先生有漢奸嫌疑，故被政府抓了起來關進牢裡。這一兩年來所帶積蓄都已用光，現在窮得連吃飯及棲身之處都沒有，後經友人打聽到熊先生工作的地方，她昨天去見過父親，父親說她們母女可暫住他家。她接著說她們住到八月中就回重慶，因為女兒要上學，她也不放心關在牢裡的丈夫。母親見她們的確可憐，便安排一個小房間給她母女住，這母女感激得直流眼淚。

陸太太也很懂世故，總是要求母親給她一點家事做。母親一直把她當客人，告訴她安心住在這兒，家事有李嫂會做。她的女兒叫珍珍，人很斯文，我們經常一起玩。每當陰雨天，陸太太的風濕痛就來得厲害，她痛得躺在床上，叫我們幾個小孩子每人拿一支木柴在她身上敲打，她會感覺好很多。父親也很同情她們的遭遇，每次回來都告訴陸太太不必太介意，有什麼需要幫忙的地方儘量告訴他好了。陸太太覺得住在這兒已經夠打擾了，所以一直沒有其他要求，八月份她們母女才離開回重慶去了。母親塞給她一點零用錢，她感激得再度流淚。

時間過得很快，次年夏天這對母女又來了，並帶來一個有點癡呆的老頭。陸太太對母親說這老頭是她的舅舅有五十六歲，去年中風所以行動及大腦不靈光，講話也不清楚，因為她是他唯一親人，故不得不招呼他，故請媽媽一起收留他們。母親起初有點猶豫，覺得不大方便，但不收留他們，他們只好流落街頭，於是讓了一間大房間讓他們住。樓上的鄰居高伯母看到了，偷偷地對母親說：「熊太太妳真是大好人，妳收留她們母女已經夠好，怎麼現在又多了一個癡呆的老頭，別讓他們占太多便宜，明年又不知道會怎麼樣。」母親笑笑對她說：「只要今天我還有多餘的幾口飯就讓他們吃好了。」高伯母聽了搖搖頭走了。

有一天，我在園子裡玩累了，進屋想喝口水，只見陸太太的舅舅匆匆忙忙地從母親房裡跑出來。就在那天，母親去抽屜裡拿錢給道統買菜，發現錢不見了，她翻遍了整個房間也找不到。媽媽覺得奇怪，便問我有沒有見到有人進她的房間。我說有，並告訴她早上我看到陸太太的舅舅從她房間緊張地跑出來。媽媽未作聲，點了一下頭，便請陸太太進她房間有話要私下跟她說。陸太太也有點緊張，不知什麼事發生了。母親就把丟錢及我看到她舅舅從房間匆匆跑出來的事告訴了她，陸太太臉色變得沉重，站起來對母親說：「我會去問他。」過了一陣子，忽然聽到有哭叫及喊罵的吼聲從陸太太房間傳出。我們緊張地跑過去看，只見陸太太氣洶洶地拿了一支掃把，另一隻手抓住她舅舅脖子後的衣領，不停地往他身上打，打得他只哇哇叫。陸太太喘著氣罵道：「人家熊太太今天能給我們三口子有飯吃、有地方住，已經是極大的恩惠，你這沒良心的東西連狗都不如，不但不知報答，還偷人家的錢！」罵完接著又打。媽媽見了趕緊跑過去止住她繼續打，這時陸太太才停止，把散在地上的錢撿起來交給媽媽，然後跪在母親面前掩面大哭道：「熊太太，這叫我哪有臉再見妳！」母親連忙扶她起來，並跟她說錢找回來就行了。自此以後陸太太對她舅舅的一舉一動像管小孩那般時時在監視。

次年夏天，奇怪的是這對母女沒有來。過了一年，她們又來了，陸太太對母親說，她的舅舅去年冬天心臟病發走了，這可能是她們最後一次來打擾，因為珍珍明年就初中畢業也將有十六歲了，多少可以找個工作養養家。母親對她說，如果孩子可以讀書還是繼續讀書好。陸太太笑笑沒有作聲。八月份她們走後就沒有再來過，母親很惦記她們，寫去的信也被退回。許多年後消息傳來，陸先生已病死牢中，陸太太體弱多病，她可憐的女兒為了賺錢給母親養病，在重慶某舞廳下海伴舞做了舞女，母親聽到這消息心中有說不出的難過。

母親一直多方打聽留在淪陷區的家人，終於父親一位在前方做地下工作的朋友帶來了訊息。原來在日軍進入天津市後，不少愛國分子尤其是年輕的大學生不願做亡國奴，紛紛參加地下組織與日軍作對，貼海報、炸倉庫屢屢發生，因此日軍到處捕捉懷疑分子。我的二舅那年在南開大學四年級，不但人長得帥，在學校一向是很活躍的風頭人物。由他號召了一批年輕人暗地做破壞日軍基地工作，為了嚴保機密，他連外祖父母都沒有說。那時外祖父開了一家綢緞衣料店，二層樓房子，底樓前面是店鋪，家屬則住在店鋪樓上。某天清晨，有位年輕人神情緊張地跑來，他請外祖父上樓有重要事情商量。於是他一五一十地告訴了外祖父，二舅參加反日地下工作，日本軍已有了名單要來抓人，恐怕不到一刻鐘就會來了。二舅已潛逃到上海去了。「他託我來通信，叫你們快點逃。」年輕人說完就匆匆走了。外祖父聽了嚇得半死，馬上召集家人說明一切。這時遠遠似乎聽到卡車隆隆聲，於是瞞住店裡工作人員，放棄了一切家產，一個個偷偷從後門溜走，到達火車站集合，幸好趕上前往上海的班車，總算逃過日軍耳目。

到了上海，一家六口及大寶哥暫時先住在外公同父異母的弟弟家中。這位叔公在上海做進出口生意，自己子女也不少，他給外公一份差事，收入有限，窮得一天三餐都成問題。在外租了一大間房間，七口子都擠在裡面，由於營養不良，抵抗力差，家中人一半染上了傷寒病，沒有太多錢看醫生，加之特效藥缺乏，不幸大舅、三舅及阿姨都相繼去世。外祖父母打擊受得很大，四個孩子只剩下二舅及我的大哥大寶，因此外婆對他們很寵愛，尤其是二舅不但人聰明，又具有做電影明星之外表，從小就是外婆最愛的小寶貝。叔公把他介紹到一家紡織廠做個小職員，不久由朋友的介紹認識了一位年輕婦人，雖然中等姿色，但很會耍嗲，頗受二舅喜愛，於是帶回家中同居。因為只有一間房，只好在角落那兒隔個布簾，放一張床，他們就住在裡面。這女人好吃懶做，沒工作，全靠二舅養她，性欲又強，幾乎每晚要房事，身上某部分又生了皮膚病，常常拉上簾子，要二舅替她擦藥。半年下來，二舅日漸消瘦，精神不振，可是那婦人，性欲很強，仍不放過他，終於二舅躺在床上病得厲害。這時那婦人看他沒有希望，便藉口要回故鄉照顧母親。大寶哥替她提了箱子往碼頭送她上船回揚州，碼頭上的工人看到她，便交頭接耳地罵道：「這婊子又不知害死哪家的男人了！」外公向他弟弟預支了兩個月薪水，把二舅送到醫院，可是一週不到，他便過世。醫生報告是梅毒菌隨血液到了心臟而引起休克。自此後外婆所受刺激很大，開始喝酒，酒後便開始罵人，可憐的外公生活在極端痛苦中。母親知道這情況非常難過，父親託人帶去一些錢接濟他們生活。但是，半年後母親接到上海來信，外祖父因腦充血而逝世。母親哭得厲害，想起外祖父對她的慈愛及婚後之照應，真是終身難忘。

在唐家沱這小鎮上就只有這麼一家公立小學，小學畢業後學生必須到重慶市去參加聯考，通過考試的學生以成績分發到不同的學校。學校不一定在市內，有的學校分布在重慶市周圍的衛星城。可惜這家小學的畢業生每次去考試都落榜，去年這家學校創了紀錄，母親牌友陸太太的大兒子考試通過被分配到市區一家中學，不但陸家上上下下都為此高興，也成了這鎮上的熱門新聞。陸先生有位妹妹家住在重慶市，於是他們就把兒子寄宿在妹夫家，第一學期下來成績在前十名之內，陸家更以此為榮。

有一陣子日機幾乎日夜到重慶轟炸，好在四川多山，山石堅硬，是建造防空洞的好材料，由於人口多，每處的防空洞都擠得滿滿的。因此陸家兒子躲警報的時間多過上學的時間，他很懷念唐家沱鄉村的寧靜，日機從不來打擾，有幾次想休學回家都被父母阻止，認為學業重要。一九四一年六月五日那天又拉警報，陸家兒子隨姑姑一家人又跑到平常習慣躲警報的防空洞。這座防空洞可以容納近千人，有大鐵門，平時上一大鎖，警報來時，看管防空洞的衛兵會來開門。這天防空洞又是擠得滿滿的，不久就聽到轟轟的飛機聲及炸彈爆炸聲，看管防空洞的衛兵為了避免有人跑出來危險，將洞外上了大鎖。哪知日本人飛機經宜昌、松滋過來不停地轟炸了五個多小時，防空洞裡關著一千多人，過了十個鐘頭警報才解除，衛兵去開鐵門，哪知鐵門剛開，一排排的死人倒了下來，原來全防空洞躲警報的人都給悶死了。由於氧氣不夠大家都向洞口跑，於是很多後面人的手指插在前面人的皮膚裡，咬牙切齒，眼睛外凸，十分可怕，衛兵見了幾乎暈倒。

這不幸的消息不久傳到陸家，陸家上下痛哭不停，尤其是陸太太前後昏迷無數次，她很後悔年初沒有答應兒子休學回家。親朋們都盡力地安慰她，也掩不住她的痛苦。從此以後她變得不講話也不出門，得了憂鬱症。有一天清晨她瞞著家人跑到揚子江邊投河自盡，有一漁夫看到，趕來救她，但江水太急有漩渦，轉瞬她的身體已被埋沒在浪潮中不知去向。

第十章　菊姑

在這小鄉鎮住的開頭幾年，來訪的客人不多，印象最深的是映菊姑姑第一次來我們家。她的美麗、智慧及溫柔，使見過她的人，數十年後都難忘。菊姑不是父親的親妹妹，只是一位堂妹，前三代是同一祖父，但父親對她的愛已超過自己的同胞兄妹。據母親說，菊姑她們那一族男女都很漂亮，五官上多少有點西方人影子，尤其是男士們十個有八個落腮鬍。母親記得在她住在松滋縣城的時候，經常在大街牆上看到有中學生貼的打油詩：「熊家梆來了三朵花，映菊、映梅、映端長得都是頂呱呱，你如果要想接近她，先在地上學癩蛤蟆爬。」這三人的美麗很轟動松滋縣城，那時她們還只是十六七歲的女學生，三人同年來自同一支族，家中富有，其中以映菊姑姑美壓群芳。那個年代，一般做父母的多半是重男輕女，可是菊姑的父母愛她遠遠勝過愛兒子，因為她的內外在都是太完美了。

按照當時的傳統，菊姑從小就被父母許配給鄰縣的一位姓駱的人家。可是兩人從沒有見過面，駱家原是富有人家，後因主人經商失敗，又倒了人家錢，並坐了一年牢，頓時家道中落萬丈，貧窮如洗。菊姑在十七歲那年，中學差一年畢業，她的母親勸她不要再念書了，還是早日完婚。她當時很猶豫，因為還有一年就畢業了，她到學校與班級老師丘老師商量。丘老師原籍湖北黃陂縣人，是位新女性思想的人，最反對舊式婚姻；由於家境貧窮，把她許配給一個大她二十歲的錢莊老闆，那時她才十五歲，就在婚禮的前一天，她跳窗逃了；到達漢口，在一家富家人當丫頭，專門照應老太太；主人家膝下無兒無女，見這小姑娘聰明伶俐又讀過幾年書，經常唸故事書給老太太聽，老太太也很寵愛她，於是收她做義女，一心培養她到武昌女子師範畢業；由於日本開始侵略中國，他們遷居到宜昌，她在松滋縣中找到一份教書工作。丘老師聽了菊姑的話，心中一怔，菊姑是她班上最優秀的學生，竟然要休學去嫁給一個從未見過面的陌生人，她堅決反對這封建的婚姻制度，勸菊姑解除這婚姻到重慶去繼續深造。

菊姑聽了老師的話覺得很有道理。她有一位姨媽也是從小許配人家，男方體弱，後來得一沒得治的怪病，就在斷氣的上半天把她娶了過去，拜了天地不到兩小時，男的就一命嗚呼走了。可憐這姨媽自十六歲就守了寡，一生在男家做家事、扶持公婆又常受兩位小姑子的氣，勞累不堪，還不到四十歲就滿臉皺紋，頭髮也半白了。但她又怕自己這樣做會傷了父母的心，菊姑想了一天覺得假如自己嫁了一個不理想的人，那時可能會更令父母難過。於是她向父母提出要解除與駱家之婚約到重慶去讀書，她的父母聽了簡直不敢相信這是他倆的乖乖女講的話。菊姑的母親邊哭邊勸女兒不能這樣做，否則駱家會覺得我們嫌他們家窮，會被人家罵我們嫌貧愛富。這樣鬧了一兩天，菊姑實在不願太傷母親的心答應不解除婚約，但得先讓她去重慶念書，以後回來再完婚，菊姑的父母也只好點頭答應。不幸這消息傳到駱家，他們雖然氣憤但並無直接反應，只是心中已打了一個結，尤其是菊姑從未見過面的未婚夫。

菊姑的父母與父親聯絡上了並託他照顧菊姑。父親有位知己朋友名叫陶堯階，他當時任國立十二中校長，學校在沙坪霸離重慶市不遠，學生多半住宿，陶校長安排她將進入高中二年級班。那年夏末菊姑的家人把菊姑送到宜昌搭輪去重慶，到時父親會去碼頭接她，然後送她去學校，所以菊姑心中並不十分恐懼，只是第一次離開父母及家人感到十分惆悵。船艙上擠滿了打地鋪的人，菊姑提了一個小皮箱及抱著一個棉包袋來回走了好幾次也找不到一個鋪位。心中正在焦急時，發覺有人在她背後輕輕拍她的肩說：「小姐，妳不必找了，我的皮箱占了一個位置，移開後就是一個床鋪位。」菊姑回頭看看是個年輕人，便點頭說謝謝跟他走了過去。年輕人很熱心不但移開自己的皮箱並幫忙菊姑鋪地鋪，菊姑很感到不好意思，一直低了頭向他謝謝，東西整理好了她就靜靜地坐在地鋪上，拿出一本朱自清的散文在讀。雖然很想回頭仔細看看這位熱心的年輕人，但她記得臨別時母親一再交代在旅途上千萬別跟陌生人打交道，於是她又低了頭繼續讀那散文，尤其讀到那篇〈背影〉，竟感觸到不停地拿出手絹擦眼淚。

不知過了多久，年輕人又講話了：「小姐送晚飯的來了。」菊姑這才抬起頭來，兩人像閃電似地打個正面，並為對方美好的長相震驚得講不出話來。船上伙食很差，年輕人從袋子裡拿出一小罐辣蘿蔔乾對菊姑說：「船上的菜都是像餵豬的，妳吃不吃辣的？」菊姑笑笑點頭隨手也掏出一瓶菇子，兩人吃得津津有味。年輕人又開口了：「小姐妳貴姓？」菊姑覺得這年輕人不像是壞人便告訴他姓熊，年輕人聽了一怔，接著又問：「府上是在宜昌嗎？」菊姑搖搖頭說：「不是，我家在松滋熊家梆。」年輕人神經有點緊張地追著又問：「那麼妳一定認識輝全老爺了？」菊姑聽了也開始心生詫異對年輕人說：「他是我父親，你怎麼會認識他？」年輕人顯得更緊張，因為輝全老爺膝下只有一位獨生女，那就是自己的未婚妻，他紅著臉心生矛盾，喜的是自己的未婚妻是如此美麗，恨的是這位闊家千金嫌我家貧曾經想解除婚約。年輕人勉強地帶著笑容說：「因為她有位女兒是我的未婚妻，我姓駱叫伯倫。」菊姑聽了幾乎暈倒，她的臉漲得通紅，想不到這位英俊的年輕人竟是她未來的丈夫，但心中卻高興在父母的要求下自己沒有解除婚約。她心裡跳得厲害知道自己已開始愛上他，過了好一陣子她才抬起頭來說：「世界真小啊，我就是映菊。」駱伯倫笑笑瞇瞇地對她說：「那麼我們是自家人了」接著握住菊姑小手。菊姑原想縮回小手，但她又不忍，低下頭羞得一直抬不起頭來。原來駱伯倫高中已畢業了，既然婚期延後也準備去四川念大學。在雙方都知道彼此關係及赴重慶的計畫，在船上很談得來，菊姑十分愉快也消除了旅途的恐懼及離別家鄉的惆悵。他們計畫好到四川後每月見一次面，等伯倫畢業後就結婚。

菊姑進入學校後名列前茅，追求她的人如雨後春筍，但她的一顆心都寄託在伯倫身上。有一年夏天，母親正忙著替小孩洗澡，聽到有人敲門，母親已接到父親的信告訴她菊姑及她未婚夫會來小住幾天。她開開門見到一對漂亮的年輕人，菊姑的氣質及清秀，伯倫的瀟灑比想像還要好。母親跟他們聊了一陣，她發現菊姑不但人漂亮，性格那麼溫柔善良，伯倫有一張會講話的嘴，很吸引人，有小聰明但也看得出有點小滑頭，她擔心菊姑將來會吃虧。母親忙著燒飯去了，菊姑及伯倫陪著我們玩。吃完飯因家中房子小，伯倫在小鎮旅館訂了一間房，菊姑則睡在一間三家共用的客房裡。伯倫每日一早就來報到，通常跟母親閒聊幾句，就帶著菊姑在山坡上的大樹下吹口琴或到揚子江邊散步丟石子玩，待了一週後他們才返回學校。菊姑覺得母親很開朗，與她相處毫無拘束，故一有假期就往我們家跑，母親也把她當親妹妹看待。

由於父親在松滋縣裡算是事業最有成就的人物，故一般親友及他們的子女都來投靠，么叔、二叔及玉蘭嬸把他們的子女都送到四川來讀書，並託父親照應，這當然包括他們的學費、生活費。么叔的兒子叫家飛，那時十五歲，長得像么叔，有點小聰明；二叔的兒子叫家薪，人很本分，讀書用功；玉蘭嫂送來二女兒映欣，人長得亭亭玉立，樂觀活潑，極具現代美。平日他們都寄宿在學校裡，暑假、過年多半到我們家裡來住。由於母親對他們很好，從不計較過去在松滋發生的事，也不與他們囉嗦，因為她認為下一代是無辜的，因此他們生活得自由自在，十分快樂。但是，在這一大批父親的親戚中，最受父親及母親寵愛的是菊姑，因為她幾乎具有做一個女孩所應有的優點，加之氣質高貴、美麗。那時她已高中畢業兩年了，雖然她成績優秀，校長一直鼓勵她進大學，她決定放棄學業去做事，因為她曾答應未婚夫伯倫高中畢業後她會先去做事有點積蓄，兩年後與他完婚。兩年已經過去了，伯倫也大學畢業找到工作，但他一直拖延婚期，有時一兩個月也不來信，加之菊姑後面又有大批人猛烈追求，菊姑開始有點煩惱及憂鬱。母親看出她的心思，勸她想開點不一定非守望著一個人不可。菊姑低下頭紅著眼睛對母親說：「我們是訂了婚的，而且我把一切都給了他。」母親聽出她的話因，也就不再多講話了。但是，母親懷疑伯仁可能有了新歡，菊姑還是死心塌地地愛著他。菊姑每次來都送我們小孩一點東西，她用布及毛線做了各種不同形態的洋娃娃送給兩個妹妹，我及毛弟則收到一些文具。我最喜歡的則是一支鉛筆，平常寫在紙上是黑色，沾點口水則變成紫色。

父親在這些弟妹、侄兒侄女中很具權威，他通常講一句話他們莫敢不聽。有一次，父親聽說學藝術的軍逢堂叔經常去跳交際舞，父親把他叫來嚴厲地教訓一頓，並告訴他：「男男女女在公共場合擁擁抱抱成何體統！」又有一次，父親知道映端姑姑自己結交了一位男朋友，氣得大發脾氣，映端姑姑嚇得幾個月都不敢來見父親。事情就是這麼巧，有一次與爸爸媽媽去看秀蘭・鄧波兒的電影《藍鳥》，出來剛好碰到菊姑、映清叔、映端姑姑及她的男朋友謝先生，映端姑姑嚇得躲在菊姑後面，母親趕緊用手在父親背上輕輕拍了一下，父親領會到母親的示意於是沒有發脾氣，打了一個招呼，我們便離開了。

父親有位好朋友叫孫中仁，單身，大約有三十三歲，中等個兒，長得方方正正，總是笑笑瞇瞇的，給人的印象是忠厚可靠。父親認為他很配得上映端姑姑，於是他告訴孫中仁要把自己的一位堂妹介紹給他。於是他叫菊姑去約映端姑姑週日上午十時到他宿舍來會面。孫中仁那天很興奮，九點十分就到了，菊姑那天去約映端姑姑，端姑說她臨時有點要事要辦，她叫菊姑先走一步，她隨後就來，其實她實在不願意去，但又怕父親生氣只好答應。當菊姑敲父親宿舍的門，孫中仁很緊張，他覺得這多年來介紹女朋友給他的人的確不少，可惜始終碰不到理想對象，故有些朋友認為他挑得太厲害。他早已聽說父親有位堂妹很漂亮，希望就是那一位。當父親去開門讓菊姑進來，孫中仁緊張得直搓手心也跟著站了起來，當他看到菊姑時，他幾乎呆了，呼吸也感到困難。父親問菊姑映端姑怎麼沒有同來，菊姑說她臨時有事急著去辦，稍後就到。於是父親向孫中仁介紹菊姑，孫中仁誤認為這就是父親要替他介紹的女朋友，心中非常興奮，他鼓起勇氣問菊姑何處工作、過去在何處讀書。由於孫中仁跑遍大江南北，故介紹了許多地方的名勝古蹟給菊姑聽，菊姑聽得津津有味，心中覺得孫中仁學識很好，人很忠厚。孫中仁覺得菊姑性情溫順，十足的女性美，她的外型及內在遠超過他的想像，隨著一顆心已緊緊地鎖在她身上。大約將近一小時後端姑才來，這時她已無法在孫中仁身上留下影子。過了一兩天，雖然父親向他一再地解釋介紹給他的是端姑不是菊姑，也告訴他菊姑已訂了婚，孫中仁回答父親說，菊姑就是他這輩子追求的理想對象，只要她還未跟別人走進禮堂，他是絕對不會放棄這個機會的，父親聽了只有無可奈何深深地嘆了口氣。

自從父親的朋友孫中仁見到菊姑後，心中一直纏繞著她的影子，雖然父親一再告訴他菊姑是訂了婚的人，他覺得他得不到菊姑他是無法活下去，於是他鼓起勇氣到菊姑上班的地方找她。菊姑覺得如果接受孫中仁的約會對不起伯倫，何況她是那麼愛他，於是找理由拒絕好幾次。事情也巧，菊姑宿舍同寢室裡住著一位寡婦，這位寡婦姓周，可憐三十二歲先生就去世了，留下了兩男一女，老大是男孩那年才十歲，老二是女孩八歲，最小的六歲，全部擠在一間房間。由於菊姑溫柔善良，經常幫忙周太太做些家事，所以周太太也很關心她。有一天孫中仁到宿舍來又來找菊姑，剛好周太太的小兒子突然發高燒高達四十度，周太太急得眼淚直流團團轉，孫中仁知道了義不容辭地用吉普車把他們送到醫院，等一切安排好了，弄到九點、十點才回家，次日又帶了肉鬆來看他，周太太心中有說不出的感激。不久孩子病好又回到宿舍，夏天宿舍裡熱得像蒸籠，孫中仁又為他們帶來了一架電風扇。有天周太太跟菊姑聊天講到這位孫先生，她說孫先生對人真是關心又厚道，勸菊姑不要拒人於千里之外，出去吃個便飯、看場電影也沒有什麼關係。那天菊姑剛下班孫中仁又來了，這一次菊姑終於答應了他一塊出去吃晚飯。自此以後他每兩天就來報到，不是去吃飯便是看電影。菊姑心中也十分矛盾，她覺得孫中仁為人忠厚、善良，雖不及伯仁那麼英俊瀟灑，可是女孩子嫁了她，他會體貼她、保護她，永遠是一位忠誠的丈夫。她開始感到痛苦，希望能跑到一個安靜的地方讓自己想想。

有一天母親在房內低頭替圓圓妹縫條褲子，一抬頭真把她嚇一跳，原來是菊姑站在她面前。母親對她說：「妳是什麼時候來的？狗也沒有叫，我也沒聽到腳步聲。」菊姑說：「來了一會了。」這種情況已經發生過好幾次，她發現菊姑是靠腳尖走路，走路太輕飄飄了，按照相術看來她怕菊姑不會太長壽。

菊姑這次來像是心事重重，有時見她獨自散步江邊，有時常常嘆氣，於是母親對菊姑說：「菊妹，妳有什麼心思告訴嫂嫂，不要埋在心裡，讓我替妳出個主意。」於是菊姑告訴了母親她最近與孫中仁約會的事。母親問她：「伯倫知道嗎？」菊姑搖搖頭說伯倫有將近半年沒有來看她，也不建議她去他那兒，一直推說公事忙，信也愈來愈少。母親聽了皺皺眉頭，心想伯倫不像孫中仁那麼愛菊姑，菊姑已被孫中仁的癡情所感動，但她還是忘不了伯倫，她也不想傷害任何一方。於是母親對菊姑說：「孫中仁早已知道妳是訂了婚的，即使有一天妳嫁給伯倫也不是妳的錯。但是，孫中仁具備了做一個好丈夫的先天條件，假如今天伯倫只要能像中仁對妳那樣一半的感情，照倫理道德來講我會建議妳放棄孫中仁。但是，伯倫今天對妳那種冷漠的感情，妳得再三考慮。先不要放棄孫中仁，等過一段時間再說。」菊姑低下頭淚汪汪的沒有再講話。

菊姑回到重慶後就繼續與孫中仁來往，她覺得孫中仁對她真是百依百順，交往愈多發現他的優點愈多，她有時覺得自己很幸福，但當她一想到伯倫自己又陷入痛苦的深淵中——一來他是她的未婚夫，再者她仍愛著他。有一天外面的狗叫得很厲害，媽媽從窗戶向外看是孫中仁陪著菊姑來了，母親趕快去開門讓他們進來。菊姑顯得很蒼白，也瘦了許多，喘著氣對母親說：「嫂嫂我真是糊塗了，我來妳這兒也有十來次，今天竟然找不到，繞了很久，抬頭一看原來是妳家後面那家醫院的太平間。」母親聽了也為之一震，希望不是什麼壞的預兆。孫中仁對母親說：「菊姑最近老是感到疲倦，我勸她拿幾天假，來妳這兒休息幾天。」三天之後，孫中仁因要上班先回重慶去了。菊姑因有微微發燒，走路發暈，暫留在我家繼續休養，母親則空出一間房間讓她休息。週末父親回來，發現菊姑這麼瘦弱，交代母親如果下週菊姑還是這樣，就去請醫院的潘院長來家診斷一下，有病得看，不要耽誤。在父親離家返重慶時，菊姑請父親替她向她工作單位繼續請假幾天，也請父親通知在成都工作的未婚夫伯倫，希望他有空來看看她。父親勸她好好休息，交代之事他會去做的。自此以後菊姑每天躺在床上，眼睛望著窗外或房門，希望伯倫能突然出現。

潘院長的夫人是爸爸媽媽多年牌友，潘院長來看過菊姑一次，他說菊姑身體很虛弱，肺裡有痰，體溫略高。他開了一點藥，臨走時告訴母親，假如情況變壞，趕緊送到醫院來。母親點頭並小聲問潘院長：「菊姑到底得的是什麼病？」潘院長先沒作聲，在走出房外才告訴母親，他擔心她可能得了肺炎。有天我在園子裡採了一枝菊姑最喜歡的梔子花給她，她高興地把它放在枕頭邊，聞了又聞。雖然她看來那麼瘦弱，但人很安詳。她指著天花板上的水印說：「胖胖，你看這天花板上好像漂著一片片的浮雲。」我點了一下頭，接著她又說：「假如有一天我死了，你會記得姑姑嗎？」我急得直跳，嚷著說：「妳不會死，我不准妳死！」說完就跑出房外去了。

有一天李嫂正餵著菊姑吃雞湯粥，忽然屋外傳來幾聲狗吠，菊姑突然顯得很興奮嘴裡唸著說：「伯倫來了，伯倫來了。」這時母親帶著孫中仁進來，菊姑側頭望望說：「是伯倫嗎？」母親說是孫中仁來了，菊姑失望中勉強地笑一笑。孫中仁帶來了菊姑喜歡吃的櫻桃，他用水洗乾淨後拖了一把椅子坐在床邊，取出了核心，一棵棵餵菊姑吃。他驚訝地對菊姑說：「我才離開了五六天，怎麼會病成這樣？」他並告訴菊姑，因為服務機關要派他到外地出差一個月，因此在臨走前他請了一週假專門來照顧她。菊姑感激地笑笑，但又怕伯倫也同時出現了。母親看出菊姑的心思，趁中仁去另外房間整理箱子時，在菊姑耳邊輕輕說：「菊妹不要擔心，假如伯倫真來了，我會替妳解釋，他絕不會責怪你的。」菊姑淚汪汪地對母親說：「謝謝三嫂。」

伯倫一直沒有出現，而孫中仁照顧菊姑無微不至，他幾乎沒有離開過菊姑身邊。有天母親坐在窗口邊織毛衣，中仁握著菊姑的手在那聊天，菊姑問中仁為什麼對她那麼好，孫回答她那是緣分，在第一次見面時他就被她吸引，覺得等了十多年的對象終於出現了。於是菊姑指著牆上掛的一幅畫說：「我就是牆上的那幅畫，假如這幅畫已經破了，你還喜歡它嗎？」中仁不經考慮地回答說：「即使這幅畫再破再爛我也喜歡它。」菊姑感動得眼淚直流，孫中仁趕緊拿出手帕替她擦眼淚，母親識相地離開了房間。過了兩天，菊姑咳得較前厲害，母親發現她吐痰盂裡的痰帶有血絲，菊姑身上又不斷地出冷汗發高燒，母親嚇壞了，她與中仁商量後決定要把菊姑送到我家後面的醫院，同時她請張德秀護士長多照顧。張小姐馬上請來了潘院長診斷，潘院長花了半個多小時替她檢查，也問了許多菊姑這幾天的情況，臨走時他叫母親到房門外對她說菊姑得了肺炎及傷寒的併發症，最好是送到重慶市大醫院治療，可是她的情況很差怕承擔不住旅途之勞，就留在這兒他盡力而為，母親一直謝謝他。

頭一日，孫中仁二十四小時守候在菊姑身邊，母親勸他回家休息，他說他不放心，母親很嚴肅地對他說：「傷寒是傳染病，你自已染上了怎麼辦？況且這兒有護士照顧。」孫中仁回答說：「三嫂放心，等映菊情況穩定一點，我就回家睡覺。」母親只有嘆了口氣。父親連去了兩封信給駱伯倫，但音訊渺茫；終於有一次在電話中找到他，父親在電話裡教訓了他一頓，他推說公事忙，不過下週一一定到唐家沱看菊姑。父親回來後把這消息告訴媽媽，媽媽生氣地說：「這個沒良心的東西，不是菊姑還深愛他，我真是不想要他進門。」孫中仁還是多半時間陪在菊姑身旁，到假期滿了要到外地出差的前兩天，他與父親商量想辭去工作留在這兒照顧菊姑，父親皺著眉頭對他說：「這是國家交代你的重大職務，你不能不去。」在不得已之下他也告訴了孫中仁，菊姑的未婚夫伯倫過兩天就會來，留在這兒實在不方便。在孫中仁要離去那天，他一大早就跑到醫院陪菊姑，一直到回重慶的汽輪還有半小時就要開了，他依依不捨地握住菊姑的手對她說一個月後他會回來照顧她，要她多保重。菊姑望了他一眼淚汪汪地說了一聲「再見」，孫中仁的眼圈也紅了，他想再多留一會，母親催著他離開說船要開了，他這才提著小皮箱走了。菊姑躺在床上眼睛一直望著房門，她希望伯倫這時能出現，母親勸她閉上眼睛睡一下，她恍惚地指著房門說：「三嫂，妳看伯倫來了，他帶著我們的五個孩子來了。」母親聽了很害怕，忙叫護士長張小姐來看看。張小姐替她量體溫說發燒很厲害，於是拿了一條冷的濕毛巾敷在她額頭上。一個鐘頭後張小姐又來量體溫，體溫下降不少，她給菊姑吃了藥，菊姑終於閉上眼睛睡了。

兩天之後伯倫終於來了，菊姑有說不出的高興，精神也好了許多。剛好父親也在家，菊姑的親哥哥機峰叔也從重慶趕來，伯倫一直向大家解釋實在是公司太忙抽不出時間，可是他心中一直很擔憂菊姑的病況。他又向父親建議說，菊姑在這醫院住了有一陣子，聽大家講來情況似乎一點進步都沒有，據他所知重慶有位中醫神醫，醫術高明，不知救了多少人的性命，為什麼不請他來看看？父親覺得他講的也有道理，伯倫又自告奮勇地說，如果大家贊成，他馬上可以去重慶把他請來。母親朝著父親說：「這樣做，怎麼向潘院長交代？」父親想想這可能是唯一的機會去救菊姑，因為這幾年來重慶一帶已經有成千上百的人死於傷寒、肺炎，於是他到醫院與潘院長商量。潘院長雖然不高興，最後還是答應了。於是伯倫馬上搭汽輪前往重慶。

次日中午，伯倫請來了這位神醫。這位中醫姓劉，年約五十多歲，是個瞎子，手拿拐杖慢慢走進病房。他問了一些問題，然後用手量量菊姑脈搏又摸摸她的頭，然後說菊姑身體衰弱，腸胃虛寒，於是開了一方藥。父親催道統快去老鎮抓藥，李嫂用小砂鍋把藥用水燉了一個多小時，然後由母親帶去醫院餵菊姑喝。第二天菊姑似乎好了許多，能夠半身升上來靠在床頭上，她臉上也有了笑容，她見到伯倫在身邊心中有說不出的高興。這時伯倫去廚房裡要了一碗米飯，他對菊姑說：「我來餵妳吃，吃了明天會更有力氣。」菊姑很聽話於是大口大口吃。在剩下一口飯時，這時張小姐走了進來，忙問伯倫：「你餵她吃什麼？」伯倫說：「是乾飯，她吃得很好。」於是張小姐過去一把把他手中的碗搶了過去，生氣地對他說：「她得的是傷寒，腸子已很虛薄，是受不了硬米飯的，希望她不會有事。」伯倫板著臉沒有作聲。

當天下午伯倫對母親說：「三嫂，我已告假三天了，再不回去公司要炒我魷魚了。麻煩嫂子妳多點費力照顧映菊，過兩天我還會來。」母親點點頭說：「你走吧，我跟你三哥都在家，你三哥在睡午覺，過兩天你一定要來，因為映菊精神上很需要你的支援。」伯倫說：「三嫂放心，我會來的。」說完就離開了。傍晚醫院派人來叫爸爸媽媽說菊姑不大對勁，等他們趕到病房，只見張小姐及另外一位女護士在那兒手忙腳亂，菊姑面色蒼白地昏迷在床上。父親問張小姐：「是怎樣了？」張小姐回答說菊姑瀉了好幾次肚子，連血都瀉出來了，她擔心她是腸子穿了洞。爸爸媽媽都急得手足無措，一夜守在床頭向老天禱告。半夜中菊姑醒來了，她無力望了爸爸一眼問：「伯倫到哪兒去了？」母親跑過去對她說：「伯倫必須趕回公司上班，過兩天他就會回來照顧妳。」菊姑「哦」了一聲又閉上眼睛。

次日清晨，父親派道統去旅社把劉醫生請來，劉中醫診斷之後又開了一副藥。母親餵她吃了藥，菊姑又一直昏迷，爸爸媽媽輪流守在她床邊。半夜中菊姑在床上不斷輾動，滿頭滿身流著大量虛汗，連床單、枕頭都濕了。值夜班的護士替她換了衣服、被單，忙了一大陣子，她又昏睡過去。第二天早晨，父親及菊姑頭一天趕來的親哥哥機峰叔及住在唐家沱的堂兄、堂嫂軍峰叔及謝芝華都來看她。到接近中午時菊姑醒來了頭上又流著汗，口中念念有詞地說：「這山真高呀，真難爬喲！」她看了大家一眼，又望望房門，忽然垂下了頭。張小姐趕緊過去捏捏她頸上的脈搏，然後搖搖頭說她已經走了。

那天我在菜園裡捉蟋蟀，忽然聽到震耳的哭聲，我跑進房裡只見父親躺在他的床上打滾著大哭著：「妹妹我沒有救妳！妹妹我沒有救妳呀！……」我從來沒有見過父親這樣傷心地哭過，這時我才知道菊姑已經去世了。我難過地蹲在牆角下，忽然記起菊姑在初病時對我講的話：「胖胖，假如有一天菊姑死了，你會記得我嗎？」想到這兒，我用手蒙著臉也嗚嗚地哭了起來。

因為鄉下醫院冷藏設備不夠，人死了必須馬上出葬，好在醫院都會安排，下午時棺木已經送來，埋葬的地點是長江對岸的高山洛島紅。它就在黃山左側的那座山，從我家前院可以瞭望得到，尤其是秋天遠遠望去半山紅葉很美觀。母親焦慮地說：「伯倫說今天要來，要不要等他來？」軍峰叔說：「再晚怕過不了江，不能再等了。」來了四個抬棺木的人，由兩個吹喇叭的鄉下人在前奏樂開路，爸爸媽媽及親戚們都跟在棺木後面步行送葬。過了江就開始爬山路，每人爬得滿頭大汗，等到達墓地大家才喘了一口氣，於是想到菊姑臨死前嘴裡唸道：「這山真高呀，真難爬喲！」大家懷疑，是否她的靈魂已先到了這裡？等下了葬、燒了香，天已暗黑下來，於是大家匆匆下山。

回到家裡，母親問李嫂：「駱先生來過嗎？」李嫂搖搖頭。謝嬸嬸說：「他可能錯過了輪渡，明天一定會來。」一天、兩天地過去他也沒來，父親只好託人帶信給他說菊姑已去世，希望他能來上上她的墳，可是駱伯倫從來沒有出現過。不久，映清叔來對媽媽說他有事不敢告訴三哥，怕他生氣會出事，母親說：「告訴我好了，我不會告訴任何人的。」於是他告訴母親，駱伯倫在大學期間已經有了別的女朋友，而且跟一個女人同居將近一年了，母親聽了幾乎暈倒。他接著又說，聽說伯倫介紹的那位神醫，曾經因看一位病人下了重藥，不久那位病人就死了。這位醫生被病人家屬告進公堂，都上過報紙，母親簡直不敢相信她所聽到的。映清叔走後，她靜靜地坐在窗前在想：為什麼伯仁會這樣無情？難道他還在懷恨菊姑當年向父母吵著要求與他解除婚約之事嗎？母親嘆了口氣，為菊姑的不幸更感到難過。菊姑過世時年僅二十三歲，她那溫柔、美麗的影子，我是永遠不會忘記的。

父親擔心中仁回來後知道菊姑去世的消息怕受不了，於是先寫了一封很婉轉的信給他，最後告訴他菊姑埋葬在一個環境優美及風水極佳的洛島紅山上，她在那兒一定很安詳，勸他放心。父親一直沒有接到孫中仁之回信，他想中仁可能忙於工作，也就沒有再與他聯絡。大概過了兩個月，父親、母親、軍峰叔夫婦和映清叔又去菊姑墳上掃墓，因為那天是菊姑二十四歲冥壽。來到墓前，大家覺得很奇怪，因為墓前祭有菊姑生前最喜歡吃的西點及水果，及殘餘的香燭，並發現地上散著幾頁被火燒了一大半的書信。謝嬸嬸好奇地拾起來走到母親那兒一起讀，信中表達出他對菊姑的過世猶如千刀萬劍刺向胸膛，不是國家還有重任在身，他會跟隨她去到另外一個世界，永遠不再分離……，其中有許多行字體像是被淚水浸過而有些模糊。母親及謝嬸讀著眼淚也流了出來，她們猜想是孫中仁來過。下山前父親去問看管墓地的佘老，佘老說：「有位姓孫的先生來過三四次了，每次來到墓前都是哭得傷心，一待就是大半天。今天又來過，可惜你們錯過了。」

有一天父親突然接到孫中仁的來信，信中寫著為了履行國家重任他不得不離開重慶去新疆工作，最使他心痛的是不能再去菊姑墳前，她是那麼可憐地躺在孤山之中，希望父親每次掃墓時為他帶一束梔子花放在她的墓前，因為那是她最喜歡的花。自此以後多年沒有他的消息，抗戰勝利之後父親遇到一位與中仁同在新疆工作的同志，父親向他打聽中仁的消息。那位同志帶著沉重的口吻對父親說，中仁在新疆工作時人變得很沉默，話不多。有天清晨他對同寢室的一位同事說他要去山上看一位朋友，大約一兩天才回來。那位同事好奇地問他：「你怎麼會有朋友住在山上？」他勉強地笑笑沒帶任何行李轉身就走了，一天、兩天地過去，他一直沒有再回來，他的同事們上山搜索也無蹤跡。同事們感覺疑奇，於是在他辦公室抽屜裡找到一本日記，日記中對菊姑充滿懷念之情，最後的一頁寫著：「歲月無法減退我對妳的懷念，對國家我已盡了責任，不久我會再回到妳身邊，永遠永遠不會再分離。」父親聽了難過地低下頭來深深地嘆了口氣。

第十一章　映欣、映豪

在母親眼中，來自父親故鄉的妹妹除菊姑外要算欣姑最漂亮，但兩人的外型及性格卻是完全不同。菊姑五官清秀，個性溫柔，是典型的古典美，做事認真但多愁善感；欣姑為人樂觀，天塌下來也不愁，高挑的身材，挺直的鼻樑，烏黑的眼珠，走起路來帥氣十足，是做時裝模特兒的佼佼人才。欣姑雖然口才不錯，可是大腦中少一根筋，做事有頭無尾，認人不清，容易上人家的當，遠不如她母親玉蘭那麼精明能幹。暑期間她多半來我家住，幾乎每日清晨一面梳頭一面唱她的招牌歌：「太陽出來照眼花，我家有個李大媽……。」那時芝舫么叔的兒子家飛、二叔的兒子家薪年齡與她接近都在十六七歲左右，假期也來我家住到開學，所以家中十分熱鬧。有一天母親拿了一支自來水鋼筆對大家說：「這是映菊去世後留下來的，你們看看有誰需要可以拿去用。」欣姑高舉雙手高叫：「我要！」哪知家飛手快一把搶了過去，欣姑求他給她說學校裡有許多作業要做。家飛非但不給反而諷刺她說：「妳在學校交男朋友都來不及，哪有時間做作業？」欣姑覺得受了侮辱蒙頭大哭，母親過去拍拍她的背說：「別哭了，等妳三哥回來我叫他帶支新的給妳。」她才停止哭，掏出手絹擦乾眼淚說：「三嫂，妳這話可是真的？」母親對她說：「嫂嫂什麼時候騙過妳？」她這才笑了，跑到家飛面前做個鬼臉回房去了。五分鐘後又聽到她在房裡唱：「太陽出來照眼花喲，我家有個李大媽！」母親聽了笑笑直搖頭。

有年夏天欣姑回松滋去了，因為她的母親玉蘭有重要事情要與她商量，回來時她帶來了她十二歲的弟弟映豪。原來欣姑的娘玉蘭預備不久再嫁，沙市有位趙二爺，年輕時就垂慕玉蘭，可惜相逢恨晚，那時雙方都有家室。想不到二十年後，趙二爺中年喪妻，有年到松滋進棉花，在街上巧遇玉蘭，雖然徐娘半老，風韻猶存，她那嫵媚的風姿使他念念難忘，於是託人來說媒。玉蘭嬸高興萬分，趙二爺相貌堂堂，家有萬金，她這多年來守寡也夠寂寞，雖與中藥鋪老闆有曖昧之情，但人家是有老婆的人，只能偷偷摸摸地偷情，於是馬上就答應了。但是，她考慮到兩個女兒映荷已二十二歲，映欣十八歲，帶到夫家的確不方便。小兒子又不爭氣，留級三次，十二歲了還在小學念四年級，平日好吃懶做，又學會了不少壞習慣，怕帶到夫家會影響夫妻感情。於是她決定把房子及自己所有積蓄交給映荷掌管來維持他們的生活，把小兒子送到我們家裡由我的父母來教養。她早已想到我的父親絕不會拒絕，否則會被鄉里親友嘲笑。她的大女兒我見過一次，長得是高頭大馬、容貌平平，遠不能與欣姑相比，但為人忠厚、老實，在重慶一家縫衣廠做管理員。映豪小叔生得一副討人厭的小流氓像，毫無氣質，真不像是一個媽生的。

映豪初來我家欣姑管他很嚴，也看不出來有什麼壞品行，等欣姑返校後，他的馬腳終於露了出來。有天李嫂來他房間換床單，發現他的枕頭被火燒了兩個洞。她報告母親，母親問映豪，他說晚上他被蚊子叮得睡不著，他用枕頭趕蚊子不小心碰到蠟燭，母親聽了覺得也合道理於是便不講話了。次日清晨樓上高伯母起來開窗，看見映豪蹲在菜園裡一邊大便一邊手上捏著香煙猛抽。那時小孩抽煙是絕不能被大人接受，於是她跑來告訴母親，母親便責問映豪，他狡辯說他不是抽煙是在啃一小截甘蔗，母親也認為他不會壞到這樣，以為是高伯母看走了眼。直到有一天李嫂替大妹到處找鞋子，發現映豪床下有一大堆煙頭，母親才確信為真。

幾天後事情又發生了，李嫂來他房間打掃，發現在角落上米缸旁邊有一堆大便，母親生氣地問他，他說晚上外面又黑又暗他怕碰到鬼，只好在屋裡大便，母親說：「屋裡有馬桶為什麼不用？」映豪說他在松滋家裡廁所都是蹲著用的，他不習慣坐馬桶。母親嚴厲地對他說從現在起他要習慣去用馬桶大便。在他入校的兩個月裡母親被映豪的老師請去問話好幾次，一次是不交作業，一次是逃課在老鎮上被人發現他與一群流氓在大街上玩紙牌賭博。學期終了又是兩門功課不及格，本應留級，級任老師見他年齡比同班同學都大，在下學期開學前給他一次補考機會。

寒假期間欣姑回來覺得弟弟這麼不爭氣也很生氣，便拖了他幫他強迫補習功課，結果總是弄到不歡而散，有兩次欣姑被氣得直哭。有天母親對欣姑說她將帶大妹去父親那兒一週，並交給她一週的買菜錢。那時天涼我有點小小咳嗽，母親特別交代她定時要給我吃藥，晚上看看被子是否蓋好。欣姑覺得自己升級了，高興得很一口答應，並請媽媽放心。頭兩天她管家管得不錯，反正李嫂很溫順，她交代的什麼事都替她做得好好的，暫時她成了女主人。欣姑晚上不去睡她的竹床，竟跑到媽媽的大雙人藤床來睡。

母親離開的第三天，家中來了一位不速之客。大約是下午兩點多鐘，有位身穿軍裝年約三十一二歲個兒很高的男士來敲門，李嫂進來對欣姑說有位姓陳的軍人要見她。欣姑覺得奇怪，她沒有一個朋友是軍人，於是她急步地走了出去。當她見到那軍人覺得很陌生，不料那姓陳的男士熱情如火似地跑過來握住她的手說：「呀！妳就是欣妹嗎？我就是映荷的未婚夫陳浩。」欣姑雖然有三四個月沒有見到姐姐，但從來沒有聽到她說過她有了男朋友也訂了婚，她開始有點詫異。不料那姓陳的看出來了她的心思，忙著說三個月前他去欣姑姐姐工作的工廠訂軍裝時認識了她，之後兩人感情發展很很快，三天前他們才訂了婚。欣姑聽了忙請他進屋裡坐，那姓陳的有一張會說話的油嘴，一邊走一邊擦著頭上的汗珠說：「今天朝天門的旅客真多，可以說是人擠人，我特意選了一簍最好的文旦及一籮筐的橘子、芝麻餅及花生酥叫勤務兵挑著，不料給擠散了，船都起程了也找不到他，只好空手而來，真不好意思。」欣姑也替他著急地說：「那怎麼辦呢？」姓陳的進屋坐下來，不慌不忙地反而安慰著欣姑說：「一點小小東西丟了就算了，改天我再請妳們吃好的。」欣姑滿懷高興，覺得這位準姐夫真是大方，於是叫李嫂倒水來給陳浩擦臉，拿出媽媽的龍井泡杯茶，又跑出去叫廚師道統把那隻生蛋的母雞剁來煨湯。道統說這是一隻生蛋雞，吃掉了怕太太不高興，欣姑說太太交代了家中一切由她作主，今天有貴客來趕緊去準備晚飯。道統無可奈何地去院子裡捉雞去了。

陳浩脫去軍裝外衣，洗了一個臉，這才注意到我與映豪叔站在旁邊，於是他睜大眼睛問欣姑：「哪一個是映豪？」於是欣姑把我們向他一一介紹，他竟兩步走上來把映豪抱到他膝上坐著，一面摸他的頭，一面親他的臉，對欣姑說：「妳這弟弟一臉聰明相，將來前途無量。」欣姑聽了卻指著我說：「聰明的是這個。」哪知陳浩馬上辯著說：「欣妹妳這就錯了，妳那侄子弱不禁風，將來成不了大器。」我在旁邊聽到難過得很，一來我從來沒有被人這樣批評過，二來一個人見人厭的小叔今天卻成了陳浩的寵物。這時欣姑問陳浩抽不抽煙，陳浩點點頭，欣姑回房拿了一把錢叫我到新鎮上買包「海盜牌」香煙，並在鎮上小飯館買一盒滷豬肝給陳浩加菜。當時我變得高興一點，因為我感到欣姑覺得我比豪叔能幹才叫我去買。

那天晚上的菜可真豐富，魚香茄子、家常豆腐，滷豬肝、回鍋肉及雞湯，欣姑又把父親的紹興酒開了一瓶給陳浩接風，陳浩吃得津津有味，話就更多。他對著欣姑說他這次來就是專門來接他姐弟二人去重慶，他告訴欣姑他跟她姐姐下月就要結婚，並在外已租了兩間房子，足夠住的，明晨就帶他們走。欣姑猶豫一下說這太倉促了，因為她已答應嫂嫂替她管家，陳浩說：「妳三嫂再過幾天就回來了，我看那李嫂滿能幹，交給她就行了。」欣姑說：「我怕三哥、三嫂會不高興。」陳浩又說：「欣妹妳有沒有搞錯，他們只是妳的堂哥堂嫂，又不是親的，妳們現在過的是寄人籬下的生活，妳們真正的親人，就是妳姐姐及我這親姐夫了。」欣姑想了想覺得陳浩的話也對，陳浩又得寸進尺地滔滔不絕的遊說她，欣姑終於點頭說好。這晚陳浩堅持要映豪跟他睡在一起，他摟著他，除了讚美他，又囉嗦地講了一大堆話。第二天我醒來發現屋裡空空的，我去問李嫂，李嫂說妳姑姑及豪叔提了行李隨那姓陳的軍人搭早上六點鐘的汽輪去重慶去了，我聽了感到一片茫然。

母親回來後發現欣姑不辭而別，毫無責任感，十分生氣；這消息傳到欣姑耳裡，從此她不敢再上門來見爸爸媽媽。數年後消息傳來，有天陳浩與映豪叔起了衝突，陳皓拿出手槍朝映豪開了一槍，幸好映豪躲得快，子彈擦耳而過。經過多方打聽才知道陳浩不是好人，他過去所作所為都是假的，在他認識映荷後，知道她掌有她娘玉蘭留給她三兄妹的全部財產，其中包括銀行存款、松滋縣城的房子及田地和一批首飾，於是起了貪婪之心。他首先騙了英荷的身體，然後要求她結婚，映荷說她娘留下財產是要她照顧妹妹弟弟的，如今弟妹還要靠三哥、三嫂照顧，都不能與她聚居一堂，她怎能不管他們去結婚。於是陳浩心生一計，第一步就是把映欣姐弟騙離開唐家沱去與他們住，果真這一計成功了，他娶了映荷為妻。中日抗戰結束後他離去軍職，回到松滋，映荷把中藥鋪店面收回，開了一家百貨店，自己守店生意不錯。於是陳浩計畫第二步怎樣把映欣弄走，長期讓她住在一起，將來財產會被她拿去三分之一。他想起了過去軍中的一位同事許大同，比他小三四歲，外型很吸引人，人在江陵離松滋很近，於是他介紹這位俊男給映欣，又加油加醋講了許大同許多好處，不久他們結婚了，許大同的部隊被調往湖南，映欣也就離開了故鄉松滋，留下陳浩唯一的眼中釘便是小叔映豪。由於映豪也不知上進，在他姐姐那兒要不到錢，便去找他媽要，有了錢就去賭，總之大家對他都頭痛。

有一天他又向映荷要錢，映荷不給，兩人正在爭持，正好陳浩走進來，他罵了映豪一句「沒出息的寄生蟲」，映豪回了他一句：「你才是寄生蟲，每天吃我姐姐的！」陳浩聽了火冒三丈，罵了一句三字經便從抽屜裡拿了一把手槍朝映豪開了一槍，被他躲過了。當陳浩要開第二槍，映荷跑過去抓住他的手並哭喊著：「你打死我好了！你打死我好了！」映豪見事態嚴重，便趁機逃走了。因為不敢回家只好又去找他娘玉蘭。那時玉蘭正好情緒較低落，因為這一年來映豪經常來要錢，前三天趙二老爺叫來帳房先生問他為什麼會有一大筆帳是空白，是幹什麼用的，帳房先生只好說了實話，說是玉蘭夫人這年來取了七次錢。趙二爺聽了大怒，告訴帳房先生以後未經他許可，任何人不准來取錢，便到房裡罵了玉蘭一頓。結婚多年來一直未被二爺這樣罵過，這不爭氣的兒子真叫她吃了不少冤枉罪，想想眼淚就流下來，關在臥房裡不吃飯也不出來。趙二爺到底對玉蘭有感情，覺得自己做得太過火了，於是進房陪不是，玉蘭才好一點，但心中有了警惕。嫁給趙二爺每日穿金戴銀，吃的是山珍海味，夫妻感情又好，聽了兒子的話本應去找陳浩理論，一來兒子不爭氣，再者陳浩有槍，為什麼拿了自己的生命、幸福去冒險。於是從櫃子裡拿了她娘給她出嫁的一條金鍊子及一隻玉鐲叫老管家何老到當鋪去當了一筆錢，又寫了封信，叫來映豪來便對他說：「何老下午就帶你去荊州舅舅那兒，我寫了一封信給他，求他收你在他貿易公司做個學徒，我也有一小筆錢交給他作為你平日的零用錢，娘現在已是趙家的人，這是娘最後一次救濟你，你要聽舅舅的話，好好工作，如果你再鬧出紕漏，就不要再來見我了，你就當你娘死了。」說完後就拿出手絹蒙著臉哭了起來，映豪也低了頭一聲不響。何老見這情況馬上上來打圓場說：「夫人妳別難過了，我現在帶少爺去吃午飯，吃過飯我們就起程。」於是拉拉映豪的袖子，兩人就匆匆地離開了。

映豪初到的頭兩個月因人地生疏，雖然懶一點，表現還算差強人意，時間久了老毛病又犯了，晚上與人賭博賭通宵，早上起不來，睡眠不足，工作效率下降。雖被他舅舅教訓過幾次，可是賭性難改，加之壞習慣太多，舅媽也經常向他舅舅抱怨，後來竟有人鬧上門來逼他舅舅替他還賭債，舅老爺氣得發暈，於是把映豪叫來，給了他一筆路費，叫他回到他姐姐那兒去。映豪拿了錢及行李離開了舅舅家，想到娘說過如果在舅舅那兒再弄不好，就當她死了，以後不要再去見她，姐姐映荷那兒又不敢去，於是在荊州流浪，路費也輸掉了，便混進當地地痞流氓圈子裡，欺詐街頭小販勒索他們的辛苦錢過活，因此也結了不少仇人。半年後有一天有人發現他的屍體浮在江面上，傳說他賭債還不出來，遭人殺害掉到河裡，死時年僅十七歲。

第十二章　濱江路

我們住在唐家沱濱江路九號，樓上住的是高騫一家。高伯伯在外交部做事；高伯母原在我的母校唐家沱中心小學任校長，兩年後轉到由政府辦的唐家沱孤兒院做事，由於上班的關係，故只有在週末才有時間與母親打打麻將。他們的三個孩子，文光比我大四歲，故是我們這群孩子的頭子；曼理大我兩歲，氣質很好，是他們家最可愛的一個；最小的兒子叫毛毛，比我小兩歲。我的年齡恰好在他們中間，故大大小小我們都玩得來。有時我們也會吵架，我一個人對他們三個。如果外來的孩子欺負我，文光總是出面代我去報仇。他們家有個老傭人叫孫婆，大約有六十多歲，在高伯母出嫁時就跟了來，對主人很忠，一雙小腳跑得很快，除了燒飯、洗衣外，家裡也打掃得一塵不染。

抗戰期間生活艱苦，小孩們的玩具有限，大多數的小孩喜歡養蠶或集郵票。由於文光的父親在外交部工作，因此他得天獨厚，竟有厚厚的四大本集郵冊；每次他邀我去看他的郵票，都使我羨慕萬分，流連忘返，陶醉在幻想中，希望有一天我也會有這麼多珍貴的郵票。那時的文光可真小氣，不論我對他多好，他從來沒有送過我一張郵票。有一天文光又在樓上向下喊：「熊家基快上來看我父親給我帶來的新郵票！」他拿出他父親才給他帶來美軍登陸硫磺島的新郵票，他有整整的一大版，大約有五十張連在一起，另外加上十多張單張的。在旁的高伯母看到我那羨慕的模樣，便對文光說：「文光你有這麼多同樣的郵票，就送一張給家基好了。」我高興地睜大眼睛望著他，他很捨不得，但又不好意思，於是在那幾張單張郵票中選了又選，最後他找到了一張中間有折痕的郵票給我。我當時愣了一下，高伯母叫他送我一張，並不是叫他送我一張損壞的郵票，所以我有點生悶氣，於是他說：「你要不要？不要我就收起來了！」於是我就接了過來，但心中很不服氣。低了頭正預備離開，發現地上有一張從他集郵簿掉下來的上面印有獅子的伊拉克郵票，本想告訴他，但想到他那小氣的個性，於是我轉變了主意。那時鄉下的孩子不是每天都有鞋子穿，打赤腳的時間很多，於是我偷偷地吐了一點口水在地板上，用腳板沾上口水，再把腳板壓在那張郵票上，於是向文光說我要下樓去了，他忙著整理他的郵票簿，於是我匆匆下樓跑進房間，心跳得厲，翻開腳板，那張郵票還在那兒，於是我用紙把它包好，藏在抽屜裡一直不敢讓人看見。二十五年後我們在紐約又見面，於是我把這故事告訴了他們，卻換來一陣哄堂大笑。

李嫂在我家工作時大約已有三十五六歲，個兒不高、瘦瘦的，人很沉穩，輕言細語，做家事也很實在，一流的針線活兒，很討父母的喜歡，平日無事時，也是母親聊天的對象。她總是順著你講，母親有時身體不舒服懷疑自己有病，她會慢慢地替你分析，往好處講，無形中化解了你心中的疑惑，雖然她沒有讀過什麼書，可說是一位很好的心理學家。父親從小可說是由他大嫂照顧長大的，也是父親終身難忘之人，不幸在父親二十歲時她便過世了。李嫂的外型、性格和對人處世的態度都很相似，所以對李嫂印象很好。李嫂的丈夫長年不在家，到我們家來找過李嫂一次就匆匆離開了。他個兒高高的，像是讀過書的人，氣質不壞，為什麼夫妻每年只匆匆見一次面？後來李嫂對母親說她先生在外地早已另建家室。後來母親發現李嫂每天下午都要出去一兩個小時，也經常向母親提早支薪。有一天因家中有事不能出去，她便哈欠連天，懶洋洋地沒有精神，母親早就懷疑她可能有不良嗜好。於是有一天與李嫂閒聊便趁機問：「李嫂我看妳有時直打哈欠，也經常提早支薪，有什麼困難跟我講好了。」李嫂先是沉默了一陣，覺得也瞞不了，便對母親說早年因有胃痛，吸了幾口鴉片就好了，於是染上了惡習，她也試著去戒煙，她未料是這麼困難，母親帶著同情的口吻安慰她說：「慢慢來好了。」

道統姓黃，是湖北支江人，那時大約有三十六七歲，是父親有次出外出差，道統在旅社中當茶房，父親見他人很忠厚，家中正需要一個挑水燒飯及做粗工的傭人，於是便把他帶回唐家沱家中來。母親覺得他個性很固執，有點小怪脾氣，人倒是個好人，於是便先教他燒一些家常菜，他的領悟力還不差，後來母親便把她的拿手菜鄂西蒸菜傳授給他，父親又把松滋魚糕的做法教給他。後來逢年過節，親戚朋友來時就讓他來主廚，這兩道名菜是一定有的。道統有夢遊症，半夜他經常去揚子江邊挑水回來，第二天他會問：「是誰將水缸的水裝滿了？」雖然有時他有脾氣，尤其是他忙時，如果小孩煩他，他會吼你，可是平日與他上街，經過小吃攤，他一定會自動買給你吃，所以我小時最喜歡跟他上街。

李嫂與道統相處融洽，李嫂無論講什麼，道統聽了都是點頭，溫順得像隻小貓；道統衣服破了或是掉了扣子，李嫂馬上叫他脫下來替他縫。有次李嫂感冒，道統照顧她是無微不至，除了倒茶水又替她捶背。有次父親邀請了幾位朋友在家玩撲克，幾乎打通宵，李嫂也不便早睡，但實在很疲倦。這時道統已經在廚房隔壁的儲藏室打地鋪睡了，李嫂溜了進去和衣睡在道統的腳後頭，孤男寡女日久生情，後來李嫂的肚子大了，母親也知道那一定是道統的孩子，所以也從來沒有過問李嫂。在臨盆的最後兩個月，李嫂實在做不動了，於是她向媽媽辭工回去生孩子，媽媽多給了她一個月的工錢，又包了一包小孩的舊衣服，她便走了，道統大約一兩週去老鎮她家中看她一次。有一天深夜外面的狗叫得出奇得厲害，母親似乎有預感，覺得有什麼事情發生，於是天亮後便對道統說昨晚狗叫得怕人，她很擔心李嫂會出事，叫他立刻去李嫂家看看。道統去了半天才回來，神情很低落，母親問他李嫂怎麼樣了，道統說她昨晚生孩子不順，母子倆都走了。鄰居看她孤家寡人，清晨便把竹席子捲了屍體，在後山挖了一個深坑埋了。母親急得跳腳說：「真可憐，怎麼死了連副棺材也沒有！」自此後道統顯得沉默。不久母親雇傭了一位年近四十的梅嫂，手腳也還勤快，可是與道統無緣，每三五天便要吵次架。梅嫂好幾次慪氣想不做了，母親一直勸她多忍忍，說道統前不久失去了一位親人，情緒不穩定，過一陣子會好的。梅嫂看母親對她很好，便忍耐地留了下來。

第十三章　江湖行

一天外面有敲小鑼聲，我與弟妹及樓上高家的孩子好奇地跑出去看熱鬧。原來在我家與王家之間的山坡上來了一對走江湖賣藝的姐弟，看來年紀都不很大，那小男孩打了一陣鑼，來看熱鬧的人愈來愈多，那女孩便拿出三隻鐵環，一來一往地往天上拋，一隻手接，另一手往上拋，手腳俐落，速度也愈來愈快。這時姐弟同聲高唱：「天蒼蒼，地茫茫，自幼失去爺和娘，過路君子開個恩，賞個錢兒填饑腸。」兩人停了下來，那小男孩脫下上衣叫大家望後退過五六步把圈子弄大，於是跑到另一頭接著望前跨兩大步連翻了五個跟斗，再從另一方又連翻五個跟斗過來，贏來一陣掌聲，於是男孩把銅鑼反過面在每人面前走上一圈，希望大家能丟幾個錢。當時看的人孩子多，大人少，加之鄉下人又窮，竟然沒有一人給錢。姐弟倆頗為失望，於是那男孩又跑到園子中央打了一陣猴拳，接著那女孩從麻布袋裡拿出兩把中型的切菜刀，那男孩又打起小銅鑼，於是那女孩把刀子往天上拋，兩人又同聲唱起：「青山高，流水長，天寒地凍沒衣裳，過路君子開慈悲，買件寒衣避風霜……。」這時女孩把刀子愈拋愈快，看的人都目瞪口呆，萬一那女孩接不到刀把，不是砍掉手指就是砍到腳，不一會他們停了，那小男孩又拿了銅鑼走了一圈，只有一個大人丟了一枚銅幣。

這時家中女傭李嫂來叫大妹回家洗頭，看到這對姐弟，驚奇地跑過去對他們說：「妳不是小鳳及大頭嗎？」那女孩看到李嫂驚喜地叫了一聲「大嬸」。原來李嫂與女孩的娘認識，自小在同一個村子長大，也是很要好的朋友。於是李嫂問她：「怎麼師父沒有來？」女孩略帶傷感地告訴她師父年老體弱，在床上已躺了近三個月，由於沒有錢買藥，只得把那隻小猴子也賣了，只留下一隻小狗作伴。現在錢已用完，有好幾天都沒有吃藥，身體來得更弱，他姐弟一直照顧他，又不敢去遠地賣藝，只能在附近一帶兜生意。那賣藝的錢老是李嫂的一位遠親，年已過了六十，原在川戲班子跑龍套，在一次表演從桌上翻跟斗，不料失常跌斷了腿，好了之後成了跛子，只好脫離戲班走江湖沿途賣藝。李嫂問她：「今天給錢的人多嗎？」女孩搖搖頭說：「只收到一枚銅幣。」李嫂看他姐弟瘦得可憐，便問他們：「吃過午飯嗎？」兩人搖搖頭。小鳳說早晨離家時，每人吃了一個烤紅薯後就沒有再吃東西。李嫂同情地說：「跟我去主人家，我家太太心地好，我家有剩飯，她一定會讓你們吃個飽。」姐弟倆露出快樂的笑容。

到了家，李嫂叫他姐弟倆在廚房門口坐著，便轉身進屋把這情況告訴母親。不久母親走了出來，望了他們姐弟一眼，她多打量了一下那女孩，覺得這女孩生得細皮嫩肉，雖然衣衫襤褸，那瓜子小臉配上柳眉杏眼及櫻桃小嘴，好好裝扮一下，可真是一個小美人。母親問她：「叫什麼名字？多大了？」她說她叫吳小鳳，十三歲，她弟弟叫大頭，今年十歲。母親聽了「哦」了一聲，便對李嫂說：「到園子裡去摘把萵菜燒個豆腐，另外再炒兩個雞蛋給他們下飯。」過了半個時辰，李嫂端出滾熱的飯菜放在廚房外面的小桌上，姐弟倆吃得津津有味。那叫小鳳的女孩忽然停下筷子對李嫂說：「大嬸，師父好幾天都沒吃米飯了，我能不能不吃，把這半碗飯包回去給他吃。」李嫂過去拍拍她的背說：「小鳳，妳對師父可真有孝心。剛才太太已經交代過了，如有剩下的米飯就統統給你們帶回去。放心，好好地吃飯吧！」小鳳感激得眼淚汪汪地低下頭繼續吃飯。於是李嫂到菜園摘了兩大片芋頭葉，洗乾淨後把剩下的飯包起來，用麻繩紮好交給小鳳。這時正好廚子道統從老鎮買燒晚飯的菜回來，於是李嫂叫這姐弟等一等，便把道統拖進屋裡在他耳邊咕嚕了好一陣，道統便從口袋裡掏出兩張鈔票，李嫂走出來對小鳳說：「這錢是送給師父買藥吃的，大概可以抓三次藥。」小鳳接過錢一把抱住李嫂嗚嗚地哭了起來，李嫂也難過得流出眼淚。過了一陣李嫂拍拍她說：「小鳳，藥鋪快打烊了，快回去抓藥給師父喝。」小鳳說她要謝謝太太賞給他們飯吃，李嫂說：「太太正在替大小姐洗頭，我會轉告她的。」於是姐弟倆拿起麻布袋子、米飯及小銅鑼匆匆離開了。

吃過晚飯，母親在燈下替妹妹織毛衣，李嫂在旁替毛弟縫褲子。母親開口說：「那賣藝的姑娘長得可真漂亮，可惜比我兒子大上一大截，否則我就收了做媳婦。」我在床上聽到趕快用手捂住耳朵，兩人見了都哈哈笑了起來。母親又問：「他姐弟小小年紀就出外賣藝，他們的爹娘是做什麼的？」李嫂嘆了口氣說：「說來話長，這兩個孩子的命也真夠苦的了。」母親停下織毛衣，對李嫂說：「能不能講給我聽聽。」

小鳳、大頭的母親名叫曾玉梅是與李嫂同一村子長大，同年出生，十六歲已長得亭亭玉立，來做媒的人不少，十七歲那年嫁給鄰村吳家大兒子松年。松年的父親是礦場的工頭，松年那年二十歲也在那做工人，在鄉下人來說家境還算不錯，祖先也留下一幢磚房，家中孩子除了松年外，有小他兩歲的弟弟松雄及大她兩歲的姐姐松花。姐姐嫁到東村王家已有多年，那叫松雄的兒子原也是礦工，但吃不了苦不幹了，跑到重慶一帶幫人買賣私貨，吃穿嫖賭樣樣來，不但不管家還經常向他老子要錢。玉梅在十九歲那年生下小鳳，三年後又生了兒子大頭，一家都喜氣洋洋，但不幸的事發生了也改變了他們整個的人生。在小鳳十歲那年，煤礦場因年久失修突然倒塌了，在裡面開礦的吳家父子同時喪生。家中沒有收入，玉梅的婆婆只好把房子賣了，全家搬到一個土牆的茅草房子，小兒子松雄又在他娘那兒把錢都給騙走了去放高利貸，結果給人倒帳，老本沒回，婆婆一氣之下離家投靠女兒去了。

玉梅在走投無路之下，只好把兩個孩子送到隔鄰在江湖賣藝耍猴戲的錢老爹那兒做學徒。因為錢老爹人夠義氣，也很照顧他們老小，兩個孩子也喜歡到他家逗猴兒玩，錢老收了他們並叫玉梅放心。玉梅經人介紹到老鎮開布店的蔡老闆家中做女傭，每兩週回家半天看孩子。蔡老闆娘沒有生育，生性潑辣又抽大煙，每日睡到中午才起床，下午則到朋友家搓麻將牌，到吃晚飯時刻才回來。蔡老闆四十出頭，無兒無女，生活頗為寂寞，因為怕老婆也不敢干涉她的生活。玉梅在他家主要工作是打掃清潔、燒飯洗衣，替老闆娘洗頭、梳頭及捶背，工作還算輕鬆，掙來的錢一大半她都送到錢老爹那兒幫助他們的生活費。

蔡老闆自從見到玉梅就起了花心，但基於老婆凶悍故一直不敢出軌。有天太太吃過午飯拿了皮包要去朋友家摸牌，蔡老闆藉故說有點頭痛想躺一會再去店裡。大約過了半個時辰，聽到澡房有倒水聲，他猜想玉梅可能在洗澡，於是輕輕走去在門縫裡偷看，只見玉梅脫光了衣服跳進水盆，那雪白的肌膚、豐滿的乳房，看得幾乎使他喘不過氣，一不小心頭撞到門上，玉梅嚇得大叫：「是誰？」蔡老闆輕手輕腳地跑回房裡，腦子裡卻一直在打轉出現著玉梅赤裸裸的身影。忽然他又聽到倒水及腳步聲，想是玉梅洗完澡回自己房裡去了，他的欲火愈燒愈旺，竟失去理智，跑去推開玉梅房間的門，撞了進去。玉梅正坐在床邊整理衣服，見到蔡老闆撞了進來，嚇得躲到床角落裡。哪知蔡老闆一把把她拖到床中央，壓在她身上，玉梅用手抵住他，一邊喊道：「老爺不要這樣，讓太太看到不得了！」蔡老闆力大把她的手壓住說：「太太不在。」在床上掙扎許久，玉梅力氣消耗殆盡，蔡老闆終於達到願望，污了她的身體。

玉梅躺在床上哭了一陣，自此之後人很消沉，話也不多，在打掃房間時，有蔡老闆在她則低頭儘量避開。蔡太太已經感覺到奇怪，加之蔡老闆最近晚上都不吵她，更使他心疑，因此格外地注意老公的行動。玉梅有天回家看孩子，邊走邊哭覺得自己命太苦了，想離開蔡家另找工作也是困難，就在此時聽到有人在後面叫她，她趕快掏出手絹把眼淚擦乾，回頭一看是李嫂。李嫂笑著說：「看到妳背影，我猜想就是妳。」玉梅勉強地笑笑喊了一聲：「李姐，妳好。」李嫂說：「我是來看錢師父的，聽說妳在蔡老闆家上工，東家對妳好嗎？」玉梅沒有回答，靠在李嫂肩膀上哭了起來。李嫂趕忙替她擦擦眼淚說：「有什麼委屈到家告訴姐姐好了，給路人看到不好。」回到家，玉梅一五一十地把在蔡家的事告訴了李嫂，並請李嫂千萬不要讓她父母及錢師父知道。李嫂聽了臉色發白地對她說：「這地方不能再做下去，蔡太太是出名的雌老虎，給她知道可不得了。」玉梅說：「到哪兒去找工呢？也不能讓兩個孩子餓肚皮。」李嫂想了一想說：「萬興樓飯館有個切菜、洗菜的徐姥姥年老要去投靠兒子不做了，他們也在找人，妳為什麼不去試試？」

第二天玉梅早上去市場買菜就順便去萬興樓應徵工作，黃老闆看她長得清爽便對她說，原來的工人要月底才離開，有興趣的話下月一號早上來報到，這中間也不過相差十天。玉梅聽了一直點頭，一再向黃老闆道謝。回到蔡家，原想馬上向太太辭工，請她提早找人，但蔡太太最近打牌老輸，脾氣更壞，一點小事不順她心便會罵上個十來分鐘，於是她決定過兩天等她情緒穩定再向她提起。那天晚上玉梅把燒好的飯菜放在飯桌上便去請太太、先生用飯，蔡太太已注意到蔡老闆斜著眼睛看玉梅，本想發怒，但她忍住了，心中在計畫怎樣去探個究竟。

玉梅替蔡太太梳好頭，蔡太太先到後門把門鎖從外打開取了下來，又偷偷溜進房間對她老公說陳太太今天生日，有牌局要早點去，蔡老闆說：「我送妳一程好了。」陳家離他店鋪只有五六分鐘路程，蔡老闆送了太太去陳家就去了店裡，他叫夥計替他剪了兩碼麻紗布，他把它包了就往家中跑，心中又浮起淫念。他敲了一陣門，玉梅開門一看見是蔡老闆掉頭就向自己房裡跑，正要關門，蔡老闆已追到她房裡把麻紗布料塞進她手裡說：「玉梅，妳只要順老爺的心，我會善待妳。這塊最好的麻紗布是送給妳做件衣服。」玉梅把那塊布料摔在他手裡說：「我們窮人穿不著，留給太太用吧。」蔡老闆怒氣沖沖地一把抱住她往床上拖，玉梅也不客氣用拳頭捶他，蔡老闆更火大，把她往床上一丟，就去扯她的衣服，玉梅拚命地掙扎……。其實蔡太太那天並無牌局，只是騙她丈夫，在陳家聊了一陣龍門陣，便到店裡找蔡老闆，夥計說老闆只來了一刻鐘，拿了一塊麻紗布料就走了。蔡太太問夥計：「他到哪兒去了？」夥計搖搖頭說：「不知道。」蔡太太馬上往回家路上跑。到了家，她很小心地從後門進去，把鞋子脫了拿在手裡，輕輕地走，在她快走到玉梅房間聽到裡面有陣陣氣喘聲。蔡太太一手把門推開，看到自己的丈夫光了屁股壓在玉梅身上，於是河東獅吼，跑到床前用鞋子向兩人身上猛打，一邊大罵：「不要臉的東西，竟然趁我不在家做出這種醜事！」蔡老闆嚇得跪在地上向老婆求饒，玉梅又羞又怕地躲在牆角落裡。蔡太太用鞋子在蔡老闆頭上打了一陣後，跑到玉梅那兒抽了她一個耳光罵道：「妳這不要臉的狐狸精，竟有這麼大的膽子勾引我的丈夫！妳現在就替我滾，以後不要讓我碰到，否則我就宰了妳！……」玉梅一邊流淚一邊收拾自己的東西靜靜地離開了蔡家。

玉梅回到家傷心地哭了一陣，不是為了孩子她真不想活下去了。這時錢老爹帶了小鳳、大頭賣藝回來，經過玉梅家門，看門是半開的，老爹跑了進去，看玉梅正在掃地，臉色蒼白，便好奇地問她：「玉梅，妳怎麼今天會回來，莫不是病了？」兩個孩子見媽回來了，高興地連忙跑過去抱住她。玉梅摸摸孩子的頭對錢老爹說：「蔡家我不做了，下月初我會去萬興樓飯館打工。」錢老心中覺得奇怪但也不好多問，便先回家去了。

到了六月初一玉梅一早就去萬興樓飯館報到，出來接見她的不是黃老闆，是老闆娘，她看了玉梅一眼說：「妳就是玉梅？」玉梅說是的，黃老闆叫她今晨來上工的。黃太太搖搖頭說：「原來的工人改變主意不走了，。」玉梅聽到簡直不敢相信，急得淚水汪汪地問有沒有臨時的工她也願意做。黃太太很嚴肅地對她說：「這裡的工人是清一色的男人，即使有臨工也不敢請她，否則鬧出桃色新聞，那麼萬興樓的招牌也給砸了。」玉梅覺得黃太太話中帶因，這時有幾個男工擠在廚房門口指手畫腳地望著她講悄悄話，她知道她在蔡家的事，已被傳了出去，她恨不得有個洞鑽進去，轉身就跑走了。

回到家後她倒在床上哭了大半天，覺得一切的希望都破碎了。到了下午她到了錢師父那兒，錢師父正在教兩個孩子練功夫，師父見到玉梅來，便停下來走上去問：「玉梅，不是今天去上工嗎？」玉梅說：「原來的工人改變主意不走了，所以沒拿到工作。」師父說兩個孩子現在跟他多少也能掙到一點收入，至少有口飯吃，叫她慢慢去找工作，他這邊就不必再貼錢了。玉梅淚汪汪地謝了錢師父。兩個孩子練功正練得起勁，向她母親招招手，玉梅也向他們搖搖手，然後向錢師父磕了一個頭，師父連忙扶她起來。她向師父說：「這兩個孩子要請師父多多關照了。」師父說：「這孩子跟我有緣分，妳放心好了。」玉梅辭別了師父回到家裡，坐在床頭好一陣子，然後從櫃子裡找到一根粗麻繩掛在樑上，站在小凳子上上吊走了。小鳳及大頭練完功回到家，一進門見到母親吊在樑上嚇得大哭大叫跑去找師父。等錢師父把玉梅抱了下來，發現她的臉色發紫、身體冰冷，想已走了多時。於是馬上跑去通知玉梅的父母，說玉梅失去工作一時想不開自盡走了。玉梅的父母哭得死去活來，買了一副薄棺請人抬回村裡葬了。本想把兩個外孫帶走，一來負擔太重，再者孩子願意跟錢老學藝，所以就把孩子留在錢師父那兒。

大約過了兩週，松雄到鎮上來進貨，聽到嫂嫂過世，便找到錢師父家來，說要把兩個孩子帶走。錢老急著說不行，孩子的娘在去世前一再請他照顧兩個孩子，玉梅的父母也同意孩子留在他那兒學藝。松雄惱羞成怒把桌子一拍說：「錢老，你是想拐這兩個孩子？這孩子姓吳不姓錢，他們的爹娘走了，吳家的親人就是我做叔叔的，如果我把你告上公堂說你拐孩子，你可要坐十年牢。」錢老又惱又急站在那兒發呆，這時松雄卻假裝好人走過來拍拍錢老說：「錢老，我也知道你很關心這兩個孩子，孩子也很喜歡你。這樣吧，大頭就留在你這兒繼續學藝。我有位乾姐姐住在城裡，有錢得不得了，傭人就有十來個，可惜自已不會生，想收個女兒，不但有好的吃、好的穿，還會請老師到家來教她讀書、認字。小鳳是女娃兒，跟錢老在外跑碼頭總是不大方便，也不是長久之計，因此為了孩子幸福，我決定把小鳳帶到我乾姐那去。」小鳳聽了跑過去抱住大頭說她不要離開師父及大頭。松雄趕快把左手戴著的金手錶向大家搖晃一下說：「這金手錶就是我乾姐姐送我的。小鳳妳怎麼這麼傻，哪有送來的幸福給推了出去？妳娘有靈的話也會跺腳、難過。」錢老覺得小鳳跟他長期跑碼頭也不是長久之計，便對松雄講：「你這話可是真的？」松雄指著天說：「老天爺呀！我松雄還不至於壞到這種程度，欺騙自己的親侄女！」錢老想到如果小鳳真能跟有錢人家做義女，將來有享受不盡的榮華富貴，多少對大頭未來也有幾分幫助，於是他請松雄在外等候，由他來勸勸小鳳。松雄說：「你們要快點，去重慶的輪船，不到一個小時就要開了。」

經過錢老一再地分析與勸說，小鳳雖然心中不願，但不願讓師父失望，便點頭答應，於是到房間裡去整理自己要帶的衣服。錢老把松雄叫了進來，便對他說小鳳答應了，但是有一個條件，要他親自陪著小鳳去見他乾姐姐。松雄急得跳腳說：「我的天呀，我的乾姐姐還沒收小鳳做女兒，卻來了一堆穿著破舊的陌生人，我乾姐姐嚇都嚇死了，還以為來找靠山的，她哪敢收她做女兒！」說完他過去又拍拍錢師父的肩膀說：「錢老，你放心好了，等小鳳一切安定後，我會替你老先生及大頭做套新衣服一起去拜訪我乾姐姐。」錢師父低頭想想又說：「如果你乾姐姐改變主意不收女兒，你得馬上把小鳳送回來。」松雄滿口答應。小鳳過去抱住大頭又去抱住師父哭了一陣，在松雄一再催促下便隨著她叔叔去了碼頭。大頭一直跟到後面，直到輪船離開遠了，他才含著眼淚傷心地向回家路上走去。

小鳳隨著叔叔松雄下了船，她看到路上有這麼多的行人及車輛，使她十分緊張。松雄叫了一輛黃包車穿過一條又一條的大街小巷，終於來到一個環境優雅有圍牆的三層樓的大洋房。下了車松雄便去敲門，一個彪形大漢開了門，松雄跟他聊了幾句，便往房裡走去。這時有位中年男人過來，松雄說他要見大娘，那中年人說：「大娘在三樓正在辦事，我帶你們去三樓看看。」小鳳看到一群打扮得花枝招展的年輕姑娘圍在一個大圓桌聊天，很覺得奇怪。經過二樓小鳳見到許多房間，走廊上有男男女女在那兒說笑，心裡更是不解。中年人把他們帶到客室，只見一位微胖的中年女人，打扮得珠光寶氣坐在八仙椅上，旁邊站著一個留山羊鬍子的男人及一個十四五歲的小姑娘。那婦人見到松雄眼睛一斜地說：「我的大少爺，今天是什麼風把你給吹來了？金花想你想得茶飯不思，哭得人都瘦了一半，你跑到哪兒去了？」松雄笑笑瞇瞇地說：「大娘別取笑我了，我是去內地進貨忙了一大陣子，我等會就去見她。」說完就走上前在大娘耳邊講了一陣悄悄話。那大娘看了小鳳一眼，便對那帶路的中年人說：「去把月娘跟陳婆叫來，說我有急事商量。」

不久來了一位身體瘦瘦、很斯文的中年婦人及一位矮胖充滿精力年約六十來歲的老婆婆，大娘對她們說：「這兩個女娃兒是新來的，妳們帶她們去洗個澡、梳梳頭，好好替我打扮一下，等會兒我會來會妳們。」兩位婦人帶了小鳳及那女孩去澡房了。這時傭人泡了茶來，松雄陪著大娘喝茶聊家常。大約過了四十來分鐘，大娘站起來對松雄及那留山羊鬍的男人說：「你們坐坐，我去一下就回來。」

大娘走到澡室門口見月娘正在替小鳳梳頭，於是叫那陳婆到她臥室談話。到了臥室，大娘把門關上便問陳婆：「妳看這兩個女娃兒條件怎樣？」陳婆說那：「叫桂花的姑娘已經十六歲，發育完整，面孔長得還不錯，可惜是個短脖子，上身長，下身短，加之一雙腿子又短又粗，將來撐不了大牌。」大娘眼睛轉了一下問：「那小的一個怎樣？」陳婆笑笑說：「恭喜大娘，妳這次可釣到一條大魚，這女娃兒長得是柳眉杏眼、櫻桃小嘴，皮膚又白又嫩宛如水蜜桃，長腿細腰，雖然較瘦，但肌肉結實有彈性，看得出長大後是一個美人胚子，那麼妳那寶貝巧紅可有接班人了。」大娘聽了心中一陣歡喜，便叫陳婆去幫月娘替她們梳頭，梳完頭把她們帶到廚房弄點東西吃，暫時不要帶回客廳來。

大娘想了一想，覺得那叫桂花的姑娘雖然不完美，但已成熟，馬上可以出道，不必再花費太多金錢、精力去培育，一般客人喜歡新出道的姑娘，尤其初夜開包費就可賺上一大筆錢；小鳳今年才十一歲，她得又像當年培養巧紅一樣最少要花六年時間及投資一大筆資金去培養，不過當年培養巧紅的錢都上十倍地賺了回來。今年巧紅已滿二十五歲，女人年齡在她們這一行業上是一殺星，再過五年她就三十歲了，三十歲的女人客人興趣就會減少也叫不出高價。她自己今年才四十九歲，下半輩子還得靠她們生活，巧紅是需要有位接班人。她做了決定，於是拿了皮包走回客廳。

回到客廳，大娘坐在八仙椅上不慌不忙地對那帶桂花來的男人說：「周老爺，我們迎春閣的姑娘都是數一數二的漂亮，你那桂花臉蛋兒不差，可惜脖子短，一雙腿子又短又粗，這種冬瓜型的女人客人興趣不大，你帶回去吧！」那周老爺萬想不到大娘會拒絕，連忙站起來握著雙手向大娘拜了兩拜說：「請大娘發發慈悲收了她吧，桂花的父親生病等錢看醫生，她娘底下還有兩個年幼的孩子。」大娘聽了裝出同情的口氣說：「我這人就是軟心腸，我就收她好了，付你七塊大洋怎樣？」周老爺說：「她爹吐血吐得厲害，家中連顆米都沒有了。」這時月娘進來聽到了便說：「素琴，妳就再加他兩塊大洋吧。」大娘看了月娘一眼說：「好吧，我就看我妹子的面子給你九塊大洋。」於是月娘拿出賣身契，填上了桂花名字，周老爺代桂花父親簽了名、蓋了章，收了錢後到廚房囑咐了桂花幾句，轉身便走了。

這時大娘喝了一口茶便朝著松雄說：「你怎麼弄來這麼年幼的一個小女娃，我該花多少錢及精力去培養她！雖然她現在看來活潑美麗，往往漂亮的小孩長大了多變醜，那我不是把錢往水裡丟？」松雄聽了連忙站起來說：「大娘，這點妳可放一百個心，她娘生前是鎮上出名的美人，俗語說：『有其母必有其女。』」大娘想了一想說：「那麼你就開個價吧。」松雄抓抓頭皮說：「大娘，妳就給五十塊大洋吧。」大娘眼睛突然睜得好大說：「哇！怎麼你竟獅子大張口！我只能付你二十塊大洋。」松雄接著說：「那小鳳可是一塊鑽石，愈大光芒愈亮，連妳那巧紅也會為之遜色。如果大娘不同意這價碼，我只有帶她去醉春樓金大媽那兒去試試，聽說她正在招兵買馬。」大娘聽了怒火中燒，醉春樓是她同行勁敵，最近從內地弄來兩個水擺夷年輕姑娘搶了不少她的老客人，本想臭罵松雄一頓，但她忍住了，心生一計，反而笑嘻嘻說：「我的少爺，是什麼時候學會控人脖子？這事很重要，我得跟月娘單獨商量一下。你就坐坐，一會我們就回來。」說完就與月娘回臥室去了。

到了臥室門口，大娘叫月娘到二樓偷偷把金花帶到臥室來。不久金花來了，大娘叫她坐在床邊來，在她耳邊咕嚕了一陣，只見金花一連點頭，然後大娘催她下樓好好準備。金花走後，大娘從口袋裡掏出一串鑰匙把櫃門打開，在裡面拿出一個小皮箱，打開數了五十塊袁大頭放進一個白布包裡走回客廳，她不慌不忙坐下對松雄說：「我相信你的話，就再冒一次險好了。這袋子裡有五十元銀元，月娘把契約拿出來。」松雄在賣身約上填了小鳳的名字又簽了自己名字、蓋了章，接了錢告別大娘高興地下樓去了。當他剛下到二樓，見到金花在走廊上擦眼淚，松雄叫了她一聲，她頓時又驚又喜地跑過來抱住松雄哭了起來，松雄摟住她說：「別哭了，到房間裡去。」到了金花房裡，金花把門關上又哭了起來說：「你這負心郎，將近兩個月沒到我這兒來，八成有了新歡忘舊人。」松雄走過去幫她擦乾眼淚說：「小寶貝，我是去內地進貨待了一陣子，每日都在想妳呢！」金花躺在他懷裡嬌滴滴地說：「你得彌補，好好陪我幾天。」說完又在他嘴上輕輕地吻了一下。松雄見她那般癡情，連連點頭說好。於是金花叫廚房準備了上等酒菜，又請來銀花及襲人兩位姑娘陪松雄喝酒作樂，松雄每日花天酒地，樂而忘返，不到一週那五十塊銀元又回到大娘手裡。

大娘建議小鳳與桂花暫時與月娘住一起，因為她房間裡有一張空床，同時月娘心細會照料她們，活動範圍只限於三樓。在進入三樓的走廊上有道門，平時是開的，現在加了一把鎖，主要是大娘不願小鳳與樓下的姑娘接觸。平日小鳳每天只有跟桂花玩在一起，兩天後陳婆每日上來帶桂花下樓上課，一去就是半天，兩人從來不提上什麼課，她們不講她就懶得再問。

有天她悶得發慌，於是坐在月娘房門口的地板上，看圖畫書。忽然在走廊另一頭的一扇小門「呀」的一聲開了，出來一個彪形大漢手提了一個皮箱，她嚇得趕緊躲到門背後。由於好奇，她伸出半個頭看看，只見那大漢把箱子放在一間房間門口轉身走了，不一會從那小門進來了一位身穿紅尼子大衣、腳踏紅色高跟鞋、手提紅皮包、梳著油條捲髮式的女子進來，她那美麗的風姿使小鳳看得著迷，那女子掏出鑰匙開了門提了箱子進去，又很快把門關上。小鳳覺得奇怪，便輕輕地走過去把那扇小門打開，發現有一條很窄的樓梯直通後園，小鳳心中更是疑問多多：這些人是誰？為什麼不走大門走後門？

她一邊慢慢走一邊想，在快走到月娘臥室時，剛好大娘及月娘開了走廊的門進來，她趕快對月娘說她看到一個穿紅衣服的女子不知是誰。月娘笑笑對她說：「那是巧紅，有人報告她回來了，我們特意來看看。」於是大娘敲門喊道：「巧紅開門，是媽來了！」不一會門開了，那女子已換了一件粉紅色睡袍，腳踏同色拖鞋，開了門讓她們進來。小鳳想不到裡面有這麼大，除了臥房、廁所外有一中型客室，內有沙發靠背椅及咖啡桌，沙發扶手及靠背都罩有白線織的花邊，牆上有字畫，布置十分典雅。

那女子看了小鳳一眼，問月娘：「是誰家的孩子？」月娘說：「這是妳大娘新收的女兒，叫小鳳。」說完把小鳳推到巧紅面前說：「快叫巧紅姐姐。」小鳳叫了一聲「巧紅姐姐」，接著又說：「妳好漂亮啊！」巧紅笑笑摸摸她的頭。大娘、月娘及小鳳走進來坐在大沙發上，巧紅坐在小沙發上，大娘開口問巧紅：「這次去俞老爺七十大壽慶生會情況如何？」巧紅說：「可把人累死了，去了五天，頭天要陪客人去小溫泉划船，第二天在他家後花園陪客人吟詩喝酒，第三天陪俞老太太玩紙牌，加之第四天要替老太爺暖壽，後園已搭上舞台，俞老爺的長公子是馬派老生，與他合作演出《遊龍戲鳳》，因此每晚得吊嗓排戲到夜半。」大娘忙問：「演出成績如何？」巧紅得意地說：「演出謝幕時掌聲不斷，許多客人到後台向我道賀說我把李鳳姐給演活了。」大娘聽了很高興，又問：「俞老爺反應如何？」巧紅說：「老太爺高興得連嘴都合不攏來，當場叫副官包了一個大紅包，接著許多年長的親友也賞了紅包，俞老太太也把手上的一隻玉鐲取下來送給我。」大娘聽了眼睛一亮，忙問：「東西在哪裡？」巧紅無可奈何地回到臥室拿了皮包交給大娘說：「都在裡面，妳自己去看吧。」大娘打開皮包，數數裡面有十多個紅包，便笑笑對巧紅說：「這些紅包媽替妳保管了。」接著又往皮包裡面掏出一枚玉鐲及一條金鍊，便問巧紅：「這金鍊子是誰送的？」巧紅「啊」了一聲說她這幾天都是睡在俞老爺三姨太房裡，三姨太未嫁俞老爺前是在川戲班子裡唱花旦的，跟她很談得來，臨走時送了她這條鍊子。大娘把那玉鐲看了又看，覺得是個上等貨色，正欲開口，月娘搶先說了：「素琴，這首飾妳就留給巧紅用吧，否則以後熟人再見面問起來，妳叫巧紅怎樣回答？」大娘聽了斜了月娘一眼說：「怎麼又心痛了？我不過是欣賞一下而已。」說完便把首飾放回皮包交給巧紅。大娘把紅包放進自己的口袋裡後對巧紅說：「趙公子在妳走後第二天來過，聽說妳去俞大爺家拜壽要四五天才回來，滿肚子氣地走了，他臨走時交代下週六他會來，叫妳等他。」巧紅聽了無精打采地「啊」了一聲。這時傭人送來銀耳蓮子湯，大家吃完各自回房休息。

素琴與素月是親姐妹，素琴大妹妹一歲半，因為家貧姐妹倆自幼被賣入青樓。姐妹倆完全不同，年輕時妹妹素月就是瘦瘦的，斯斯文文，瓜子臉兒，氣質很好，姐姐素琴圓圓臉，兩頰各有小針錐酒窩，菱角嘴笑起來很甜美，故兩姐妹當時都是一等紅牌姑娘，替鴇母賺了不少錢，加之素琴頭腦靈活，又善於拍鴇母馬屁，故鴇母十分寵愛她，把她當作自己生的女兒。素月後來遇到一個外地來的年輕客人，兩人十分相愛，後來那位男人要回去了，臨別時他叫素月等他，他回去後要遊說父母回來娶她。那客人走了不久，她發現自己已懷了他的孩子，歲月無情，一月又一月地過去了，直到孩子生下來也沒有那年輕客人的消息。生下的是個女孩取名巧玲，在她七歲時溜去江邊在石頭底下抓螃蟹，那時有一艘油輪經過引起一片大浪，當過路人看到要去救她，但她已被無情大浪捲走了。兩天後有人在五里路遠的江面上發現她的小小屍體，可憐的月娘傷心極了，半年講不了幾句話。

在大娘二十八歲時，鴇母老伴過世，自己又中風，半身不遂，整日躺在床上由陳婆侍候她，於是鴇母把院裡大小事務交給大娘去管。沒有多久大娘掌握很好，鴇母也放了心，臨終時則把一切財產及事業留給這兩姐妹。大娘善於理財，知道如何滾錢，加之長袖善舞，攀上不少大官富商，又會研究客人心理，什麼等行的客人安排什麼型的姑娘，客人都很滿意，生意興隆，兩年時間買下了這棟三層樓大洋房。在一個偶然的機會，她觀賞了一部描寫古代名妓董小宛、李香君的故事，於是腦海裡漂浮著一個念頭：如果她有一位姑娘能像她們一樣不只是只有漂亮的外型，還能歌善舞且能寫字作畫、吟詩作詞，那該有多麼吸引人？物以稀為貴，她開始搜尋。實在是太難了，一直沒有什麼收穫。

在大娘三十一歲那年，有批騙子集團不知從哪兒拐來一個六歲的小女孩，生得面如桃花，雙眼皮，大眼睛，伶俐可愛，要賣給她。大娘看得出這女娃兒長大必定是一大美人，但年紀太小，她得花太多精神及金錢去培養，於是請來月娘來會商。月娘見到這女孩彷彿見到了自己失去的女兒，把她抱在膝上問她叫什麼名字，她說叫小紅，月娘又問她：「妳家在哪兒？」小女兒搖搖頭說不知道，月娘把她抱得更緊，用自己的臉去貼小紅的臉。大娘看在眼裡，覺得第一步困難就解決了，把她交給月娘去養，她一定樂意。於是把小紅買下，按照月娘建議把小紅改名為巧紅，與月娘住在一起。月娘對她十分疼愛，有好吃的東西都留給她吃，又替她做了許多新衣服，每天打扮得像一隻小花蝴蝶。

大娘經過幾天的思考後列了一個十年計畫：首先把她送到公立小學，打好基礎，並且學習與人相處能力；小學畢業後，不能再在公立學校讀下去，否則將來難以控制，決定請不同家教來指導她國文、英文及美術、歌唱、舞蹈；十四歲時要每日勤練書法、吟詩作詞及學習平劇，十五歲開始學彈古箏及交際舞。巧紅天生溫順，除了被月娘寵得驕一點，還算很聽話，學東西很快又興趣很濃。大娘心中十分滿意，又安排每日清晨、黃昏由月娘陪同在後街江邊散步以保持健康，週日由月娘帶到大街去逛商場及看電影。大娘覺得做紅牌姑娘不但要知道外面的世界，一般知識得廣，一個太木訥的石膏美人客人不大會有興趣。過了十五歲則由陳婆灌輸一些姑娘們閨房之事。大娘成功了，雖然投資巨大及花了大量精神，十七歲巧紅出道時不但美麗、氣質出眾，更是能歌善舞、吟詩作詞多才多藝，紅遍這圈子，被人封為「現代李香君」，要想一親芳澤之人，不但要花起碼一根條子代價，還得爭求巧紅的同意，以保持與一般姑娘不同形象，短短幾年給大娘賺了大筆的錢。

在巧紅二十二歲那年，來了一群富有客人，在巧紅那兒擺了一桌酒席，替其中一位趙公子慶生，特地請巧紅陪酒。那趙公子父親在社會上頗有地位，由於他的關係，趙公子是一家貿易公司總經理，時年三十歲，名叫趙立群，生得高大、英俊瀟灑，雖有家室，在太太生了第二個孩子後，夫妻感情日漸淡漠。當他見到巧紅，馬上為她的美麗風姿著迷。巧紅覺得這位趙公子雖然話不多，但有一種難以形容的吸引力，尤其那一對眼睛深深地望著妳，似乎看透了妳的心，使妳無可自拔，想把一切給了他。因此自那次以後趙立群成了巧紅閨房常客。巧紅盼望有一天趙立群能贖了她出去，即使做小老婆她也願意：一來她深愛著他，再者她對她目前生活已經感到厭倦。趙立群為了接近她也許諾一年後贖她出去，但他心中明白那是不可能的事：一來同住一起的父母不會答應，尤其巧紅乃一青樓女子，與她生活一起，親朋會覺得有辱家門；再者大娘哪肯放走一棵搖錢樹？於是一直與巧紅敷衍，一年又一年地拖延。幾年下來，巧紅覺得趙立群只是愛她的身體，作為發洩的工具，不會對她做任何犧牲；加之趙的占有欲強，妒忌心大，脾氣暴躁，往往為了她出客跟她爭吵，因此她對他的感受由熱戀、失望而日漸淡漠。

有天晚上，桂花被陳婆帶走後一晚上沒回來睡，小鳳感到奇怪。正當小鳳要起床時，陳婆扶著桂花進來。桂花臉上掛著眼淚，一手捂住自己下身，小鳳正想跟她打招呼，發現桂花褲子都是血，她被嚇呆了，月娘跑來幫她穿了鞋子，叫她待在外面。於是月娘帶了臉盆到三樓小廚房裝了一些水又放了一些食鹽回來，她把門關上，過了好一陣才見陳婆出來到樓下，十分鐘後回來手上拿了杯水及藥片進了房裡。小鳳在外聽到陳婆講道「快喝下去，痛就會減少。姑娘，第一次都會有這毛病，過兩天就會好多了。」小鳳聽了更感奇怪。等到下午，房裡沒人，小鳳溜到桂花床邊，桂花閉上眼睛還在流淚。小鳳輕輕叫她，她不作聲。小鳳推了她一下，問她怎麼受了傷，桂花很傷心地說：「陳婆叫我不要對妳說，否則她會處罰我。」小鳳忽然產生一陣莫名的恐懼，就不敢多問。當天夜晚桂花就被搬到二樓去住，她就沒有再見過她。

桂花搬走後小鳳更是無聊，時時刻刻都在想念弟弟大頭及師父。聽月娘說下個月中就有家教來教她功課，大媽已替她列了一個課程表，她真希望早點開始。這天她又坐在臥室外面地上看圖畫書，聽到巧紅房間有音樂聲，又聽到有人在喊拍子「一二、一二三，停」，她好奇地跑到巧紅房間門口，門沒有完全關上，她輕輕推開門，伸出半個頭來，看到巧紅穿了一件黑色有白點的洋裝與一中年男人在那練舞，大娘坐在沙發上監督。當她看到小鳳便向她招手叫她過來坐，她便擠在大娘旁邊坐下。只見巧紅練得臉上冒汗，一個轉彎不小心踩到那中年人的腳，中年人停下來說：「不行，不行，這一步要重新來。」可是第二次她又踩到那中年人的腳，那中年男子是老師，他皺皺眉頭說：「巧紅，歇歇好了。怎麼今天有點心不在焉？」於是兩人回到椅子上休息。這時大娘說話了：「巧紅，妳要用點心學。那趙公子已經向我抱怨過了，說妳探戈舞步法太生，上次帶妳去舞廳跳舞踩了他好幾次腳。」巧紅聽到趙公子向大娘背後抱怨氣就來了，馬上嘟起嘴說：「活該！誰叫他要跟我跳舞，踩死他才好，得個安靜。」大娘聽了臉色一變，重重地拍了一下桌子說：「巧紅，妳這是什麼話？都是月娘把妳給寵壞了，妳這種態度客人全給妳嚇得跑！趙公子後天就來，妳得好好練，練不會不准下課。」說完站起來牽了小鳳的手生氣地走了出去。小鳳看到大娘發怒的臉色心中十分害怕。

兩天後，趙立群下了班就往巧紅那兒跑，大娘早已吩咐廚房準備了四樣趙平時最喜歡的菜及一瓶茅台酒送到巧紅房裡。兩人面對面坐著沒有話說，趙一人在那一杯又一杯喝悶酒，忽然趙把酒杯望地上一扔打得粉碎，氣沖沖地對巧紅說：「老子花錢是來尋找快樂的，不是來看妳的苦瓜臉！」巧紅先是嚇了一跳，強作鎮定地說：「人家累了嘛。」趙把酒瓶提得高高喝了一口說：「妳去了俞老頭那兒五天都不累，我還沒有叫妳上床妳就累了，是不是老傢伙的錢比我的錢來得大！」巧紅氣得頂了趙一句：「是又怎麼樣，我出客五天他就付了我媽兩根半條子，你付得起嗎？你如付得起我也陪你五天！」趙一聽火冒三丈，跑過去甩了她一個耳光。巧紅跳起來咬了他手臂一口，趙立群痛得一把把她推到地板上，接著拳打腳踢罵道：「原來妳也是一個假裝高貴的認錢不認人的臭婊子！……」巧紅痛得在地上又哭又叫。不一會來了一大堆人在外敲門，趙這才拿了外套氣沖沖地開門走了。月娘、大娘忙過去扶起巧紅，讓她躺在沙發上，這才看清楚她已被打得鼻青臉腫，身上一塊又一塊淤血。月娘忙叫傭人去倒了盆水來，用毛巾輕輕去擦嘴邊的血跡，又倒來一杯熱茶慢慢餵她喝。月娘面帶憂鬱地問她：「巧紅，妳是怎麼得罪了趙公子，被他打得這個樣子？」於是巧紅流著眼淚把剛才發生爭執的前因後果講了一遍。大娘聽了非但不同情，反而用責備的口吻說：「那趙公子雖不是大富翁，也是一小金庫。巧紅，我早就說過，妳這種個性不改，客人都跑光了。妳看，妳這樣子起碼一個多月不能見人，娘就少了一個多月收入。長久這樣下去，我只有把妳送到二樓去。」這時月娘講話了：「素琴，妳也要想想，巧紅這幾年哪一點不是按照妳的意思去做？替妳掙了多少錢？妳怎麼講出這種絕情的話！」大娘把眼睛向上一翻頂了她一句：「這都是妳把她寵壞了的結果！」月娘這時哭了起來說：「巧紅雖不是我生的，卻是我辛辛苦苦一手帶大，她今天被打成這個樣子，怎麼不叫我傷心？」小鳳看月娘哭得傷心，於是走過去抱住她叫她不要哭，月娘這才拿出手絹擦乾眼淚。大娘覺得自討沒趣，便對月娘說：「妳就陪陪巧紅，我回房休息去了。」說完就吩咐傭人把飯桌及地上碎玻璃收拾乾淨，自己就先走了。月娘及小鳳一直陪著巧紅，又用熱毛巾替她熱敷傷腫的地方，又塗上消腫藥膏。過了一陣子，月娘對小鳳說：「妳今晚就陪巧紅姐姐睡，如果有什麼事就來叫我。」說完便把巧紅床上的被子鋪開，把巧紅扶上床，把門帶上才離開。小鳳走到床頭，摸摸巧紅的手說：「姐姐，妳還痛嗎？」巧紅淚汪汪地對她說：「姐姐的心裡的傷比身體上的傷還厲害。」小鳳說：「姐姐，妳怎麼不回到妳爸爸媽媽的家去？」巧紅說她是五六歲時被壞人拐來賣給大娘的，她不知道自己的家在哪裡，大娘雖然給她吃好的、穿好的，主要的是要替她掙大錢。小鳳又問大娘為什麼要收這麼多女兒，巧紅說這些可憐的女人都是大娘的奴隸，替男人服務，做她們不願做的事，以賺取金錢，不聽命令的姑娘則會遭到毒打。小鳳聽了又想起桂花及剛才發生的事，覺得這地方太可怕了。巧紅又問：「妳怎麼會到這裡來？」小鳳就把她娘死後松雄叔叔帶她來做大娘女兒的事說了一遍。巧紅聽了搖搖頭說：「妳那叔叔不是好人，是他把妳賣給大娘的，等妳長大後就跟姐姐一樣的命運，要替大娘賺錢。」

說到這裡，她叫小鳳去把門上的門鎖關上。小鳳回到床頭，巧紅小聲問她：「想不想家？」小鳳回答說她好想她的弟弟及師父。巧紅說：「妳家在哪裡？」小鳳說在唐家沱。巧紅眼睛轉了一下說：「這地方離此不算很遠，水路可到。」於是她很嚴肅地對小鳳說：「姐姐想幫助妳離開這裡，但妳千萬不能對任何人講，包括月娘。」小鳳點點頭說她絕對不會。於是巧紅告訴她：「走廊盡頭有一小門有一樓梯直通後園，後園的大門經常是上了鎖的，只有星期一及星期四中午送食品的貨車來了才開；往往下貨送進廚房要三十分鐘左右，這時守門的老何會坐在大門那兒看守，偶然會到廚房喝口水或上廁所。妳可下了樓梯在門縫裡看，只要老何不在，妳就溜了出去。」說到這裡，巧紅在床頭墊被下掏出一個小布包包，裡面有捲鈔票，她交給小鳳，叫她悄悄放在身上，不能讓任何人看到，一旦跑了出去就往後街江邊右邊跑，大概一里多外可以碰到打魚的船。「妳可編一個小故事把錢付給漁夫，請他們送妳去唐家沱。妳願意這樣做嗎？」小鳳一直點頭。

頭一週的兩次送貨的日子，看門的老何一直坐在那兒，小鳳找不到機會。第二個週四她又等了許久，老何動也不動坐在那兒，正當她感到失望時，傳來一陣鬧哄哄的打架聲音，只見陳婆慌張地跑來對老何喊道：「快到前廳去，來了三四個流氓搗蛋，楊大維已經招架不住！」老何一聽就跟著陳婆跑了。

小鳳看見送貨的工人還未回來，便溜了出去，按照巧紅指示方向一直沿著江邊跑。也不知跑了多久，見到遠遠有艘漁船，她在江邊一直向那漁船招手。這漁船的主人是一對年輕夫婦，看到一個小女孩在荒郊野外，必定出了什麼事，便把船划了過去。那漁夫問：「小姑娘，有什麼事嗎？」小鳳說她和她爺爺從唐家沱來進貨，街上人及車輛又多，不幸他們給擠散了，然後從口袋裡掏出錢包說這是她爺爺放在她那兒的進貨錢。「我統統給你，能不能送我去唐家沱？我想我爺爺會急死了。」那漁夫想想去唐家沱有三四個小時路程，頗感困難，但當他數數那鈔票，打魚五天也賺不到這麼多錢，於是點頭答應。一路上小鳳很緊張，怕有人從後面追來，但也高興馬上又會見到師父及大頭了。船到了唐家沱已近傍晚，小鳳跳上岸飛也似地往家裡跑。大門已經上了鎖，門上結了一大堆蜘蛛網，想來是許久沒人住了，於是她就往師父家跑去。師父及大頭也不在，她便坐在門口的小竹凳上。

天已逐漸暗下來，忽然聽到有狗吠聲，再一看有一大一小的人影，她高興極了，是師父及弟弟回來了，於是她跑了過去一把摟住師父又去摟弟弟哭了起來。師父眼睛睜得大大地說：「小鳳，妳怎麼跑回來了？是妳叔叔帶妳回來？」小鳳搖搖頭說：「不是，他是壞人，我是逃出來的。」師父聽了嚇一大跳，連忙進了房裡，師父把門關上，小鳳便把叔叔怎麼把她賣給大娘及這些日子在那兒發生的事、巧紅如何設計幫她逃走的事說了一遍。師父聽了大怒罵道：「松雄這王八蛋！竟把自己的親侄女賣到妓院裡，看他下輩子變條豬被人斬來吃！」罵完後去廚房煮了一鍋米鍋巴燒紅薯，炒了一盆空心菜，一小碗辣椒醬。在飯桌上，師父深思了一會對小鳳說：「小鳳，妳那喪盡天良的叔叔明天一定會來抓妳回去，所以妳不能待在這裡，妳外公外婆家也不能去，這兒抓不到，他會去那兒。我可以把妳送到我親戚家暫時躲一躲。」於是連夜把她送到李嫂家，把發生在小鳳身上的事講了一遍。李嫂點頭一口答應並請師父放心，她不會讓她出去讓人看見。師父回到家又囑咐大頭，如果松雄來了要如何應付。

次日，正當師父要帶大頭出門，只見松雄帶了一個彪形大漢匆匆跑來，師父裝做沒看到，低頭整理自己的包包。松雄氣喘喘跑來說：「老傢伙，你把小鳳藏到哪兒去了？」老師父裝著驚奇的口吻說：「小鳳不是你帶到城裡見你乾姐姐去了嗎？」松雄不理他，招手叫那大漢一同進房去找。門後、床下及木柴堆裡都找遍了也找不到，於是他在那大漢耳邊咕嚕兩句就往玉梅父母家跑。玉梅父母許久未與老師父來往，對所有發生的事一無所知，見松雄來找小鳳被弄得一頭霧水。松雄兩處都找不到便氣嘟嘟地跟那大漢走了。可是次日清晨四時左右松雄及那大漢來到老師父家突襲，兩人在房間搜索一通也無絲毫蹤跡，於是他把大頭帶到廚房，從口袋裡掏出一張鈔票對大頭說：「你如果跟我講實話，這鈔票便是你的。這兩天你見到小鳳沒有？」大頭搖搖頭說沒有，用手揉揉眼睛說：「叔叔，你要趕快把姐姐找回來。」松雄想小鳳可能真沒回來，便失望地和大漢走了。俞師父看松雄來過兩次，哪敢接小鳳回來，就讓她暫時留在李嫂那兒。大約過了半個月，鎮上有人去城裡帶了一份報紙回來，上面登上吳松雄因走私運鴉片被政府查獲，現已關在牢裡，大約會判五到十年徒刑，報上並附有他的照片。於是有人把這報紙貼在鎮公所牆上，消息馬上傳遍全鄉鎮，俞師父也親自去看了，這才放心去李嫂家把小鳳接了回來。從此師徒三人相依為命，在附近一帶鄉鎮賣藝。

母親聽完這故事眼淚汪汪地說：「這兩個孩子也夠命苦了！」於是從櫃子裡取出皮包，從裡面取了一把錢交給李嫂說：「那老師父只靠一兩副藥醫不好的，這是我搓麻將的本錢，你拿去交給老師父，找個醫生診斷一下，再買個老母雞煨個湯補補。」李嫂說她明天一早就去。半個多月後師父已經復原不少，一個月後又能跟兩個孩子出門賣藝。老師父也帶來一簍橘子來謝媽媽，他並告訴母親，因為編了幾個新節目，像《採蓮船》、《孫悟空大戰蜘蛛精》，由小鳳、大頭兩姐弟扮演頗受歡迎，因此給錢的人也多了許多，母親聽了也為他們高興。以後也斷斷續續在李嫂那兒得到一點他們消息，一年後李嫂過世，就再沒有他們的消息。

第十四章　小城風波

住在鄉下，每年來訪的客人不多，偶然父親也邀請他住在重慶的老朋友們來鄉下玩。鄉下沒有什麼娛樂的節目，故不是搓麻將便是打撲克。父親的一位鄉親叫駝南訓，人長得高高瘦瘦，走起路來身體常常扭在一邊，像根柳枝。每一兩個月，他都會來一次，陪媽媽聊聊家常。他有位弟弟到重慶來投靠他，平時駱南訓要上學，在學校活動又多，故這位弟弟有時感到寂寞，因此他也會把他弟弟送來住個兩三天。媽媽很開朗，與任何年齡的人都談得來，他的弟弟覺得沒有一點拘束，以後他有空便自己搭輪來家小住。另一位每年會來個兩三次的是當時中統頭子徐恩曾的夫人費俠女士。她是湖北人，曾留學蘇聯，為人能幹，她在唐家沱創立公共食堂，她每次下鄉主要是來探望中統同志的家屬，而每次來我們的家總是第一站。在她眼中她一直覺得母親是她見到的最漂亮的女人，故每次見面大半時間都在誇獎母親。記得有天早晨母親正在整理床鋪，忽然見到帳子上有一隻蜘蛛，於是她對我說：「快把衣服穿好，馬上會有客人來。」便去掃地，把椅子放好。還來不急喘口氣，便見山坡下抬滑竿的人抬了一位女客人來了。費女士的風度很好，很有貴夫人的派頭，雖然個兒不高，卻有一種叫人尊敬的威嚴；與媽媽聊了一點家常，喝了兩口茶，便乘滑竿去探訪其他家屬了。

有一天，我的堂哥家鼎及鄧起龍叔叔從重慶來了。家鼎是大伯伯的大兒子，有二十七八歲，人長得高高的還有點樣子，原配夫人是個痲子，雖然替他養了兩個孩子，他還是不喜歡，每天在外拈花弄草。後來看上了手下一位農夫的老婆，便仗著家中勢力，硬把那農夫給抽壯丁抽走了，這樣便占有了他的妻子，養在家中以滿足自己的淫欲。有一年某日突然土匪來了，家鼎丟下家屬自己跑了，土匪來到他家，拖出藏在倉庫中的婦女、小孩，農夫的老婆及兩個年輕的丫頭都給了抓走，家鼎的老婆因為生得太醜，土匪看不上眼，反而保住了命。

鄧起龍不但是松滋縣同鄉，他的父親是家父中學老師，所以父親對鄧叔很照顧。那時他大約三十歲，瘦瘦中等個兒，是個風流小白臉型的男人。他們與母親聊了一陣子，母親便叫梅嫂把牌桌子準備好，又叫廚子道統請山坡下的鄰居邢太太來家搓幾圈痲將，道統回來說邢太太大約半小時就來。

這位邢太太也是這鎮上的大美人，祖籍是蘇州，為人長得嬌小玲瓏，瓜子臉兒，小巧挺直的鼻樑，薄薄性感的嘴，又配上一對靈活充滿媚氣的杏眼。邢先生在重慶市一所政府機關工作，平時不苟言笑，衣著整齊，頭髮梳得一絲不苟。邢太太在先生面前溫順得像一隻小貓，話也不多，邢先生不在時完全變了一個人：在女人面前她給人的印象是天真活潑、美麗大方，故女人也不嫉妒她；在男人面前可更是判若二人，談笑風生，眉目生情。可是大家都猜不到她到底是何種出身，因為她從來不提她的父母及家世，故有人猜測她當年可能是上海的紅舞女，也可能是交際名花。

過了不久外面傳來一陣清脆的叫聲：「熊嫂嫂！」於是大家都把眼睛朝著房門看，邢太太那天穿了一件粉紅色短衫、白色窄裙，薄施脂粉，美好的頭型配上烏黑向後梳的頭髮，真是美得像朵芙蓉。母親趕快替她介紹兩位客人，家鼎哥及鄧叔見到她都被怔得發呆，不知所措。倒是邢太太大大方方問他們是不是從重慶來的，這兩人才忙著連續點頭說是的。搬完莊後剛好邢太太坐在這兩位男士之間，鄧叔是上家，家鼎坐下家，鄧叔心不在焉，一連放了三個炮給邢太太胡，最後還放了一個清一色大滿貫。母親趁機笑話他一番：「小叔子，怎麼搞的？是不是酒不醉人人自醉？人都糊塗了！」鄧叔紅著臉說：「今天手氣太差，邢太太牌打得好，她似乎都算準了我會出什麼牌。」邢太太笑笑瞇瞇地對他說：「鄧老爹過獎了，你們熊家嫂子才是高段呢？」家鼎現在也講話了：「邢太太牌是打得好，好幾副大牌都被她克死了！」邢太太用手輕輕拍了一下家鼎的肩膀笑著說：「啊喲大少爺，我怎麼敢克你的牌，以後妳三嬸不敢請我來打牌了！」家鼎經她在肩膀一拍，整個人都發軟，忽然間也覺得像喝醉了酒似的，頭重腳輕，出牌也是毫無章程，結果是兩位女士贏，鄧叔及家鼎輸了。邢太太落落大方抽出一部分錢給傭人吃紅，臨走前還請二人以後帶太太來玩。家鼎及鄧叔對邢太太印象可說是好到極點，覺得整個重慶市也沒見過這麼美麗、風趣的女人。次日他們返回重慶市，臨走時一再對母親說他們會再來。

大約過了一個月，那天母親到陸家打牌，鄧叔帶了他的太太吳渝芝來了。鄧嬸有一張圓盆大臉，皮膚很粗很黑，故粉搽得很厚，加之一副大嗓門，是個粗線條女人，說真的鄧叔的外型要比他太太強多了。鄧叔叫我去找煙缸他要抽煙，坐了一陣很覺無聊便叫我去請母親回來說是有客人來了。我跑到陸家，母親正在摸牌，我對她說家中有客人來了，母親問我是誰、姓什麼，我那時年幼真不記得他姓什麼，母親又捨不得離開牌桌故一直罵我。這時在座的邢太太開口問我：「這位客人今年來過你家嗎？」我說：「男的來過，女的沒有。」邢太太眼睛一轉又問我：「他是不是長得白白瘦瘦的，喜歡抽煙？」我一直猛點頭，邢太太便對母親說：「熊嫂，我想是鄧起龍跟他太太來了，快趕走吧！只剩下四圈牌，就請陸先生代妳打，我會替妳結帳。」母親一聽是重慶來的客人，把籌碼交給邢太太，便帶著我回家了。

母親進門一看果真是鄧起龍夫婦，鄧嬸親熱地向母親問長問短。不久聽到外面狗叫，因為週一也是假期，原來是父親坐滑竿回來了可以在家多待兩天，大家更是談不完的話。母親已派道統去請了多位朋友明天下午一點到家來打梭哈，鄧叔趁他老婆在跟父親談話，便輕輕走過來問母親：「邢太太還好嗎？」母親笑笑對他說：「她很好，明天也會來我家玩牌。」鄧叔聽了滿懷高興。

次日，所請的客人都到了，油站陳氏夫婦、劉太太、潘醫生太太、陸先生、程醫生太太和邢太太都到了。邢太太那天刻意打扮得像隻花蝴蝶，蝴蝶袖的乳黃上衣搭配著藍底白花裙子，頭上還插了一朵白蘭花，香氣四溢。因為月前與鄧叔打過牌，又坐在他下家，故二人談笑風生有講不完的話，坐在鄧叔後面看牌的鄧嬸心中很不是滋味。邢太太那天精神抖擻發起牌來，張張如飛。此時鄧叔正在點煙，輪到他發牌，邢太太順手把煙接了過來並吸了兩口，口中還吐出小圈圈，那吸煙的姿態像極了風塵中打滾的女人。大家第一次看到她抽煙，眼睛都看呆了，她發現不對馬上把煙還給鄧叔。鄧叔抓住機會把那印有口紅的香煙放進嘴裡猛抽，看得鄧嬸更是怒氣沖沖，趁人不注意在鄧叔大腿上狠狠捏了一下，痛得鄧叔跳起來差點被煙嗆死了，咳了半天，大家還以為鄧叔有了大牌，人太緊張而發生意外。

這場牌打到天亮才結束，鄉下沒有電燈，但鎮上可租到電石燈，照得屋子通亮，邢太太又是大贏家，鄧叔又輸了不少。等客人走光，鄧嬸翹著嘴對鄧叔說：「怪不得一直嚷著要到三嫂家來，原來是忘不了那隻姓邢的花狐狸。」鄧叔頂了她一句說：「妳那張嘴就是缺德！」鄧嬸聽了火冒三丈地把桌子一拍說：「我哪點說錯了，一晚上你與那臭女人眉來眼去，哪有把我放在眼裡！」鄧叔又回了她一句：「人家是臭女人，妳替人家洗腳，人家也不會要！」鄧嬸見自己丈夫為了那女人在侮辱她，跑上去一手扯著鄧叔衣領，另一手握著拳頭往他身上打。父親及母親見到趕快跑上勸架，拉了半天才把兩打人拉開。鄧嬸坐在地上大哭，口裡一直罵鄧叔是個沒良心的負心漢，母親一直勸她不要哭，說給鄰居聽到不好，她這才靜了下來。原本他倆口子計畫來我家住個三天，由於這不愉快的事發生，當日下午他們便提早回重慶市去了，以後他們就沒有再來過我們唐家沱的家。

我家後面山坡上住的是王家，王家男主人叫王中和，聽說太太比他大四歲是表兄妹。王家是道地四川人，中和父母是大地主，王太太十四歲就到了王家，從小就像大姐姐似地照應中和，陪他讀書、玩耍，中和對她也有幾分尊敬和害怕，直到中和十八歲才正式成為夫妻，十年來生了兩女一男。王大娘在記憶中從來沒有笑過，姿色平庸，總是板著臉，也不多話，頗有威嚴，管起丈夫就像管孩子一樣。王中和可說是絕世美男子，長臉兒，結實高挑身材，如玉樹臨風，西臘式挺直鼻樑，兩條略帶彎曲的濃眉，雙眼皮配上密密的長睫毛，英俊而沒有絲毫脂粉味。可是外型與性格並不相稱，是著名的怕老婆大王。記得好幾次我們這群野孩子在他們家右邊廣場上玩彈珠，聽到王大娘怒吼的叫聲，我們這群孩子知道好戲又上演了，紛紛爬到他家窗台上，抓住窗框向裡望。王大娘總是坐在圓木凳上，一手握住一條竹條，一手指著中和罵，中和可真聽話，跪在大娘面前，低頭一句話也不敢說，每隔一陣大娘便在他身上抽一下。孩子回到家把所看到的都告訴了父母，所以中和怕老婆的事不久傳遍這鄉鎮。王大娘偶爾也是母親的牌友之一，牌品不錯，搓麻將時話也不多，輸了錢爽快地付帳，不像有些太太小裡小氣的又囉嗦，母親的牌品是好得出名，故王大娘凡是有母親在場的牌局，請她一定到。中和在重慶市一家船公司做事，週末回家，閒暇時有散步習慣，總是穿一件英丹斯林的藍長衫，頭抬得高高的，沿著江濱一帶散步，故每次必經我家下面山坡。記得有次父親在窗戶裡看到他，對母親說：「妳看那王先生宛如潘安再世，那王家大娘真是配不上。」母親懟了他一句：「人家王大娘相夫教子，吃苦能幹，家中整理得一條不亂，內在也是很美的，哪有什麼配不上！」

有一天他又沿江散步，這時風和日爽，小鳥在竹林中吱吱叫，他感到輕鬆愉快似乎忘了一週上班的疲勞。忽然一隻小鳥飛過他的頭頂，而停在前面一棟紅磚房煙囪上，中和看了一眼，他記得這是那位美麗的邢太太的家。他記得第一次見到她時心跳得厲害，她曾對他含情脈脈地一笑，使得他整夜難眠，恨不得每日都能見到她。他沒料到這邢太太那天沒有牌局，因是暑假，兩個孩子到城裡邢先生二哥家去了，閒得發悶，便在二樓開了窗與隔壁的鄰居龐太太窗對窗地在聊天。龐太太在沒結婚前聽說是北京大學校花，北方人生得高頭大馬，能說善道，風度很好，頗有西洋美，當年追求她的人不少。因為龐先生是大富人家，她嫁給了他，平日不打牌也沒孩子，故常與邢太太聊天。

忽然間邢太太側過臉，發現王中和在她家房屋前東張西望，她便對龐太太說：「妳看那王家的美男子又在那兒傻傻地東張西望，我們來逗他玩玩。」於是伸出半個身子向王中和招手喊道：「王先生，王先生走得辛苦了，來我家歇歇喝杯茶！」中和驚奇地向上望，看是邢太太，心中又緊張又高興，於是停下了腳步。不一會邢太太下樓開了門，中和高興地走了進去，在客室剛坐下，龐太太敲門來了。邢太太泡了一壺茶，拿出一盤瓜子，大家東南西北聊著，邢、龐兩位太太抓住機會時，就吃吃中和豆腐，嘻嘻哈哈地聊得起勁。大約四點多鐘，龐太太起身告別，說是怕年老的母親一個人在家不放心。她走後，房裡只留下邢太太及中和兩人，邢太太對中和說：「在我家吃晚飯好嗎？我今天在菜場買了幾條活鯽魚，我這就去燒飯，你坐一下。」中和起先有點猶豫，最後還是點了頭。邢太太手腳真快，不到一小時，飯菜就上桌了，有蔥燒鯽魚、毛豆燒雪裡紅，又煎了二隻荷包蛋。雖是江浙菜，中和吃得津津有味。邢太太又倒了兩杯茅台酒，兩人對飲，喝得兩人都帶醉意。邢太太紅著臉兒懶洋洋地靠在中和肩膀上，中和再也忍不住了，一手把她摟在懷裡，吻住她不放。邢太太也把手緊緊地擁住他的脖子，男貪女愛，就這樣發生了不正常的關係。王中和一連三天待在邢太太家裡，兩人愛得難分難離，那黃臉婆子王大娘早就被他忘得一乾二淨。

王大娘看丈夫出去散步到天黑還沒有回來，開始有點焦慮，便叫傭人去河邊一帶看看。傭人去了半個時辰回來報告說沒有看見什麼，大娘更急，想想他可能去大哥家去了。大哥大嫂一向對他們很照顧，她記得十四歲時初到王家許多事不懂，大嫂極具耐心地教她燒飯及做家事，出嫁後生孩子，她一定來住上一個月扶持她坐月子，因此她肯定中和一定去大哥家了，可能大嫂留他吃完飯，想到這兒心就比較安了，她靠在床上迷迷糊糊地睡著了。直到打更的在外打了三更，才把大娘驚醒過來，看看身邊中和還沒有回來，她開始恐慌起來，馬上派傭人去大哥家看看。大哥大嫂知道中和失蹤了，也開始緊張，於是大嫂包了幾件換洗衣服隨傭人去大娘家。王大娘見大嫂單獨來了，知道中和沒有去她們家，眼淚汪汪地對大嫂說，她怕中和是意外落水死了。大嫂安慰她說不會的，並建議叫傭人老何天亮去城裡中和的公司看看再說。傍晚老何回來說公司告訴他王先生一直沒來上班，次晨王大娘只好向公安局報告丈夫失蹤，又租了二條漁船沿江搜索也沒下落，王大娘眼睛也哭腫了，好在有大嫂陪她，心中只有盼望有奇蹟出現。

三天過去了，邢太太算算自己的丈夫明晚就要回來了，只有勸中和回家，並告訴他千萬不能說出兩人之間的曖昧關係，因為她丈夫知道會把她殺死的，最好編個故事瞞過王大娘。中和現在才知道煩惱來了，垂頭喪氣地別了邢太太，在回家路上一直在想有什麼方法能夠瞞過那凶悍的妻子王大娘，於是把手錶脫下來丟到草堆裡，便往回家路上走去。王大娘因為好幾天沒有好好睡，加之又焦慮，因此頭痛得厲害，靠在藤椅上休息，大嫂在旁陪她。忽然老何匆匆忙忙跑進來說：「大娘，先生回來了！」王大娘及嫂嫂聽了都跳起來，真是又驚又喜。不一會中和進來了，王大娘馬上又恢復了她的威嚴，冷冷地問中和這幾天跑哪裡去了。他開始有點緊張吞吞吐吐地說，那天他正在江邊散步，來了兩個大漢拿出刀，把他綁架到對山山林的一個茅草房子裡，把他雙手綁住，手錶也被他們搶走了，然後就不知去向，直到今天有個砍柴的經過茅屋，聽到裡面有掙扎聲，進去才把他救了出來。王大娘向中和上上下下瞄了一眼，覺得丈夫向她說謊。第一，中和被強盜擄去，哪有這麼簡單，搶去一隻手錶就算了？第二，被綁架後三四天沒吃飯，怎麼人一點沒瘦，還那麼有精神？第三，被綁在茅屋三四天，怎麼臉上鬍子刮得那麼乾淨、頭髮梳得整整齊齊，衣服也不髒。於是她請大嫂出去一下，說她有話想單獨跟中和講，大嫂回她自己臥室去了。

王大娘把門關上，然後拿出那根竹條，叫中和把長衫脫掉，跪在地上，中和怕得發抖，於是大娘跑上去猛烈地抽了一陣，痛得中和直叫，王大娘罵道：「你這鬼孫子什麼時候學會撒謊，你不從實招來，我這鞭子不會停！」說完又是抽打，打得中和向大娘求饒，於是把那天怎麼與邢、龐兩位太太飲茶，後來吃飯喝了酒便做出了一件不能見人的醜事，統統道了出來。大娘聽了氣得發暈，於是在房裡歇斯底里地大吼大罵，大嫂在房門外聽到一切，生怕出了大事，便撞門衝了進來，一把抱住大娘一邊叫中和去兒子房間躲躲。中和拿起長衫跑到兒子房間去了，大娘看見嫂嫂進來，立刻叫嫂嫂去叫老何拿繩子，一起到邢家去把那淫婦綁起來送到公安局去，告她勾引人家丈夫。大嫂按著王大娘肩膀，不停地勸她靜靜，大約過了七八分鐘王大娘才靜下來，躺在藤椅上喘氣。大嫂搬來一張椅子坐在她旁邊，握住王大娘手說：「妹子，我知道妳是氣得受不了，但妳不能這樣做，妳去告她，不是承認中和與她有姦情？王家在地方上是有名望的人家，這件事情鬧大了，叫妳公婆如何下台？王家親朋也會埋怨妳，御夫無術，丈夫才會出軌。妹子妳不能太衝動，要想想後果如何。」王大娘覺得大嫂講得有道理，便跟嫂子講：「我這口氣受不了，起碼我要把這件事告訴她丈夫。」嫂嫂勸她更不能這樣做，說：「邢先生在政府保安機關做事，家裡一定放有槍，他如果知道這件事，怎麼會放過中和？妳不是把中和送上斷頭台？鬧出人命案，妳公婆怎能原諒妳？」王大娘聽了嫂嫂的話，低下頭傷心地流下淚來。大嫂決定在大娘家多住些時，等大娘心情安定下來再回家。

雖然王大娘的嫂子一再交代傭人，家裡發生的事不能對外講，但紙包不住火，不久外面謠傳王大娘與邢太太結了仇，王大娘要採取報復手段。大家都猜不出她倆之間到底是什麼仇，多半人猜可能是在王大娘做會頭的來會上，邢太太倒了她的錢。這謠言只有在邢、龐兩位太太耳裡知道真實底細。龐太太手段厲害，於是先跑到王大娘那去告狀，說那天陪王先生喝茶完全是邢太太的主意，她只是被邀請去喝茶的，因有老母在家，喝完茶她就回家了，以後發生的事與她毫無牽連，王大娘相信了她。

邢太太知道這風聲可是緊張萬分，她馬上跑來見媽媽，母親見她神色愴惶於是把她帶進房裡，關了門問她：「發生了什麼事？」邢太太先是用手掩住臉不講話，母親急著催她：「快講呀！」邢太太抓住母親的手說：「熊嫂，我一直把妳當親姐姐，只有妳能救我。」母親急得直跺腳，邢太太終於把那幾天發生的事一絲不掩地告訴了母親。母親聽得給愣住了，真不敢相信一向聰明的邢太太會做出這樣的事來，於是對她說：「小妹，妳怎麼這麼糊塗！那王大娘是著名的母老虎，妳這樣做，不是自送虎口？妳還想活命嗎？這種事我怎能幫上忙。」邢太太眼淚汪汪地求母親，說那王大娘對母親印象最好，從來不讚美任何人，可是見人就誇獎母親，所以她託母親去王大娘那兒代她去求情原諒她，如果大娘把這事告訴了她先生，她只有死路一條。母親看她可憐，真的她不救她，沒人敢出面救她，於是對邢太太說：「我答應妳去試試，但我不能擔保一定成功。不過你要向我保證，這種事情發生過一次，可不能再有第二次。」邢太太聽了一直點頭。

邢太太走後，母親想了想，只靠她個人力量可能說不服王大娘，於是計畫去請程醫生太太及劉太太來共同商量：一來這兩位太太口德好，不會把這事張揚出去；再者程太太先生是四川人，在鎮上頗有名望，劉太太有一流的口才。於是她派道統去把這兩位太太請過來說有要事商量。不久這兩位太太都到了，經過一陣子商量後，決定次日去王大姐家求情。

次日下午，母親和程、劉兩位太太到王大娘家去了。大娘躺在藤椅上正與嫂子在談話，見到母親她們突然來拜訪，心中已猜到是為了什麼，於是坐起來向母親她們打個招呼。劉太太叫她躺著不要起來，並問大娘是不是不舒服，大娘說只是最近慪氣太多，晚上睡不好精神差一點。於是大家都不敢開口怕又引起大娘慪氣，所以房裡頓時靜得怕人。倒是大娘先開口了：「大嫂是我自家人，我也知道妳們為什麼來，有話就趕快講好了。」於是母親便開口說：「大娘，妳一向是寬宏大量、菩薩心腸，邢太太的行為的確難叫人忍受，只怪她年輕無知，喝醉了酒做出這麼丟臉的事，您看著我們的面子就原諒她一次好嗎？」大娘說：「妳們是旁觀人講得輕鬆，如果這件事發生在妳們身上，妳們會受得了嗎？」程太太嘆了口氣也講話了：「大娘呀，女人長得太漂亮就是禍水，十個有八個都鬧桃色糾紛。」大娘氣憤地懟了她一句：「講漂亮，人家熊太太哪一點輸給她？人家怎麼可以規規矩矩在家做主婦，哪像她就只會招蜂引蝶引誘男人！」程太太聽了就不敢再講話了。過了一陣劉太太又講話了：「大娘，妳要知道長期慪氣對身體不好，那缺少婦德的女人也被我們好好地罵過一陣，罵得她直哭，後悔做錯了事對不起大娘。我們告訴她王大娘是心胸寬大，換了別人早就跑來把妳給捶死了！」王大娘聽了似乎氣消了很多，母親趁機接著說：「如果她先生知道此事會把她掃地出門，那是她自找的！可憐的兩個孩子，小的才四歲就沒有了媽媽也是怪可憐的。哪天我把她帶來向妳親自下跪、道歉好嗎？」這時大嫂也講話了：「妹子，熊太太的話是很公正的，妳就答應好了。」王大娘想了一想，這件事再鬧大了，上面的公婆都會生她的氣的，現在嫂嫂也講了話，這點面子也不能不給，於是冷冷地對她們說：「好吧！我答應妳們！」母親她們高興得直說謝謝，離開了王家。

過了兩天，母親及程、劉兩位太太帶了邢太太到大娘那兒去陪罪。邢太太那天穿了一套白色的連衣裙，不施脂粉，神色黯然地跟在後面。進了大娘家裡，王大娘一本正經地坐在紅木椅上，她嫂子坐在側面。母親把邢太太帶到大娘面前叫她跪下，然後到旁邊與另外兩位太太坐在一排，邢太太戰戰兢兢地低了頭跪著，劉太太說：「妳可以向大娘道歉了。」於是邢太太開口說了：「大娘，那天我是喝醉了酒鬧出事來，請大娘開恩原諒我無知。」王大娘聽了指著她罵：「妳這賤貨，真還有臉來見我！妳不勾引我先生，他怎麼會跑到妳房裡去陪妳喝酒？」王大娘滔滔不絕地罵了好一陣子，有時罵得氣都喘不過來，她嫂嫂勸她有話慢慢講，不要太衝動。她又罵了一陣，站起來走到邢太太面前，重重地抽了她兩個耳光。可憐邢太太那嬌嫩的小臉馬上印上一個紅紅的手印，另一巴掌剛好打在鼻子上，頓時鼻血像泉水似地流了下來。母親嚇得跑過去用自己的手絹掩住她的鼻孔，程、劉兩位太太也趕了過來把邢太太扶起來，叫她把頭向後仰著，王家嫂嫂這時也找來一條白毛巾交給媽媽堵在邢太太的鼻孔前面。王大娘覺得自己也罵夠了，人也被她打了，總算出了一口悶氣，於是說：「好了！妳們可以回去了！」於是母親及兩位太太把邢太太先扶到我們家裡。因為天色已晚，兩位太太都趕著回家去了。母親用清水替她洗乾淨了臉上的血跡，又用棉花塞在她的鼻孔裡，對她說：「要不要休息一陣再回去？」她說不要了，因為孩子在家她不放心。於是母親把她送到家裡，邢太太對母親說：「天快黑了，快回去吧。謝謝妳救了我一命，等我來生變馬變牛來報答妳。」母親瞪了她一眼說：「妹子，別講傻話了。好好休息，過兩天我再來看妳。」說完就走了。

經過一陣風雨，這小鎮又恢復了往日的平靜。王中和繼續在輪船公司做事，只是大娘管得更嚴，沿江再也看不到他散步的影子。邢太太也偶爾回到太太堆裡搓搓麻將，但已不像往日那般談笑風生，大家也儘量避免王大娘與她同桌打牌。那年三月初是油站陳太太三十大壽，請了許多親友來家慶祝，除了大擺酒宴，麻將也開了三桌，因為王大娘、潘太太、母親和邢先生、邢太太來得較遲，只好湊成一桌。邢太太見到大娘勉強地打個招呼，大娘裝著沒看到，沒有理她。有邢先生在場，邢太太只有坐在他後面靜靜地看牌。牌過了三圈，一直沒開胡的王大娘碰了東風，又碰西風，最後摸了一張白板胡了一副大滿貫，上家的潘太太朝著她說：「大娘，妳手上怎麼有這麼多風頭？」大娘把眼睛一瞥說：「我這風是正正當當的東南西北風，可不像有些女人只有賣弄風騷、勾引男人的風。」母親及潘太太知道她話裡含針，都不敢作聲。邢先生起初也被她這話弄得莫名其妙，忽然覺得她話中含因，於是用著懷疑的眼光，回頭看了他太太一眼。邢太太裝著沒聽到，一雙眼睛緊緊地盯在桌上的麻將牌上。母親看情況不對，馬上把自己的牌倒下來，朝著王大娘說：「大娘呀，我這一條龍的清一色，都給妳搶先胡了，抓牌沒有幾把，我就等著胡一四條。」這時潘太太在自己牌裡抽出一對四條說：「熊太太，我早就看好妳在做條子，妳想我怎麼敢打？只有撤了二筒，留四條做麻將。」母親只好搖搖頭說：「厲害，厲害，真不愧為牌師父。」她們這一唱一答，總算把這難堪的局面撐了過去。後面五圈牌，王大娘專心做大牌，就沒有再講過話，母親這才鬆了一口氣。

又過了十多天，潘太太來找母親聊天想打幾圈麻將，於是母親派道統去請離我家住得較近的劉太太及邢太太來我家搓麻將。道統去了一會回來說劉太太一會就來，邢太太家門是上了鎖，似乎沒有人在家，母親猜想她可能又去邢家二哥那兒做客去了。因為她的婆婆跟二哥住，有時想見見孫兒孫女，因此邢太太帶了孩子，每隔一陣子都要到二哥家看婆婆，大約住過兩三天就回來。不久劉太太來了，正在愁三缺一，樓上的高伯母剛好這天從孤兒院提早下班回來，於是湊上一角，打了四圈衛生麻將。

有一天母親在市場上碰到陸太太，陸太太見到母親高興地跑過來說：「熊太太，我正要找妳。我先生的親戚從家鄉帶來幾條黃魚乾，我準備買點五花肉來紅燒黃魚，明晚來我們家吃便飯，早點來我們還可摸幾圈。妳也代我去請邢太太，她也是吃魚大王。」母親回到家休息一會，自己也有二十來天沒有見到邢太太了，想去聊聊。到了邢家，她敲了一會門，門開了出來的是位陌生的中年婦人，帶著詫異的眼光問母親：「找誰？」母親以為這婦人是邢家客人，便說：「邢太太在家嗎？」那婦人搖搖頭說：「妳一定找錯人家，我們姓顧不姓邢。」母親說：「不會的，那邢家住在這兒有好多年，我上個月還來過這裡。」那婦人似乎恍然大悟說：「那姓邢的一定是過去的房主，我們沒見過他們，這房子是我先生工作的單位替我們安排的，我們才搬來這裡三天。」母親又問她：「知不知道他們搬到哪兒去了？」婦人搖搖頭說不知道，母親只好說對不起，離開了。本想去他們隔鄰龐太太那兒問問，但自從那件不愉快的事情發生，龐太太為了保護自己，到王大娘那兒先去告狀，因此邢太太與龐太太成了仇人，已經有許久沒有來往，想來她不可能知道邢家搬到哪兒去了。在回家路上，母親想著以邢太太的個性，她不可能搬家連好朋友也不告訴一聲。於是她又想起在陳家打牌的難堪局面，邢先生曾以懷疑的眼光看了邢太太一眼，她擔心邢太太可能出事了，因為自從在陳家打完牌後，就沒有再見過她。母親愈想愈恐懼，跑回家泡了一杯濃茶，坐在窗前看著園子裡盛開的桃花，好讓自己的神經輕鬆一下。但是，她又想起在去年中秋節那天，她邀請了幾位朋友在園子裡賞月、喝茶，邢太太玩得高興，與孩子們在月光下跳繩、踢毽子的情景，似乎又重呈眼前。她低頭喝了一口茶，覺得邢太太雖然生性浪漫，但她也有可愛的一面，她給人的活潑、美麗、幽默、風趣的印象的確難使人忘記。轉眼半年過去了，誰也沒有她的消息。

小時候，父親去看戲，老是帶我去，我最喜歡看的是有武打的戲，尤其是有孫悟空的《花果山》，另外的便是《鐵公雞》，戲中武打激烈，看得眼花繚亂。想不到在這唐家沱小鎮也演出了人物活現的《鐵公雞》，主角之一竟是王大娘。王大娘自從先生歸正後，不久又懷孕了，到八個多月時，王家嫂子就搬來照顧她。王家對面自從陸家搬走後，新房主姓葉，夫妻年紀較大，孩子都大了，在城裡工作，偶爾回家。他們過去的鄰居李太太因為要去城裡辦事，便把一個七歲的孩子放在葉家請他兩老照顧幾天。因為正是暑假，孩子們沒事做，便在兩家之間的院子裡玩耍，男孩多半打彈珠，女孩子不是跳繩便是踢毽子。李家小男孩因與大家不熟，獨自拿了一副皮彈弓，包了一棵石子打小鳥，等了一陣，剛好一隻麻雀停在一棵小樹上，他瞄準把石子彈了出去，不料這時王家大女兒跳繩跑了過來，這粒石子剛好打在她右眼角上，頓時紅腫起來，痛得她大哭。王家嫂子聽到馬上跑出來，帶她到隔鄰的醫院急診，醫生說好在打在眼眶上，如果偏移一點打破眼球，那麼眼睛就瞎了。

王大娘知道了氣憤萬分，牽了女兒到葉家算帳。那姓李的孩子說他不是故意的，大娘罵了他一句：「小雜種，打了人還不認錯？」走上前就給那個小孩一巴掌，打得那孩子倒在地上，葉太太趕快跑去扶他。這時王家嫂嫂趕了過來，把大娘拖了回去。

第二天，這小孩半邊臉又腫又青，右耳也聽不到。第三天，李太太回來接兒子，發現兒子被人打得這樣，馬上帶了兒子去王家講理。這李太太是南京人，是對山有名的潑婦，還沒有走到王家已在外面大叫：「姓王的王八蛋，你替我滾出來！」王家嫂子及大娘聽到了跑了出來，李太太指著她們說：「誰是王大娘？」王大娘看見那男孩，已知道他們的關係及來意，於是對她說：「妳這兒子把我女兒眼睛都快打瞎了，妳來做什麼？」李太太張口大罵：「我來做什麼？妳看看妳把我兒子打得鼻青臉腫，耳朵也打聾了，老娘今天來要妳的命！」說著就向王大娘身上撲去，扯住大娘的衣領。大娘也不示弱，向她頭上重重打了一拳。李太太火冒三丈，拚命用頭來頂王大娘胸部，並用手重重一扯，把大娘上衣扯破了一半。大娘氣瘋了，也把她的衣服袖子扯了下來。李太太一面罵著粗話，一面用手抓住大娘頭髮不放。大娘也緊緊地扯住李太太頭髮，另外的手不是打對方，就是扯對方衣服。從王家大門打到園子中央，一下來了三十來個圍觀的人。那可憐的王家嫂子是包過小腳的，走路重心不穩，為了勸架，非但不生作用，自己反而摔倒地上兩三次。兩人各不相讓，在地上滾到葉家大門口。

圍觀的人家大半是來看熱鬧的，兩隻母老虎，鬥得愈厲害他們看得愈過癮。母親聽到吵聲也跑了來，她一看是大了肚子的王大娘在跟人打架，她簡直不敢相信，跑過去拉住李太太的手說：「王大娘是懷了孩子的，妳就停手吧。」誰知這女人力大無窮，猛力一摔，就把母親的手摔掉了，並罵母親「是什麼東西？要來多管閒事」，這樣她們各抓對方頭髮，各不相讓，又對峙了十多分鐘。

母親看這樣下去會出人命關係，於是叫了王家傭人老何及自家廚子道統兩個力氣大的男人來拉架。當道統去搬李太太的手指時，她破口大罵：「你是哪來的野男人，竟敢來扳我的手，給我滾開！」這樣拉拉扯扯又僵持了七八分鐘，王大娘力氣都用盡了，於是先鬆了手，這樣才把兩人拉開。那李太太竟想用腳來踢王大娘，好在被老何看到給擋住了，為了保護主人，小腿也被踢青一塊，這樣又罵了一陣，才被雙方親友各自拉回家裡去。次日消息傳來王大娘昨晚提早半個月生了一個兒子，母子平安。

第十五章　抗戰勝利

在我們剛搬到唐家沱不久，就聽到人說，對山那家醫院裡有位護士叫張德秀，不久前有位姓左的病人癡戀她，因為追求沒有成功，而吞安眠藥自殺身亡，於是大家在幻想中那位張小姐一定是位美得出奇的女子。誰料後到醫院看病認識了她，外型上令你跌破眼鏡：黑而缺少光澤的皮膚，皮膚粗糙且上面生有小痘痘，方臉兒，獅子頭鼻子，闊嘴，眼睛不小但有點暴，五官上找不出一點漂亮的地方。但是，一副牙齒又白又整齊，人很溫順，做事有條有理，相處久了你會很喜歡她，而不覺得她很醜。她住在醫院臥室的窗戶正對著我們家後園。記得圓圓妹兩歲時，一對大眼睛，又聰明可愛，很討張小姐的歡喜，沒事時她在後園坐在小板凳上，對著張小姐窗戶叫：「張阿姨，我媽媽叫你來打牌。」偶然張小姐也來陪母親打幾圈麻將，但不是母親正規的那班牌搭子，母親缺少牌搭子時就叫圓圓到後園去叫張阿姨來打牌。後來張小姐收了圓圓做乾女兒，並且對我們家也很照顧，尤其在菊姑生病住院時，她真不辭辛苦地照應她，所以爸爸、媽媽一直很感激她。

尤其接近抗戰勝利那兩年，大家來往更是密切，家中有好吃的一定會叫她來分享口福。由於她是湖北漢口人，爸爸媽媽視她為家門妹妹，母親如果身體不大舒服或有事辦不通，都去請教她，她都盡力去做，無形中使母親覺得如果身邊沒有這位助手可真不行呢。據張阿姨說她自小父親去世，母親很辛苦地替人打活教養她及一位年小她四歲的妹妹，她自小就立志要自力更生。在武漢危機時，她便隻身前往四川，在重慶市接受過護士訓練便被調到唐家沱公立醫院服務，因為她辦事俐落、對病人照顧很好，所以大家都很喜歡她。那時有許多政府機關的眷屬都在唐家沱，一般都很年輕，因此許多婦女在生孩子時都請張小姐來接生。我的妹妹圓圓及弟弟老哈都是她接生的，照老規矩母親坐月子一個月都不准起床，由傭人扶持，每日除了喝雞湯外，要吃紅糖、生薑煮的細麵條，據說是補血用的，母親胃口不大，每次吃了一半就交給我去代她吃。每次滿月除了送紅蛋給親朋外，父親總是趕回來忙過一兩天，親自下廚燒幾樣拿手菜以宴賓客。記得在生老哈弟辦滿月酒時，父親燒了一道黃燜雞，沒起鍋時已經香味四溢，令人流口水。父親為了在客人面前顯耀一下，自己端了出來，哪知碗太燙，手一鬆掉到地上，有些客人忙著跑來幫忙打掃，口中一直唸著一些吉利的話，母親見到很生氣，半天都不理他。

有次母親與張阿姨聊天，無意中提到那位為她自殺的左姓病人。張阿姨嘆了一口氣說，其實他們之間不像一般人猜測那樣，在她在重慶讀護士學校時，有位左小姐是她同班同學，後來她的大哥得了肺病，在重慶市某醫院治療，因為當時特效藥還沒有發明，這種病只有靠休養，因此他被轉到唐家沱醫院來做長期休養。因為那兒空氣好又安全，由於左小姐特別請她多照應她的大哥，因此她花在他身上的時間比別的病人要多一點，黃昏時她會陪著他散步，沒事也與他聊聊家常。一個人有病時感情很脆弱，多半對照應他的人產生豐富的感情，因此他向張阿姨求婚，起先張阿姨敷衍他，不料他更認真，張阿姨只好減少與他接觸之時間，他以為張阿姨厭棄了他，一時想不通便服安眠藥自殺身亡。張阿姨也難過了一陣子，認為是自己疏忽而引起這不幸的事發生，自此後對男性病人都保持小小距離。

抗戰勝利，父親、母親帶著小的已飛漢口，其他孩子則是由張阿姨搭水路帶到漢口。父親那時任湖北應城石膏公司董事長，於是便安排張阿姨做公司出納，也讓她住在我家幫忙母親管理家務。母親待她如親妹妹，記得有一次她訂做一件海浮絨大衣也替張阿姨訂做一件。母親為了張阿姨的終身也費盡心思，前前後後也介紹了好幾位男士，可惜見了面之後男方都打退堂鼓。有一天鄉親沱南動帶了一位同鄉傅少男來家做客，母親見他雖然個兒不高卻長得雪白乾淨，年紀看起來也有三十來歲，她有意把張阿姨介紹給他。過了一週他又來我家串門子，母親便問他那位傅先生是單身還是有太太，沱說是單身，於是母親便說她想把張阿姨介紹給他，沱說他去問問。三天後沱把傅少男帶來終與張阿姨見了面，張阿姨對這小白臉十分滿意。事後母親把沱找來問他傅先生對張印象如何，沱說：「由三嫂妳介紹那還有什麼話說！」母親則嚴肅對他說：「婚姻不是兒戲，如果勉強，我豈不是害了張德秀？你跟傅先生說如果看不上沒關係，如果真心那麼就來往。」不久傅開始公開約會張阿姨，兩人十分親密，可惜三個月後我們離開了漢口，也不知道這段姻緣的結果如何。

一九四五年母親懷了哈弟，記得在八月份的有一天，父親、母親帶了我去潘家做客，飯後麻將打得很晚，外面天很黑，父親一手舉起火把，另一手挽著媽媽，媽媽一手牽著我，向回家路上走去。當走到一半路時，黑暗中鑽出來一條淺米色的狗，對著母親凶猛地又叫又跳，父親一直用腳踢牠也不走，跟在後面叫，直到我們回到家才離開。母親覺得很奇怪為什麼這隻狗一直想咬她，而對父親及我理都不理。

回家後母親覺得很累就躺在床上睡著了，她夢見一位老太太向她走來，忽然衝出一位無頭軍人，脖子上蓋著一頂鋼盔一把把那老太太推走，便向母親撲來。母親這時驚醒過來，肚子痛得厲害，於是請來了張阿姨，她摸摸母親肚子又檢查一番，便對父親說：「快了，叫傭人去準備一下熱水、面盆。」兩個小時後，哈弟很平安地誕生了。哈弟小時長得很討人喜歡，憨憨的，見人就哈哈笑，故爸爸媽媽給他取一小名叫老哈。

小日本野心勃勃，雖然占領了大部分中國及東南亞，並不能滿足他們侵略的野心，竟然趁美軍不備，派了大批轟炸機及戰鬥機偷襲美國珍珠港海軍基地，造成美國軍艦無限的損失，這次才真正惱怒了老美。沒有多久，美軍在日本投下了一枚原子彈，殘暴的日本軍閥想不到原子彈的威力有這麼大，這才不得不放下武器。次日，日本天皇宣布無條件投降，可恨的日本軍閥不但在中國及東南亞殺害了上百萬的老百姓，他們的侵略野心也造成千上萬的日本老百姓死於原子彈的威力下。

抗日戰爭勝利的那一天，聽說重慶城裡連日鞭炮聲隆隆，街上遊行隊伍及鑼鼓聲不斷，老百姓高興得眼淚直流，感謝蔣中正主席這八年來堅苦的領導抗日，終於勝利來臨。在唐家沱鄉下還是像以往那般安靜，只是朋友們見了面都喜氣洋洋互相道賀。

沒有多久，來自外鄉的人都紛紛準備還鄉，於是在新舊城的交界上擺滿了地攤。我們家及樓上的高家也相鄰各占一地盤，本地鄉下人最喜歡買的是舊棉被及舊深色長衫，太時髦的東西反而無人問津。媽媽一直派我守攤位，如果要上廁所或臨時有事就請高家的人，分勞一下看看攤位，其樂趣無窮。

一九四五年九月初，樓上的高家已經開始整理行李準備離開唐家沱，先到重慶再等飛機直飛到義大利。因為高伯伯在外交部做事，被政府派到義大利工作；他們家的老傭人李婆則被安排搭機前往上海，然後坐火車去常州。雖然我與高家孩子有時吵架，但也相處一起有許多年，故在他們準備離去的頭一天我已經感到離別的惆悵。次晨五時，母親及家人都還在睡夢中，我已經聽到樓上有腳步聲，我知道高家馬上要離開了，我連忙起床穿了衣服、套上鞋子在樓梯下等他們下樓。這時高家的孩子文光、文博及曼理各自提了行李下來，高伯母及高家的侄子也提了皮箱下來，我也接過來高伯母手上的布包包，加上李婆及高家的狗希特額一起向江邊走去。高家早一日已經訂好一條木舟停靠在江岸，待開往重慶去會合高伯伯。他們紛紛上了船，只留下我及他家侄子及那條狗在岸上。船開始移動了，我們互相地搖著手說再見，那條狗似有靈感在岸邊又吼又跳，牠知道牠不可能再見到養牠多年的主人。船愈走愈遠，直到看不到船的影子我們才離開。高家的侄子帶了那條狗回自己家去了，我慢慢走回家，心情及腳步都感到沉重，我不知道何時才能再見到他們。

大概是一年多後，我們那時家在漢口接到高家寄來的信及照片，照片中看到他們一家穿著泳衣在海灘上笑得那麼開心，想來他們一定生活愉快。在漢口住了三年，內戰發生，我們隨著政府遷往台灣。大約半年後，外交部的一位朋友受高伯母之託帶給母親兩樣化妝品。又過半年，接到高伯母的信，因為那時義大利政府準備承認中共政府，在外交上有一場激烈的辯論，高伯伯因氣憤當場腦溢血發作而去世，我們讀完信都感到十分難過。

自此後我們一直沒有他們的消息，也不知道高家還是留在義大利或已遷往他地。直到我讀初三那年，班上來了一位插班生名叫董國安，他也是我在四川唐家沱小學的同學，比我小一歲，他家離我家只隔幾幢房子，他們是浙江寧波人，與母親是同鄉，所以也經常在一起玩。一次閒聊時才知道他是高伯伯、高伯母的乾兒子，他還說在他接獲高伯伯去世消息時，他傷心得大哭一場。我問高家現住在何處，他說在美國紐約市，位址他記不得了，由於那時年紀小也就沒有認真地去追究。

一九六五年我到加拿大蒙特利爾的麥吉爾（McGill）大學讀研究院，因為紐約市離蒙特利爾只有七個小時的公車路程，那時我有幾位大學時期的好朋友在那兒，所以也去了紐約好幾次，但沒有高伯母的地址，所以也沒有辦法與他們聯絡。數年後有天讀海外版《中央日報》，讀到紐約市華人天主教協會主辦的活動及替華人服務的消息，上面並登有協會的地址。我想義大利是一個天主教國家，高家很可能是天主教徒，於是寫了一封信給紐約華人天主教協會，並給了高伯母及她子女的名字，並告訴他們原住義大利，大約在一九五〇年左右搬到紐約市，請他們打聽一下他們的下落。果然一個多禮拜後我接到回信並附有高伯母在紐約的地址。於是我高興萬分，寫了一封長達七頁的信給她。不久接到高伯母的回信，她那一筆漂亮的書法，記得小時母親經常向我誇獎高伯母是金陵女大畢業，學識好，字寫得好。信中她告訴我，她隻身住在一所公寓裡，三個孩子都已成家，大兒子文光及女兒都住在紐約市，小兒文博則住在美國中部，希望我有空到紐約來玩。

一九六七年有位來自台灣的女學生王敏文來系裡修碩士學位，不久我們成了很好的朋友。她有位姐姐在紐約市工作，她很想要我與她姐姐見見面，我們決定在一九六八年暑期去紐約會她姐姐並寫了一封信給高伯母說會來看她。我們搭長途公路車到達紐約市然後換地鐵到曼哈頓，哪知下錯了站，兩人各提有一皮箱出了站，正猶豫去向，忽然見有一卡車停在左前方，司機是位白人開了車窗向我們喊叫：「快離開！快離開！」我們被他叫得一頭霧水，我便跑過去問他這裡是不是曼哈頓，他倉促說：「不是，還有兩站，這兒太危險了。」這時有輛市區公車開來，他催促我們趕快跳上公車。我們趕快跑去擠上公車，買了票問了司機，果然兩三站路就到了曼哈頓區，按照地址找到了她姐姐住的公寓。見到敏文大姐後，我們把下錯了站的事告訴她，她聽了眼睛睜得好大說：「我的天呀！你們到了哈林區，那是貧窮黑人區，那兒搶劫殺人的事經常發生，你們真運氣好，碰到一位白人司機救了你們。」我們聽了伸伸舌頭，也才體會到紐約的可怕一面。

第二天，我與高伯母約好次日見面，她建議我們帶來自己的牙刷，晚上到她的女兒曼理家過夜。我與敏文搭地鐵去高伯母住處，車上一大批黑人，我們不敢正視，心理上有莫名的恐懼。按地址找到高伯母的公寓，按了鈴進去，高伯母已開了門迎接我們。她的形象沒有太變，我一眼就認得出來，她高興地與我們握手。她住的是單人公寓，有一小小廚房及廁所，布置清爽，牆上掛有字畫，其中一幅是黃君璧的山水畫。我們閒聊一陣，她便對我說：「你們熊家都是出美人，除了你母親外，記得你有位叫映菊的姑姑可真是溫柔、美麗，可惜那麼年輕就過世了，我從來沒見過你父親曾哭得那麼傷心。」我點頭說：「是的，她留給大家的印象是太深了。」她又問我弟弟妹妹，我便從皮夾裡掏出家裡的照片給她看，她看了說：「你這三個妹妹都長得不錯，但沒有一個能比得上你母親那麼漂亮，記得她過去那張嘴及一對眼睛總是帶笑的。我好奇地問她：「一個人住在這兒害怕、方便嗎？」她回答說還算方便，因為只有一個人吃得有限，在附近小店買幾樣東西就夠了，出遠門有地鐵，只是晚上不大敢出門。有次從兒子家回來大約晚上九點來鐘，她慢慢從車站走回家，忽然從後面有一年輕人騎了機車從後面搶了她的皮包就跑，因為皮包背在肩上，因此被摔到地上，皮包被搶走，人也受傷，在醫院住了幾天，自此之後她再也不敢晚上出門了。我問她：「有沒有想到與兒女住在一起？」她說兒女有自己天下，家裡的事都得自己做，她不願要兒女扶持她，自己年紀大了體力差也幫不上忙。兩年前她小媳婦生孩子要她去幫忙，她因感冒才好，身體虛弱便推辭掉了；去年她去德州看孫子，一見面小媳婦便對她講：「該來的時候不來，不該來的時候來了。」氣得她整夜難眠，第二天換了機票便飛回來了。我與敏文聽了都相互伸伸舌頭，這才明白人家常說婆媳之間的隔膜。

大概是下午五點鐘左右來到她女兒曼理的家。她先生姓朱，曼理還是跟過去一樣，氣質好又善良。他們有兩男一女，小女兒有十四歲，很文靜又美麗。那晚曼理準備了一桌子菜，因朱先生也是江浙人，菜的味道是清爽可口。次晨用完早餐便去在長島一所天主教堂做彌撒，彌撒完後我們便去她大兒子的家。文光跟童年沒有太多改變，高伯母替我們介紹文光的太太，說她也是來自台灣。她個兒高高的，人很溫順。他們有一個年幼的嬰兒，想來文光可能也是晚婚。我們聊了一個多小時便告辭回到敏文大姐公寓。

此後我們斷斷續續地也通過幾次信，數年後在她最後的一封信中寫到：在過去的三個月中，她的兩個媳婦都相繼去世，小媳婦得的是無法醫治的怪病，大媳婦是癌症去世，兩個兒子都搶著要她去照顧孩子，她年歲已大實在是身心憔悴，疲勞不堪，因此情緒十分低落。於是我寫了一封信去安慰她。一九八五年左右，我被邀請到義大利的錫安納（Siena）出席直翅目昆蟲會議，並演講中國蝗蟲類分類狀況，我深深地為義大利的美麗風景及歷史藝術所吸引，於是我想起了高伯母，便在小店買了一張義國風景名信片，寫了幾句問好的話寄給她。返回加國我在以後的幾年中也寫了好幾封信給她，但一直沒有接到回音，我心中十分納悶及惆悵。不知高伯母是年老病了不能回信，還是她已經離開了我們。

在高家離開唐家沱後，我們也去了重慶候船去武漢。父親、母親帶了兩個最小的孩子圓圓及老哈及廚師道統先乘飛機去了武漢，因為歸鄉人太多，機票及船票很難買到，張阿姨帶著我、毛毛弟，及大妹住在重慶一家小旅館候船先去宜昌再換船去武漢。毛毛一直待在鄉下，首次看到街上的汽車會動稀奇萬分，常常見不到他的人，原來站在路邊看來來往的車輛呢。旅館側對面有一座大樓住了許多人家，有一天見到小霸王張大鐵的弟弟小鋼從裡出來，我跑過去與他打招呼才知道他們搬來已一個月，他的父親帶大鐵已飛往上海，母親及他及姐姐珍如在此等機。張阿姨與張伯母在唐家沱就認識，因此張阿姨帶了我們幾乎每天到張家聊天。

有一天在張家碰到慶盛安的夫人慶嬸嬸，她與我們家也很熟，夫妻倆好客，也是父母親在重慶的牌搭子。兩年前慶叔叔邂逅一位叫桐仁為的女護士，兩人發生不正常之戀情，慶嬸自己頗有姿色，知道丈夫有外遇十分氣憤，於是在外交了一位男朋友來氣她丈夫，哪知慶叔為此大受刺激，造成精神崩潰而服毒身亡。之後慶嬸很後悔這樣做，但事情已經發生，人變得很沉默，已失去了過去的活潑與朝氣。

旅館前面有塊空地，經常看到一個小孩子在那玩彈珠，有次我走近看看，看到他手上一大把彈珠，我問他什麼地方有賣的，他抬頭望望我說：「我是剛剛挖來的。」我不敢相信，急著問他：「什麼地方挖來的？」他把彈珠放入口袋中說：「跟我來！」於是我像傻瓜似地跟著他走，東轉西轉來到一條長巷，巷口有一座兩三丈高的石頭大圍牆，一扇大鐵門半開著。小孩向我招手溜了進去，裡面雜草叢生圍著一廢棄結滿蜘蛛網的大寺廟，廟前的幾扇大門已倒塌，裡面黑壓壓的一片，從屋頂漏隙的光線中看到裡面有成千上百不同大小的羅漢泥像。小孩交給我一塊石頭，然後自己爬上羅漢前面的泥台，開始用石塊挖泥羅漢的眼珠。我愣了一下，他叫我上來一起挖，於是我也爬了上去挖那用彈珠做的眼珠。不知多久，小孩說他的口袋已滿了要先回去了，留下我一個人在那繼續挖。挖了一陣，發現裡面光線愈來愈暗，似乎看到有東西在那晃來晃去，我嚇得跳下泥台往大門跑。剛跑出大門，一隻大黑狗向我撲來，兩隻爪子搭在我肩膀上，張開大嘴汪汪大叫像要把我咬了下去，我被嚇得大哭、大叫。忽然聽到有人大喊一聲，那狗停了下來，這時有人把我從地上扶起，我張眼一看是一穿著長袍的和尚，他說：「小弟弟，還好你跑出來了，這是一座上百年荒廢老廟，三十年都沒有開過，今天早上有施主來看有無復修的需要，門忘了上鎖，我是來鎖門的，否則你將被關在裡面，可能永久出不來了。」我聽了嚇得伸伸吞頭。那和尚牽著我爬了一段山坡來到他的房，他教我坐在地上，盤了雙腳靜靜打坐。自此之後，我不敢再東跑西跑，也不敢告訴張阿姨所發生的事情。

一個多星期後我們終於弄到開往宜昌的船票，一清早張阿姨叫了兩輛黃包車帶了我們直往朝天門上船。歸鄉人真多，你擠我推的好不容易在通艙地上搶到兩個鋪位，來遲的人找不到鋪位在那逛來逛去。忽然看到一臉孔很熟的年輕人背了一個黑包包在那東張西望，我叫了起來：「映梧叔！」年輕人朝我們望望如獲救星地走了過來，他小聲對我們說他買不到船票是偷渡上船的，張阿姨對他微微點頭示意他可以擠在我們這裡。過了一陣查票員來了，我們知道快開船了。大家都把票拿了出來，張阿姨把地鋪上的棉被打開叫映梧叔快躲進去，為了不使查票員懷疑，我與毛毛坐在棉被上。大概二十來分鐘，查票員離開通艙，我們叫他快出來，只見他臉色蒼白，他說他差點給悶死了，旁邊的乘客見了也笑笑，沒有人去通風報信。

映梧叔那年只有十六歲。在父親所有的堂弟妹中，母親最欣賞的是映菊姑姑及映梧叔，他們除了相貌出眾，人品好，在校成績也好。抗戰勝利不久他去了北方，大家就沒有了他的消息，就連他的親哥哥也不知道他去了哪裡。直到八〇年代從我大哥那兒知道他在哈爾濱大學任副校長並兼任經濟研究院院長。我安排了他來加國麥吉爾大學做學術交流，也第一次見到嬸母，她也是哈爾濱大學外文系教授，人很文靜也有教養。這時才瞭解他十六歲去了北方是投奔共產黨，經過他多年來努力已成為中國最著名的經濟學家。一九九〇年我去北京開完昆蟲學會議，便飛往哈爾濱看他，他熱情地招待我，帶我去太陽島遊覽，也參觀了東北農學院，短短四天卻留下無限回憶。那是我最後一次見到他，三年後消息傳來他因心臟病過世。

船開得很平穩，在船上除了睡覺真是沒有其他事情可做，於是我們幾個孩子每日拖了映梧叔要他講故事，一個接一個弄得他筋疲力盡。就在此時船開始有點搖晃，服務員拿了擴音筒向大家喊道：「船要過清灘了，請大家不要走動，以免危險！」說完不久只覺得船在上下搖動得厲害，我們嚇得趴在被窩上不敢動，大約十多分鐘後忽然風平浪靜，許多乘客興奮地鼓起掌來。

第十六章　歸鄉

輪船終於到達宜昌，映梧叔要趕去松滋匆匆而別。因為從宜昌到武漢的船要到兩三週後才有船期，故父親已與軍峰叔聯絡，到宜昌到他家候船。那時軍峰叔早已從唐家沱搬來宜昌，在鹽務局工作。這時旅客紛紛下船，遠遠看到戴著金絲眼鏡的軍峰叔在碼頭上張望，我們向他又喊又招手，他笑嘻嘻地跑過來，接了我們的行李。不知他哪兒借來一部吉普車，載了我們不到十分鐘到了他們家。他家是棟老房子很寬敞，我們與張阿姨占了一間，軍峰嬸帶了女兒鈴子出來與我們熱情地打招呼。張阿姨與她很熟，鈴子也是張阿姨接生的。

宜昌這小城十分安靜，那時沒有什麼高樓大廈，民風樸實，街上商店多半是百年老屋，麻雀雖小但是五臟俱全。我和毛弟、大妹及鈴子沒事就跑到大街去玩，那兒有說書的、玩皮影戲的及茶館、酒店。我們有次鑽進玩皮影戲的小店，那天演的是《桃園三結義》，我們沒有花錢足足看了半個小時。又一次我們溜進一家清唱館，裡面放了十來張桌子，坐滿客人在那喝茶聽戲，我們三個小把戲躲在牆角裡聽免費戲，不久出來了一位矮胖的中年人，右手上握著兩小片竹板，接著叭叭地打了起來，張開大嘴來了一段民間小曲：「正月做媒，二月娶，三月生了個小兒郎，四月開口，五月走，六月送他上學堂，七月赴京去趕考，八月中了個狀元郎，九月領品去上任，十月告老轉回鄉，十一月得了個啥毛病，十二月一命見閻王，諸君要問是哪一段，這名兒叫著〈兩頭忙〉。」接著有人叫好，一片掌聲，那矮胖的中年人鞠一個了躬，往後台走了進去。不久出來了一個十五六歲紮著兩條小辮子的小姑娘，中等個兒，瓜子臉，有點害羞及緊張的樣兒，胡琴拉了一陣小姑娘沒開口，於是胡琴又重複拉了一陣，姑娘這才開口。唱了一陣那小姑娘忽然忘了詞，胡琴來回又拉了兩次也接不上，於是台下客人哄然大笑，姑娘羞得低了頭，蒙著臉往後台跑了。這時館裡的胖老闆出來向觀眾拱手道歉說這姑娘是頭次登台，請觀眾多原諒。不久出來一位中年男士，身穿藍色長衫，手拿一把摺扇，台風穩健，唱了一段〈借東風〉，嗓音宏亮，台下掌聲如雷。這時我建議毛弟及大妹說去後台看看，不知剛才那位小姑娘怎麼樣了。我們人小在人群裡鑽進後台，只見那小姑娘跪在那胖老闆面前哭，老闆開口說：「小霜，妳也該用功點，這段〈三娘教子〉練了半個月了，怎麼還記不得？我這館裡的招牌也給妳砸了，妳收拾下行李回家去吧！……」那姑娘突然抬起頭淚水滿面地喊道：「大爺，求你原諒我，我不能回去，我娘還等我寄錢回去看病呢，求你發大慈大悲再收留我吧！……」這時倒茶水的夥計發現我們在後台，於是抓著我們的衣領被他轟了出去。一路上我很難過，不知那姑娘到底怎麼樣了。

軍峰孀每天都在跟張阿姨有談不完的家常，這時她已又有四個多月的身孕了，故每天都要張阿姨陪她在巷子裡散步半小時，那麼在生產時就比較順暢。有一天我也跟了她們去，走了一段路，只聽到孀母嘆了口氣說：「德秀，我真不應該再懷這個孩子，每次我懷孩子，我那先生就在外面玩花樣。」張阿姨勸她說：「不會的，他看起來很正派呢。」孀母搖搖頭說：「我當年就是被他的外型給騙了，生了第一個孩子，才知道他老家已有了老婆。昨天隔壁的顏婆告訴我，她女婿看見我先生在飯館裡跟一位年輕女人吃午餐，兩人似乎很親密。」張阿姨聽得一驚，不知怎麼說才好，只好勉強地安慰她說：「不會的，可能是他公司的女同事。過去我在醫院服務也經常與醫生們一起吃飯。」嬸母又搖頭說只怪她當年被他漂亮外表吸引，現在後悔也來不及了。又走了一段路，嬸母說她累了回家去吧，張阿姨說：「我看妳要帶孩子、燒飯、洗衣太辛苦了，怎麼不找一個女傭呢？」嬸母說昨天她已拜託顏婆去了，恐怕要幾天後才有回音。

有一天天氣晴朗，陽光普照，我們這幾個孩子又出去溜街，在路旁看到一個穿著黑布衫的老頭兒，留著山羊鬍，衣服上有幾個補丁，坐在小凳子上，面前生了一個小炭爐，上面放置一個大大的沙鍋，不知裡面燉的是什麼，香味撲鼻。我問他裡面燉的是什麼東西，老頭兒抬起頭說：「好吃得很，要不要來一碗？」我掏出荷包裡的零錢交給老頭問他：「夠不夠？」老頭說：「我就給你們裝一碗吧。」說完便拿起一隻缺了塊小口的陶碗從沙鍋裡舀了一碗，上面一插入一隻湯匙交給我。我看看碗裡有豬肺、豬心、豬皮、熟蘿蔔，裡面加了八角，我嘗了一口，又香又鮮，可能是我這一生最難忘記的食物。我吃了一口，又讓毛弟、大妹、鈴子各吃一口，大家都說真好吃，在回家的路上還念念難忘。

到家不久有人敲門，我開了門只見一位老婆婆帶著一位年輕的小姑娘，我仔細看看她才認出就是在戲館裡那位唱得忘詞的姑娘。老婆婆開口問：「熊家少奶奶在家嗎？」我帶她們進了屋裡，嬸嬸正在與張阿姨聊天飲茶，她見到老婆婆忙站起來打招呼。老婆婆忙著說：「少奶奶，妳要請的人我帶來了！」嬸嬸看了她一眼，問她：「多大年紀？」那婆婆搶著說：「她剛滿十七歲。」嬸嬸又問那姑娘：「帶過小孩沒有？」姑娘說她帶過她弟弟。嬸嬸沉默一陣問她：「叫什麼名字？」我插嘴說：「她叫小霜。」頓時屋裡所有的人都驚訝地望著我。嬸嬸問我：「怎麼知道她的名字？」我說：「我在戲館裡聽到戲館老闆這樣叫她的。」嬸嬸皺了下眉頭問那婆婆說：「這姑娘在戲館待過嗎？」那婆婆嘆了口氣說：「少奶奶，不瞞妳說，這姑娘也命苦，八歲父親就走了，姐弟倆就靠她娘替人洗衣服養大。兩個月前她娘生了病，又缺錢看醫生，經鄰居介紹她到宋大爺戲館學戲，也多少爭點錢給她娘看病。可是戲館裡進進出出人雜，哪是大姑娘待的地方，因此她已經離開戲館想找份傭工做做。」嬸嬸沉默一會對那婆婆說：「顏婆，妳到我臥房來，我有話跟妳說。」嬸嬸關了門對顏婆說：「這姑娘太年輕，可能經驗也淺了些。妳是知道我那先生是隻花蜜蜂，家裡有這麼一位年輕姑娘，妳替我想想，我怎麼放下心？」顏婆低頭想了想說：「那麼少奶奶的意思是要我替妳物色一位年紀大一點的？」嬸嬸點點頭說：「最好四十歲在右的。」說完在皮包裡抽出二張鈔票塞到顏婆手裡，說是孝敬她買點心吃。顏婆笑嘻嘻地把錢塞進包包裡，說請嬸嬸放心，她盡力去為她找一位年紀大的女傭。回到客室，顏婆對姑娘說：「小霜，我們回去吧，少奶奶生產還有好幾個月，她要的是能帶嬰兒的保姆，這門活不大適合妳。」於是我開了大門，姑娘悲傷地低著頭隨顏婆走了。我覺得這姑娘真可憐，呆呆地一直望著她們在長巷中失去蹤影。

嬸嬸雖然用心良苦，但還是鎖不住這位花心丈夫，在宜昌住了一年，他們就搬到武昌，不久軍峰叔認識了一位剛從大學畢業的女學生，年輕漂亮，於是他狠心拋棄了黃臉婆及孩子，在外與她同居起來，軍峰嬸在走投無路之下回到松滋鄉下婆婆家。嬸嬸不但聰明，能察言觀色，加之為人勤快，嘴巴又甜，不但婆婆喜歡她，軍峰叔的大太太也與她相處融洽宛如親姐妹。一九四八年我們去了台灣，就再也沒有他們的消息。

在宜昌候船大約三週後才購到去漢口的船票，依依不捨地向軍峰叔嬸道別。去武漢的人真多，我們好不容易搶到兩個鋪位，船上的乘客多半都是湖北老鄉也參雜一些他鄉人。在船上不是睡覺就是吃飯實在無聊，於是毛毛、大妹跟我把鋪位上的棉被推到張阿姨鋪位上，自己的鋪位做起舞台來：先是演話劇，都是臨時未經大家商量編出來的，大妹演夫人，毛毛演先生，我演老媽子或男傭人。大妹自小活潑可愛，毛毛傻乎乎也很有表演天才，一場演下來轟動左右，鋪位上的乘客掌聲不斷。於是接下來的幾場幾乎全艙的乘客都來捧場。我們大概一天演出三次，每次節目不一樣，其中一場是歌唱：大妹唱的是〈蝴蝶飛〉，邊唱邊跳可愛極了；毛毛唱的是〈義勇軍〉，歌聲宏亮；我那時十歲，童音未變嗓，唱出的女聲比一般少女唱的還甜美。可是長年住鄉下沒有留聲機也無收音機，幾首流行歌曲都是母親帶我去重慶看周璇的電影學的，音調我全記得，就是歌詞許多記不起來。於是我唱了一首《孟姜女千里尋夫》的〈四季歌〉，記不得詞就自己編進去，想不到一曲唱完掌聲如雷，竟然有位先生向他隔鄰乘客說：「中國的歌曲歌詞就是這麼美。」我聽了心中好笑。

在演出的第二天，有一對韓國兄弟自告奮勇也來參加我們的節目，兄弟倆剛好與我們年齡相似，他們唱的都是愛國歌曲，如〈熱血歌〉、〈長城謠〉等，歌聲優美，吐字清楚，也搶去我們不少風頭。帶這兩個韓國孩子乘船的只有他們的母親，這母子三人說得一口標準國語，不是他們自己報出國籍，你會百分之百認為他們是中國人。有次張阿姨與那位韓國夫人聊天，她說早在一九一〇年日本以強大武力就把朝鮮半島給併吞了，在一九一九年韓國獨立人士舉行大規模示威運動希望得到國際上的支持，不料日本政府派軍鎮壓，殺死了八千多名韓國人士，數萬人受傷並抓捕數萬名人士放進死牢，許多獨立人士紛紛逃往中國及蘇俄遠東地區。她那時才十八歲，便與同學逃到中國黑龍江；同年，在上海韓國臨時政府宣布成立，並受中華民國政府保護。在黑龍江待了四年她便遷往上海，不久她認識了一位白俄女孩子，經她介紹她到一家電影院做收票及帶位工作。在一次偶然機會裡遇到在韓國時的一位男同學，兩年後他們結了婚，在中日戰爭爆發後他們帶著兩個在中國出生年的幼孩子隨著政府遷往重慶。她並說許多在韓國的青年被日本軍閥強迫當頭陣的衝鋒隊到中國去作戰送死，許多善良的韓國婦女一批批被迫送到中國做日本軍人的性奴。他們的孩子一直受的是中國教育，因為這兩國的文化太接近了。現在戰爭結束了，他的先生上月已經去了北京，等他們在武昌坐平漢鐵路到北京會合後，便預備去韓國看看離別數十年未見的親人及故鄉。張阿姨這才明白為什麼韓國人恨日本人比中國人恨日本人還要深。

經過數日的航行，船終於接近江漢關碼頭，船上一片鬧哄哄，有人在打點行李，有人在互相道別，有人興奮地哭了起來。八年了，當我離開這兒時才兩歲，一切都記不得了，看到岸邊的大馬路那麼寬敞，一排排高大建築物，心中感到十分新奇。爸爸媽媽到碼頭來接我們，爸爸媽媽坐的是部小轎車，父親的副官開來一部吉普車來載我們。父親要我跟他們坐，因為我是父親最得寵的孩子，數月沒見他一定非常想念我。

我靠在父親的肩膀上，一路上我東張西望充滿好奇心，不久車在一幢宛如大古堡的門口停下。我下了車簡直不敢相信有這麼大的房子，父親說這是保安大樓，從江漢關到這兒一帶建築物都是德國人遠在中日戰爭以前造的，保安大樓現住有百來戶人家，我們只是暫住這兒，接收來的房子現在住的是過路回湖南的潘經堂先生全家，汽車也是臨時調用來的，等搬家後我們會有自己的汽車，我聽了十分興奮。

我們要坐電梯上四樓，守電梯的是一包頭的黑印度人滿臉鬍子，我是第一次看到包頭的印度人又是首次坐電梯，神經來得十分緊張。到了四樓走了幾步路就到了我們住的房間，父親打開門，黑壓壓長長的走廊上只有一盞小燈非常恐怖。在走廊走了十來步便是我父母臥房，因靠街面加之有落地窗，光線充足，落地窗外是一涼台。從父母的臥室前方再走十來步是一大飯店廳，雖然沒窗戶但屋頂很高有一小天窗所以還有一點弱弱的光線射進來。飯廳出來右邊直走經過一間迷你小房是聽差老袁睡覺的地方，再走十來步便是我們的房間，房間很寬敞但四面沒窗戶，日夜得開燈否則什麼也看不見。房間裡面放了幾張大床，進大門的右手邊是一小廚房也是四周無窗黑壓壓的一片。

大約過了三四天母親及張阿姨帶我們去逛街，才過馬路沒有走幾步碰到在船上鄰鋪的沈先生。沈先生大概有二十六七歲，人很和藹，在船上時非常喜歡我，常常抱我摸我小頭。我們兄妹看到他興奮地跑過去抱住他，張阿姨笑笑地給母親介紹。媽媽看這人很斯文又正派，心中感慨可惜太年輕了，否則配配張阿姨倒是不錯，那年張阿姨已有二十九歲。正當我們跟沈先生談家常時，後面來了七八名穿著日本軍服日本兵，忽然從對街跑過來一名中國軍人，從腰部抽出自己的皮帶，朝著這一批日本兵猛烈地抽打，這些日本兵沒有一人還手，直直地站在那兒由他打。我問沈先生為什麼他要打這些日本兵，沈先生嘆口氣說這是國恨家仇也是做亡國奴的悲哀。那時在武漢的日本兵還未完全送回日本，此後在路上經常看到中國人在打日本兵。這些日本兵都是站在那兒任人打沒有一人反抗，我想他們也知道在日本侵華期間殺害了多少中國人，使多少人家破人亡流離失所，這種血仇是永久洗不清的。

大約兩週後我的外祖母及大哥從上海來了，大哥是六歲到外婆家，中日戰爭爆發，便與我們分開了，他們這次來是來與我們長住。這是我第一次見到他們，大哥小名叫大寶，比我大四歲，瘦瘦高高但很結實，褐色的皮膚配有一張秀氣的臉，身穿一件藍色長衫。外婆那時六十來歲已是老太婆打扮，大大眼睛雙眼皮，在一般老太婆中那雙腳算是很大的，她不像我想像中的那種老太太細聲細語文文靜靜的，她的力氣大，嗓門也大，而且只會講寧波話，故與她交談實在有點困難。

大哥初到時感到很陌生，但過了一兩天也就玩在一起了，他帶來一個網球拍，那是二舅留下的。從照片及媽媽口中知道二舅是一美男子，身高六尺，寬肩窄腰，面如冠玉，不知迷倒多少女孩子。他是外婆的寵兒，不幸二十八歲便過世了，這對外婆打擊很大，八年抗戰她失去了大兒、小兒、二女兒及丈夫，唯一留下的寵兒又走了，於是她開始喝酒來麻木自己。我們每天抱著那球拍跑進跑出，像得到寶貝似的。有時我們跑到爸爸媽媽臥房前的涼台上看到包頭的印度人走過便合夥大叫「哈囉」，有時得到迴響便拍手哈哈大笑。

有一天漢口的一位政要請我父母在一家著名餐廳午餐，作陪的都是武漢名流。因為父親每次出門口通常帶我去，這次不能帶我去，我吵著要去，與父母糾纏很久。母親看看手錶說要走了否則遲了不好意思，外婆叫大寶把我抓住，並且大聲用寧波話罵我，父母這才脫身走了。我在地上滾著哭，心裡開始懷恨外婆及大寶。大約五分鐘後，大寶去上廁所，我趁外婆不注意，跑了出去，只聽到外婆在後面叫：「大寶，趕快出來去追！……」跑出大廈，我認識那餐廳離此不遠便往前直奔，只聽到大寶在後又吼又叫。剛跑到餐館門口被大寶追上了，他緊緊抱著我一直說：「你不能進去！」掙扎很久，大寶終於說：「我進去告訴爸爸一聲，他說你能進去，我出來帶你進去，他說不行，你就跟我回家。我發誓一定把那網球拍送給你。」我想想便點點頭。大寶進去一會出來說：「不行，裡面有許多警察還帶著槍滿臉凶相。」我聽了只好跟大寶哥回家。

回家不到兩小時聽到門開了，接著聽到母親發怒的聲音說：「東皋，這孩子被你寵得不像話，在這麼多人面前大寶衝了進來，弄得大家莫名奇妙，我的臉都沒地方放，你非狠狠打他一頓不可。」父親沒作聲，當他看到我很嚴肅地對我說：「胖胖，到涼台來，爹爹有話跟你說。」我心裡有點害怕，低了頭慢慢走到涼台。父親問我為什麼鬧事，我回答說我肚子餓不想留在家裡吃外婆煮的麵疙瘩，都吃膩了。於是父親告訴我在有些場合是不能帶我去的，他很有耐心地舉了許多例子解釋給我聽，我點頭說下次不會了。父親望望臥房看母親不在，去跟外婆談話去了，於是父親在臥室裡找到一根竹尺，叫我進來伏在床上，我嚇得發抖，不料父親卻小聲說：「當我打枕頭的時候你就大哭大叫。」我點點頭。於是父親用力打枕頭，我便又哭又叫。父親用棉花在茶杯裡沾了一點水抹在我臉上，叫我可以哭小聲一點了，並在我手中塞了一張鈔票，他在我耳邊輕輕說：「肚子餓了吧，到街上去買點吃的。」不一會母親走了進來，看我哭喪的臉說：「早就該打了。」我不理她轉身跑了出去。在保安大樓對街有一賣熱乾麵的攤子，我買了一碗吃得津津有味。

日子過得很快，轉瞬外婆、大寶來了將近三週。有一晚在臥房裡因無聊便與大寶哥面對面你推我一把、我推你一把鬧著玩。忽然之間有一大手掌，像是西方人被切斷了的手掌出現在我們兩人之間，只有幾秒鐘，嚇得我及大寶直往後退，後來告訴在房裡縫衣服的外婆，只聽她說：「不要亂說八道，快去睡覺。」不久一天，肚子脹得難受，我便跑去飯廳旁的廁所關了門大解。不一會門自己開了，我很是奇怪，這兒四周無風怎麼門會被吹開？於是站起來把門關上。可是不到幾分鐘門又開了，於是我大罵：「毛毛，你不要搗蛋，小心我捶你！」拉上褲子跑出來，屋裡靜靜的沒有一人。我跑到臥房問外婆，外婆說毛毛跟大寶去江邊玩一直沒回來，頓時使我感到十分奇怪。

不久聽差老袁及兩位工人忙著在家搬行李，因為暫住的潘家早上已上船了，下午就要開航去湖南，所以房子已空了出來。父親接收的房子家具齊全，但一架大鋼琴被潘家帶走了，父親沒有追究。我跟父親隨行李早上跑到新居去，不久潘先生來向父親道辭，他說：「東皐兄，你們在保安大樓有沒有見到異常現象？」父親滿頭霧水說：「沒有呀！」潘先生說在他們住在那兒的時候，有一天女傭人端了一盤菜去飯廳，才進門見到一個血淋淋的人頭在地板上打滾，她被嚇得大叫，盤子也丟了，第二天堅持要辭職。父親睜大眼睛說：「多麼可怕的事！」潘先生又說因為我們住在那兒所以沒有告訴我們，我在旁邊聽了嚇得伸伸舌頭，想到那隻大手及廁所門自己開了的事，只覺得全身發抖。

我們終於搬到黎黃陂路九號父親接收的房子。房子是三層樓的紅磚房，從街面到大門要爬一段石階，因為這一帶過去是法租界，因此房子都較為整齊講究。房子中的陳設十分西化。進門後右邊一間是客廳，內有一張真皮的長黑沙發及一張二人坐的沙發和小沙發，有取暖的壁爐，壁爐上面的牆上掛了一張靜物的油畫。緊接爐子上面有一窄架子，放有一把朋友送給父親的日本武士刀，抽出刀把可看到隱隱的血跡。進門左邊有一長廳，面積很大，有藤沙發及幾把藤椅。客廳只是父親接見政客用的，我們極少進去，家裡的人及普通客人通常都擠在這大廳裡，如果父親有朋友來家吃飯也就在這長廳。大廳前面面臨大街是兩面有大玻璃窗的小房，光線充足，裡面放有一張長桌、書架及幾張木質的靠背椅。在這長廳右邊是一臥室，是給遠道訪客用的，臥房帶有洗手間，旁邊有樓梯下一樓。緊貼客室門口右邊是上三樓的樓梯，大概有二十來步階梯。三樓有父母臥室，有書房、儲藏室、洗手間及中型的客廳，有時父親也在此接待訪客。記得剛搬過去時，父親特別叫我進他房間，他指著床頭左邊牆上一個黑黑的按鈴說：「胖胖，家中的孩子只有你敢進爸爸媽的房間，但你千萬不能碰這牆上之按鈴，否則警察就馬上來了。」當時我真不懂為什麼要有此一裝設，但我很聽父親的話，從來沒有碰過它。一樓也是底樓，地勢上外面的馬路與窗戶幾乎平行，走到一樓後面卻與後街平行，所以房子前後地勢有高低。底樓左邊前方有一與長廳一樣面積的大臥房，裡面放有五張大床，外婆、張阿姨及我們這群孩子統統擠在裡面，臥室側面是一小臥室是給奶媽及傭人用的，底樓後半部右邊是一長型廚房，右邊是飯廳，飯廳後面有傭人的臥室。

家中的傭人除了廚師黃道統外，有專門接待客人的老袁。老袁河南人，雖然個子瘦小但非常靈活、精明，口才好，善於察言觀色，據說當年在北方是在一位軍閥家幹過活，故經驗豐富，來見父親的客人都要先經過他這一關。他知道哪些客人要在大客室見，哪些要在樓上單獨小客室見，哪些客人可能對父親不重要便借理由回拒了。母親有牌局時他更是把每個牌友招呼得無微不至，泡茶、遞煙、上點心、送熱毛巾擦臉，因此打牌的太太們個個欣賞他。記得有一次有位太太坐久了腳有點腫在那抱怨，他聽到了馬上找來一隻小板凳讓她搭腳，所以這些太太們不論輸贏都賞給他一個紅包，因此他每月外快也掙了不少。他那時單身，大約有三十七八歲。另外有一小聽差叫彭長青，十八歲，是專門跑腿的，家裡臨時要買什麼東西都叫他去買，客室的清潔、掃地也由他負責，留了一個小平頭，皮球臉，到底年輕，每天嘻嘻哈哈十足孩子氣。不久家中又用了一個陳媽，四十多歲，是個寡婦，原本跟兒子住一起，因跟媳婦合不來，慪氣出來幫傭，她的任務是洗衣服、打掃臥房。外婆老是抱怨她床單洗得不乾淨，她向張阿姨訴苦，張阿姨勸她忍耐一點，她會報告給太太的。

不久父親公司配給他一部汽車，司機是位日本人叫金山，人非常和藹，見人就笑，每次父親上下車他都跑過來開門然後深深一鞠躬。他很喜歡我，常常抱我教我唱日本歌，幾十年過去我還記得他教的那首〈滿洲姑娘〉。他在中日戰爭以前因嚮往中國，便來到漢口，還娶了一位中國老婆生了兩個孩子，可惜不久中國政府下令，日本人全部要送回日本，他向母親表示他願留在漢口，何況他還有一個家。母親曾向父親要求能不能設法把他留下，聽說對街的鄭先生已把他的日本司機留下來了，父親嘆了口氣說：「我是政府官員，不能不守政府規定。」記得在他走之前，他把從日本帶來的一面鏡子送給母親，滿面淚水地來辭行，我看了真是難過。這麼一位熱愛中國的日本人，由於日本軍閥戰敗不得不拋下妻子與孩子孤零零地回到日本。

那時父親的職業是漢口湖北應城石膏公司董事長，除了工廠在應城外，漢口公司是專門管業務。公司坐落在漢口街，是座三層樓老洋房，大門有兩根大柱子，房間頂上四角都有石雕，很像《亂世佳人》電影裡的房子。一樓是職員辦公室，二樓有父親獨有的辦公室，辦公室後面是父親休息室，布置得好像是豪華的臥室，辦公室側面出來是可容納一兩百人的大廳，大廳後面有兩三間房，是工友的休息及儲藏室，三樓是單身職員的宿舍及一位石膏雕塑藝術家的工作室。張阿姨除了住在我家幫忙母親照顧家務外，白天也被安排在公司做出納員。

父親每次進出都有兩位年輕的保鏢，一位叫汪連城，一位叫郭茂盛。汪連城單身，就住我們對街青年會的樓上，為人穩重，身體強壯，可能會多國語言。記得有一次他帶我去三教街一家白俄開的麵包店吃咖啡，老闆是肥大的蘇俄人，男招待員是一對中俄混血兒，會講流利的漢口話及俄語。

咖啡端來後汪向招待員說要多點牛奶，招待員馬上又去端來小半杯牛奶，胖老闆看到了就用俄語囉嗦那招待員，汪連城聽到就對那招待員說：「叫你老闆不要囉嗦，這半杯牛奶我還付得起。」那招待員用俄語回他老闆說：「你不要再講了，客人懂得俄語。」胖老闆馬上鴉雀無聲。郭茂盛人長得瘦瘦高高但很結實，不過太過流氣，也曾經有追舞女弄得桃色新聞見報紙的紀錄。汪連城很受家人歡迎，郭除了做保鏢外很少在我家停留。

不久父親買了一部墨綠色道吉牌轎車，那時在漢口可說是第一部，開上大街行人往往立足而觀，許多親友有子女結婚都向我們借汽車，以撐排場。記得漢口有位女票友號稱「金嗓子」陳蝶丈夫也頗有地位，往往出客什麼顏色的汽車搭配什麼顏色的衣服，為了要出席一個重要宴會，向父親借了車做了一件翡翠色的長旗袍來搭配，果真出盡了風頭。自從日本司機走後，父親的司機是父親一位部下的弟弟叫蔡德三，瘦瘦高高的很斯文，雖然沒念過書也頗有點氣質。每當晚上九點、十點鐘時他都叫我去問父親還要不要用車，如果不用車他就可早點回家，因此常常買點泡泡糖來討好我。

家薪哥是父親二哥的大兒子，因為家中貧寒，十六歲被送到重慶讀書就由父親教養，人很忠厚，跟母親很談得來。母親常向他述說中國式婚姻的不合理，她多少也受了些影響。中日抗戰勝利後他回老家探望父母，四嬸催他趕快與從小訂了婚而未見過面的女孩成親，他堅持不肯，四嬸哭得死去活來。有天他拿了行李不辭而別跑到漢口來投奔父親，他考進一家當地的中學就一直住在我家，爸爸媽媽就把他當自己孩子一樣看待。

家中常來的人物有政客、鄉親及父親領導的三位部下，他們是夏學周、周世川及蕭濟生。夏為人沉默寡言、斯文，很有書生氣，對父親十分敬仰，父親寫給他的每封信他都留起來，從大陸帶到台灣，當年他追求嬸嬸周菱珩是在父親鼓勵下並替他做智多星。周世川是嬸嬸的弟弟，能說善道，長相不錯，風流倜儻，也鬧過不少桃色新聞。蕭在三位中長相較差，戴眼鏡度數很深，但身材瘦而挺拔，為人溫和，是聊天好對象，忠心耿耿，並且寫得一手好字。父親對他們都很器重。除了他們之外有位姓蔣外號叫「蔣瘋子」的軍人，大約有五十來歲，每兩三天就來串門子，心直口快，口無遮攔，好像把我們的家當自己家一樣，要來就來，要走就走。再就是湖北元老，曾經做過中國駐義大利大使的劉文島先生，那時他大約五十來歲，為人慈祥，總是面帶笑容，長得也像聖誕老公公，不知為何一人住在中國，太太及孩子都在美國。有次他把他大女兒在美國某大學當選大學皇后的照片給我們看，臉上充滿驕傲的神色。

第十七章　漢口時期

抗戰勝利後我們回到漢口，最令爸爸媽頭痛的事就是小孩上學的問題，幾乎每家公立中、小學都客滿沒有空位。記得有次張阿姨拿了父親的一封介紹信帶了我及毛弟到一家公立學校去見校長，看看是否有機會進入他們的學校。哪知到了辦公室那兒竟有上百的人帶了孩子手上拿著介紹信要見校長，也不知校長嚇得躲在哪兒去了，鬧哄哄的一團。我們在那人群中擠了兩小時，張阿姨忽然頭痛得厲害只好帶了我們回家。後來父親有位朋友與後花樓區的國民小學校長很熟，於是寫了一封介紹信由張阿姨帶我及毛弟去見校長，這次倒是見到了校長，校長讀完信說：「這小的讀二年級我可能可以擠一個進去，這大的一個進四年級可能幫不了忙，班上擠得連走路地方都沒有，老師一直在抱怨。」於是毛毛被接受了，張阿姨也替他註了冊，次日來上課，我垂頭喪氣地跟著張阿姨走出校門。

大概走了不到十分鐘看到有家店面掛了一個招牌「私立三民小學」，張阿姨好奇地停了下來，想了一下便去敲門。門開了是一大廳，裡面有一排排長桌及長板凳，坐了有四十來個小孩子。開門的男士大約三十五六歲是老師，他的太太是校長。這四十個小孩年紀不一樣，所以分成三組，由同一個老師每組每節課教二十分鐘，然後再教下一組，這組就自習或練書法。上午上課從七點半到十二點，教的課程是國文及數學，下午一時到三時，下午多半是美術及音樂課，學費每學期交一次。張阿姨跟那位老師談了一陣，便對他說：「假如這孩子的父母同意，明天我就送孩子來上課。」回到家後張阿姨告訴了母親學校的事，母親知道這三民小學是沒有註冊的私人辦的學店，心中不大滿意；不過她想了一想，現在一般學校都開學半個多月了，這三民小學與毛毛的學校在同一條巷子內，兩人上學有個伴，就暫時讀一學期再說。自此以後我與毛弟每天大約要走半小時到學校去上課。

學校在後花樓側面一條小巷子內。這後花樓區可說是漢口最熱鬧的商業中心，除了有大江南北各種不同餐館，又有皮鞋、服裝店、中藥店、雜貨店、五金行等，可說包羅萬象。往裡走有新鮮水果、菜攤子、糕餅店，我與毛毛每次上學最留戀的是那畫糖人的小攤子。一塊鐵板，畫糖人用一小鐵茶壺裡面裝有熱滾滾的糖漿，用壺嘴快速倒在鐵板上，畫出各種不同的人物和動物，我們最喜歡的是看他畫孫悟空、豬八戒及關公，看著看著往往忘了時間，因此常常上學遲到被老師處罰。

記得第一天上午上課很輕鬆，老師叫我們自習時，尤其坐在後面的學生都低了頭小聲聊天。下午上課時校長帶來一位年輕的女子，替我們介紹這是新來的音樂、美術老師周老師。本來這兩門課由校長自己教，因為有四個月身孕，體力吃不消，便請來一位新老師。我仔細看看，這新老師不是夏叔叔的小姨子嗎？我的天呀，這夏家小姨子外號叫「傻大姐」，十四歲個兒比二十歲的人長得還高大，因為不喜歡讀書，每天唱流行歌曲，故小學畢業就沒升學，怎樣做起老師來了？雖然我們見過兩次面，大家裝著不認識。第一天她教的歌是〈何日君再來〉，她先試唱一遍給大家聽，然後她再唱一句我們跟著唱一句，於是她張開大嗓門高歌起來：「好花不常開，好景不常在……今宵離別後，何日君再來……。」幾位調皮的學生竟捂著嘴嘻嘻哈哈地笑個不停。

回到家中，蕭叔叔正與媽媽在大廳中聊天。媽媽問我第一天上學情況怎麼樣，於是我把夏叔叔小姨子是音樂老師的事告訴他們，蕭叔叔笑得頭都抬不起來，過了一會他說：「真是誤人子弟，在學校裡怎麼唱起流行歌曲來了！」媽媽聽了也直搖頭。一學期很快過去，檢討起來實在學不到什麼東西，加之毛毛又留級，於是父親決定不要我們繼續出外上學，預備請位家庭老師來家嚴格教學，次年再去公立學校考插班生。

剛好那時有位叫熊廷帆的年輕人託父親替他介紹工作，父親跟他說：「找工作機會是有，但要等，多長時間誰都不能預料。我正需要一位家教教我兩個孩子念書，一個是八歲，另一個十歲，是從週一到週六整日上課，你如果願意，下週一開始。這段期間你如果找到好的工作隨時可以辭掉。」那位年輕人想了一會終於答應了。

第一天上課是在大廳旁邊的小房間上。這位瘦瘦中等個兒的老師，上午的課是教國文，他先教毛毛，叫我寫一篇文章〈我的家庭〉看看我程度。寫了一行字，我跟老師說要上廁所，老師說：「快去快來。」我便跑到大街買了兩支棒棒糖，嘴裡含著棒棒糖回來後給了一支給毛毛。老師見了生氣地說：「你不是去上廁所？怎麼去了這麼久！上課不准吃東西，收起來，要專心！」我不理他照吃。老師叫我給他，我瞟了他一眼順手丟進桌子旁邊的字紙簍，老師氣得臉紅。老師教完毛毛的課，轉過來教我，那天的課程是岳飛的故事。這位老師有強烈的口臭，熏得我發暈，老師講了一半我轉身跑走了，我去告訴媽媽說：「老師口臭，我不要上課。」媽媽說不行，又把我送回到老師那兒。我只好憋著氣讓老師講完課，可是一個字也沒聽進去。下午老師教數學，腦子裡東想西想根本沒專心聽老師的講課，放學後老師交代所要做的作業，明天他要考我們。他走後我跟毛毛好像犯人被釋放，跑到大街去玩，把老師交代做作業的事忘得一乾二淨。

第二天老師很早就來了，我與毛弟還睡眼惺忪地坐在椅子上，老師說：「把作業交上來。」我跟毛毛互相望望不作聲。老師又重複一遍，我說：「沒做。」老師氣得拍一下桌子說：「老師交代的話你們不聽，現在考你們數學，如果做不出來一定要處罰。」說完便從公事包拿出兩份考卷，我跟毛弟一題也做不出來，望著試卷發呆。熊老師在埋頭整理今天的教材，大約過了三十分鐘，熊老師停下來說：「把試卷交上來。」老師先看毛毛的試卷，不但全部做錯還在試卷上畫了一隻小狗在追母雞。老師氣得發抖，從公事包拿出一根戒尺，叫毛毛站起來把手掌張開，於是重重地打了五下，痛得毛毛把手夾在兩隻大腿間一直摩擦，我看到嚇了一跳。老師接過我的試卷看看也直搖頭，因為四題中只做對半題。老師叫我把手給他，我不理他。老師過來抓我的手，我往後躲並朝著他說：「我爸爸都不打我，如果你敢碰我，我會告訴爸爸把你開除。」老師氣得跑過來一把把我抓住，按在他的大腿上重重不停地打，我像殺豬似地又喊又叫，媽媽、外婆都跑了過來，熊老師這才停下來並且告訴母親一切發生的事。哪知媽媽不但不護著自己的孩子，還向老師道歉說：「這兩個孩子這一年沒有好好念書，心玩野了還沒收回來，老師辛苦你了，不好好用功是該處罰。」

由於得不到母親的支持，父親又不在家，那天老師教課我和毛毛不敢再怠慢，十分專心聽老師講課，晚上自動拖了張阿姨輔導老師交代之作業。所以那時張阿姨除了白天在父親公司做出納員，又身兼母親女祕書、家庭護士及保姆頭子；十三歲離開了她就沒有再見過，她是我一生中非常想念的人。次日，熊老師看了我們的作業十分滿意。月中考試毛毛得了七十五分，我竟得了九十八分，老師高興得送了我及毛弟一人一盒蠟筆。自此之後我們學業突飛猛進，老師教得也更有勁。

可惜他教了七個月後找到一份理想的工作，不得不辭去家教工作，但他介紹了一位他的朋友陳子同先生來繼續教課。這位陳老師據說有大半年找不到工作，個兒高高的，非常保守，每天穿件藍長衫、黑布鞋，手提一個白布包包，家住在武昌，有兩個年幼孩子。他要每天清晨六點鐘搭輪渡趕來教課，下午四時下了課又搭輪渡趕回家，大概每天有四小時花在路上，十分辛苦。我跟毛毛看他人老實，所以常常在做作業上跟他討價還價，他也不生氣也沒處罰過我們。大約兩個月後，張阿姨帶我們去三教區國民小學考插班生，當我們看了試卷覺得太容易，這才知道熊老師給我們上的課遠超過同年級範圍許多。不久接到通知，兩人都考取了。我報考四年級，因為考試成績國文九十五分，數學一百分，加之四年級名額已滿，把我跳班到五年級。自此以後我與毛弟結伴上學只需走路十分鐘，我們也就再沒有見到那位可憐的陳老師了。

圓圓是我的二妹，是在一九四三年農曆正月初一年出生故取名圓圓，一雙大眼睛，白皮膚，活潑伶俐，開口很早，小小年紀就能察顏觀色。外婆一向重男輕女，但對圓圓愛之有加，一來很少聽她哭過，再者會拍外婆馬屁。外婆累了躺在床上，她會跑過來用小拳頭替外婆捶背，常常抱住外婆親她的臉，又對外婆說她長大了要賺很多錢給她，這樣的小孩外婆又怎能不愛呢？故每天早上外婆都要親自餵她吃早飯。外婆又會用縫衣機，別的孩子都不管，一連替圓圓做了好幾件新衣服，故圓圓親外婆程度遠勝過親生母親。母親此時一來交際、應酬多，家中又有外婆、張阿姨及傭人看顧孩子，故與孩子們相處時間不多，跟在抗戰期間每天守著孩子的生活完全不相同。

有一天父親的朋友請我們全家到一家餐廳吃飯，爸爸媽媽只帶了我、大妹及圓圓。這餐廳中有一塊大舞池，我們必須經過舞池到靠牆裡的餐桌，地板打了蠟很滑，父親牽了圓圓走在前面，大妹、我及媽媽手牽手慢慢跟著走。忽然圓圓腳站不穩滑下去了，父親一急用力把她拖了上來，可能傷了筋骨；第二天她告訴外婆說她背痛，外婆很有耐心替她按摩；從此以後這個天真活潑的孩子失去了笑容，她整天皺著眉頭不哭也不講話，飯也吃不下，人變得又瘦又黃。外婆急了，請了一位中醫來看，也不見好轉。不久她背也撐不直，在背面的脊椎骨中間有紅腫的一塊，並有腐爛的症狀，於是送到一家醫院診治。經過醫院檢查，發現有結核菌已跑到脊椎裡去了。醫生還問家中是否有肺結核病人，母親想了好生奇怪，她忽然想起來了，在她出生不久李嫂一直照顧她，李嫂人很瘦也經常咳嗽，可能有輕微肺結核，這結核菌大概潛伏在圓圓身體裡有段時間了。那時特效藥不發達，醫生說很難治療，但她必須住院。於是外婆帶了日常洗臉的用具，整理了一個小包包日夜守在她床邊，母親應酬多只是偶爾去看看。半個月過去了，病情似乎愈來愈嚴重，圓圓每天皺著眉頭，有時痛得發抖，但她從來不哭不叫，只是微微呻吟，連照顧她的護士都不敢相信有這麼勇敢的孩子。她似乎知道她不能哭，否則會更令外婆傷心。有一天她吵著要外婆抱她，外婆只有小心翼翼地把她摟在懷裡，她把眼睛睜得大大的一直盯著外婆。大概過了半個小時，外婆對她說：「圓圓乖，閉上眼睛睡睡。」過了一陣，她對外婆微微地笑笑就閉上眼睛。外婆見到非常緊張，她預感會有什麼事情發生，因為有一兩個月時間她都未見圓圓笑過。大約到了中午時刻，她躺在外婆懷裡就沒有再醒來過，靜靜地走了，年方三歲。

母親吩咐老袁去處理圓圓後事，也不知是寧波人還是湖北人的風俗，年紀太小的孩子走了不能下葬土中，因此老袁買了一個小棺木裝了圓圓身體放在一個郊區的曠野的草地上，回家後他還告訴我們附近有條野狗在那徘徊，他用石頭摔牠把牠趕走，我聽了心中一直納悶，誰能擔保這野狗不再回來呢？

圓圓走了第二日早上，見到外婆淚汪汪地把圓圓的衣服、鞋子包在一個布包裡，然後鎖進一個樟木箱中，我想她是不願再見到這些令她傷心的東西。這段期間外婆也不大講話，常常獨自喝悶酒，喝完酒就找著傭人罵，吵得傭人們都向母親訴苦。母親見情況不對，有天對外婆說：「老哈也一歲多了，晚上就跟妳睡由妳照顧他。」自此之後外婆把全部精神放在老哈身上。老哈人長得憨憨的非常可愛，也是一個小馬屁精，常常摸外婆臉說：「妳好漂亮。」外婆高興得每天早上餵他吃皮蛋稀飯。有天老哈中暑人抽筋暈了過去，外婆抱著他緊張得直哭，張阿姨、傭人們都跑了過來，有人替他捏人中，也有人替他擦萬金油，也有人餵他雜古菜（藥名），果然過了一陣他醒過來了，大家才鬆了口氣，自此之後老哈更成了外婆的精神寄託。

在我們搬到黎黃陂路不到一個月，父親請人在去三樓的樓梯上裝了一道鐵門，到晚上父母親睡覺時就上鎖。那時我真覺得奇怪為什麼要裝鐵門，父親、母親的臥室牆上又有警鈴設備，父親的保鏢汪連成又為何剛好住在我家正對面的樓上，他的臥室窗子正對著父親的臥室，父親每次出門、上車為什麼要有兩個保鏢帶有手槍一前一後向前邁進？經過許多年後我才知道父親是華中區特派員，是該區的特務頭子，是屬於中統單位的，湖北應城石膏公司董事長只不過是用來掩護身分。那時他的幾位好朋友都不知道他確實的底細，除了石膏公司外有許多娛樂機構也都是父親手下用來做掩飾的工作地方。

不久在離我家不遠的地方開了一家叫新生社的聯誼中心，該社經理特邀母親開張那晚去剪綵。母親那天做了頭髮、化了妝，穿了一件寶藍色織錦長旗袍，外罩白色短披風，白高跟鞋、白皮包、白手套，耳綴白耳環，真是雍容華貴，風華絕代。那天晚上父親、母親只帶了我及大妹去參加，當我到達那兒剛好八點鐘，該社經理及便衣警衛早已在門口迎候，經理打前引導我們入場，這時裡面黑壓壓的早已坐滿了人。樂聲響起，許多父母親認識的朋友都過來打招呼，我們被安排最前面中間位置，場地很大可容納四五百人，那天晚上當地的顯要、貴婦來了不少。在坐定後經理上台講了幾句短短的歡迎詞，並介紹從上海重金聘來的十人大樂隊及歌星張露，接著宣布開幕並請湖北應城石膏公司董事長熊東皋夫人剪綵。這時母親站起來風度翩翩地走到舞台前面，笑容滿面地把綵帶剪斷。到場記者很多，燈光閃閃搶著拍照，樂隊響起，客人紛紛都站起來鼓掌，外面也響起鞭炮以示慶祝。這是母親一生中，最光彩的一刻，留給大家深刻印象。記得多年後邵華老伯的公子友中見了母親還讚美說：「熊伯母，那晚新生社開幕，妳身著白披風進場，宛如好萊塢大明星駕臨。」的確母親的美麗不知受到多少人的讚揚。次日武漢各大報紙都有登載母親為新生社剪綵照片、新聞，並把母親形容得像皇后般高雅華麗。

新生社開幕後每晚客人爆滿，除了樂隊夠水準，主要是歌星張露的歌聲吸引了不少客人，把幾家職業舞廳生意搶了不少。那時她才十九歲，初入歌壇，姿色平平，是實力派的歌手。記得新生社開幕那晚她身著米色套裝，不施脂粉，當她唱了第一首歌〈夜來香〉，她那明亮的歌聲驚動全場，接著第二首歌〈海燕〉更是餘音繞樑三日不絕。他們的合同原只有三個月，在經理一再要求下又延續三個月。由於上海早已簽約的夜總會一直來催，他們不得不離開漢口回到上海。不到半年張露紅遍上海，在百代唱片公司簽了約並灌了第一張唱片。她的歌曲〈給我一個吻〉輕鬆活潑，風靡全中國，那時她在歌壇的地位已逐漸與當時的歌后姚莉並駕齊驅。

新生花園坐落在我家大馬路的頂端，占地廣大，有室內歌廳、露天舞台、陸地滑冰場、藝術展覽室及文物陳列館、照相館，裡面也有賣手工藝的小販，是當地老百姓通常娛樂消遣的地方。父親寵我，替我買了一雙溜冰鞋，故我、大寶哥及毛毛弟常去新生花園遊玩、溜冰。那個時期最使我們做孩子羨慕的是空軍，小夥子們不但個個身材標緻、衣著時髦，長得又帥，是女孩子追求對象，因此他們身邊的女朋友個個如花似玉。他們很喜歡溜冰，那種玉樹臨風的風采怪不得令許多年輕女孩子著迷。有次在溜冰場也看到了後來從事電影工作的黃曼，她那時才十四歲已交上了一個很帥的空軍哥兒。

這都市的生活雖然像是一個花花世界，但閒暇時我仍懷念著童年生活的地方。那青山綠水，新鮮的空氣，清晨的雞啼，拉牽人的歌聲，寧靜的山谷，盤旋在高空的老鷹，開滿野花的山坡，那像金沙蔓延的沙灘，可是在這兒已看不到，也聽不到，放了學和假期，這新生花園是我們這群孩子唯一打發時間的地方。夏天到了新生花園的室內歌廳就移到露天舞台舉行，表演時間多半是晚上六時開始，我們溜完冰常常坐在場邊聽免費歌唱，表演歌手大約有五六位，程度參差不齊。有一位來自上海的歌手名叫黛華是台柱，在上海因競爭大只能算是二流歌星，可是到了漢口，一來競爭小，再者人長得漂亮，雖然歌聲不是很出眾但也勝過一般本地歌手水準，因此歌廳大半的客人都是衝著她而來。歌星的收入完全靠客人點歌的成分與價碼而定，例如客人出一元錢點歌叫「一打」，十元錢叫「十打」，那麼歌手要分一半給歌廳，自己只能賺五元，歌廳另外部分收入就是客人付的茶水錢，這樣的分帳說來也還算公道。

有天任職武昌鐵路局局長的匯東叔帶了新婚十七歲的新娘子及前妻生的小兒子來我家陪母親搓麻將。多年前匯東叔在重慶娶了一位青樓紅牌女子，生了一個兒子那年六歲，孩子四歲時離了婚，前妻改嫁了一位軍人，不久他娶了這麼一位年輕的老婆。據說這位新太太過去是在茶館清唱花鼓戲的，由於年紀輕，嘻嘻哈哈像個小孩子，別人在講話又喜歡插嘴，講些無頭無緒的話，常使人哭笑不得。她坐在匯東叔旁邊看他打牌，看了一陣膩了，便跑來拖了我及大寶哥到新生花園聽歌去。我們坐在前排，服務生送來龍井茶，不久樂隊奏起開場音樂，音樂停了擴音器播出聲音：「現在是由沈敏小姐為大家獻唱〈採檳榔〉，點值三打。」一位身材很高、穿白旗袍的女子上了舞台，音樂響起她站在麥克風前面唱起歌來，一副苦瓜臉，雖然抹粉很厚，看來女生男相，雖然歌詞很熟，拍子也準，但聲音低沉沙啞，唱起歌來好像在背書，一曲下來也有少許零碎掌聲，小嬸嬸看看我們一直搖頭。這時鄰座的一位中年客人身著白色綢緞上衣、長褲手拿摺扇，看來頗有派頭，向坐在緊旁邊的一位男士講：「王經理，你們這位唱歌的小姐，姿色及歌藝好像都差了一截！……」只見那王經理只嘆氣說：「處長，做事真難，這位小姐是我們歌廳大牌黛華的鄰居又是好朋友，母親早逝，父親年邁最近又得了肺病，吃飯、看病都得花錢，她是由黛華介紹來的。我也多次向黛華提過，沈敏條件太差，不能再用她了。哪知道她竟發脾氣說：『你們要沈敏走，那麼我就跟著走。』真是叫我騎虎難下！……」那位有派頭的中年人拍拍王經理的肩膀說「好了，就將就一下吧！」哪知小嬸嬸聽了馬上掏出一大把鈔票交給大寶說：「你到前面跟點唱的管理人說，我要點沈敏唱〈鍾山春〉十打。」在一兩位歌手唱完歌後，播音機又播出：「現在請沈敏小姐再度出場獻唱〈鍾山春〉，點值十打。」在場的客人都譁然叫起來了，不敢相信地相互望望。因為大牌歌星黛華客人最多點的也從未超過八打，小牌歌星有四五打已眉開眼笑。這時沈敏又匆匆上台，我望望小嬸嬸，覺得她這樣的舉動非常奇怪。後來我才想通了，可能當年她出來賣唱也是由於家中困境重重，而對沈敏產生了一份同情心。

父親雖然為人開朗豪爽，在某些方面卻來得十分保守。記得在抗戰時期，幾位叔叔像機峰叔、軍峰叔、旁系的四叔那時都只有二十多歲，跳舞成了年輕人的嗜好。當父親知道他們常去舞廳跳舞，有次把他們召來嚴重地教訓一頓，他認為男男女女在公共場所摟在一塊是色情，有傷風化，害得幾位叔叔只好偷偷摸摸去跳舞，誰也不敢告訴。

父親有位朋友是空軍少將，曾在美國讀過書及受過軍訓，並且娶了一位在美國土生土長的太太。有個週末，他邀請爸爸媽媽晚上七時後到他們家中聚會。在中國人觀念中，一般人所謂聚會除了吃點宵夜便是搓搓麻將，爸爸媽媽便帶了我去赴會。原來他們住在郊外，汽車開了好一段時間才到達。下了車真不敢相信有這麼漂亮的大洋房，前面有花園還有噴水池，房子四周有落地窗，樓上有涼台。按了門鈴，主人出來帶我們進入客室。這客室很大，完全西式的裝置。來了不少客人，我們定眼一看，大半客人都是洋人，穿著空軍制服的將領，中國客人寥寥無幾，他們拿著酒杯三五成群站在在那兒聊天。當我們進來剛坐下來時，這些空軍將領都把眼睛集中到我們身上，主人拿了兩杯酒給爸爸媽媽，也給爸爸媽媽介紹了幾位附近的其他客人認識，這時又有新的客人到達，他又忙著去招呼他們。

女主人也很西化，一身洋裝打扮，一口流利的英語，國語講得很生硬，手上捧著一大盤小點心周旋在客人之中。大約過了三十分鐘，男主人站在客廳中央用英語講了幾句話，於是站著的客人紛紛就位，燈光稍稍暗了一點下來，角落上的音響放出優美的音樂，男主人首先帶了女主人下場翩翩起舞，隨著許多客人都下去跳起舞來。這時爸爸媽媽才知道他們來參加的是舞會，由於他們根本沒跳過舞，所以只好靜靜坐在那兒。大概過了一兩個舞曲，突然有一位美國空軍將官跑到母親面前一鞠躬，很有禮貌把手伸過來要請母親跳舞，嚇得母親一直搖手。於是那位軍官又朝著父親講了幾句英語，父親根本聽不懂只好勉強笑笑不停地搖頭。於是那位軍官跑去請男主人來向父親說能不能請母親跳舞，父親向主人說母親不會跳舞。主人跑回去告訴那位軍官，只見他搖搖頭跟男主人交代了幾句話，男主人又走了過來對父親說：「這位泰勒將軍說熊夫人是她所見到的最美麗的中國婦人，假如熊先生能讓夫人與他共舞一曲將是他終身之榮幸。」父親一聽慌了，連忙站起來對主人說：「王先生，我絕不會騙你，我們從來不會也沒有跳過舞。真對不起，請你代我們深深向那位將軍道歉。」男主人過去向那位泰勒將軍講了好一陣話，只見那位將軍很失望地回到座位坐了下來。父親及母親感到十分尷尬，這一晚待在那兒如坐針氈。

次日父親對張阿姨說：「德秀，妳能不能替我打聽一下哪兒可以請到一位教交際舞的老師？」張阿姨聽了覺得好生奇怪，便去問母親，母親就把昨晚發生的事告訴了她。張阿姨低了頭笑笑說：「好，我去試試看哪兒可以找到一位老師。」大概過了一週，張阿姨帶來一位金先生來見父親，那天是週日剛好父親在家。這位先生大概有二十八九歲，中等個兒瘦瘦的，他與父親談了一陣，似乎條件都談妥了，父親問他什麼時候開始，金老師想了片刻說：「原則上我每個週日上午十點到十一點一刻來教，今天就可開始。」父親說：「沒有音樂怎麼教？」他說：「今天只教基本步法，不需要音樂。」老師先示範慢四步的跳法，然後叫父親左腳開始向前走的基本步法。過了一陣，又過來教母親右腳先退之基本步法。當他們基本步法都練得差不多，老師叫他們合在一起跳。首先糾正他們的姿勢及放手的部位，然後老師用雙手打著拍子「一二三四」叫著開始。父親緊張一腳踩到母親腳背上，老師跑過來說：「重來，重來。」我在旁邊捂著嘴笑。這樣練習了好一陣子，練得父親頭上冒汗，但比開始時已經順得很多。老師在走時對他們說：「有空就多練習，熟能生巧，我們下週再見。」老師走後，父親興趣很濃還拖了母親一直不斷練習，我在他們旁邊也跟著學著走四方步。

那天下午父親帶著我到中山大道的一家唱片公司買了一架留聲機，又選了一大堆唱片，多半是周璇、姚莉、龔秋霞和白光的歌曲。有了音樂，這位老師教舞教得更起勁，爸爸媽媽也是很用功的學生，我在旁邊也偷學不少。因此，父親不在家時，母親拖著我練習，父親練習時，母親累了，父親又要我做他舞伴練習；所以，當時我已學會跳男步也會跳女步。那時的社交舞種類不多，只有慢四步、快四步、慢華爾滋（三步）、快華爾滋、倫巴及探戈。但是，倫巴的跳法又與今天大家跳的不一樣，很像這幾年流行之莎莎；探戈跟台灣探戈很近似。這些舞中母親最喜歡的是快四步，而父親最愛跳的是華爾滋，只要有空，只見父親一人在大廳裡開了音樂在那練習打轉。真是誰能想到當年不准叔叔們跳舞的老頑固竟會變成了一個舞迷。

在我家附近新生戲院的隔壁開了一家舞廳叫「璇宮舞廳」，生意興隆，主要的是該廳經理善於經營。因為在過去法租界這地段已有好幾家舞廳，競爭很大，舞廳主要的號召便是舞女，素質高的舞女往往會吸引不少富商、政要，舞廳的收入那就可觀了。該廳經理不但網羅了本地條件最好的舞小姐，又特別跑到上海去找人才。他也去過百樂門舞廳，雖然舞小姐們不但外型好、舞技高超，但價價碼太高、風塵氣太足，他要找一位外型清新秀麗、氣質與眾不同的舞小姐。老天不負苦心人，他終於在一家小舞廳中遇到一位與當時的歌后同名叫姚莉的女孩子，經過一番會商，姚莉終於答應，帶了母親及弟弟前往漢口打天下。果真不到半年，姚莉紅得發紫，與其他兩位紅牌舞女董美麗、韓琴號稱「舞國三后」。這三位女士我前後都見過，的確氣質不凡，尤其是那位叫董美麗的舞小姐有次在路上碰到，她沒有化妝宛如剛出校門不久的女學生。那時舞女多半靠坐檯子賺點額外錢。所謂坐檯子就是舞小姐被請到你桌位上來專門陪你跳舞、聊天，收費是靠時間長短算。一般小姐都是坐十五分鐘就要換檯，除非客人出大價碼可以包上幾個鐘頭及整晚；像姚莉這種頂尖紅牌舞女，不在數天前跟經理預訂，臨時要請她坐檯子幾乎是不可能。

勝利後鄧啟龍跟他的妻子吳余芝也來到漢口，因為鄧之父親曾是父親過去的老師，也很照應父親，因此父親發達了總想報答他，於是重用鄧起龍為湖北應城石膏公司總經理，我們稱他為鄧叔叔。鄧叔長相不錯又生性風流，舞也跳得好。有一天他與四叔熊賓來我家閒聊，父親有事不在家，有母親作陪，於是他們聊上了跳舞，鄧叔便向母親說：「三嫂，那家璇宮舞廳週日有茶舞，三嫂有興趣我們一塊去玩玩。」於是母親說好換了衣服，鄧叔也叫我一起去。舞廳是在二樓，走了進去紅紅綠綠的燈光很暗，領班的帶我們坐在舞池旁邊正中的一個位置，鄧叔從皮夾裡抽出一張鈔票交給他說：「能否找位好點的小姐來坐坐？」領班說：「幾位紅牌小姐要晚上才來上班，不過新來了一位鄒小姐很不錯，我一會帶過來陪陪大家。」服務生送來了三杯咖啡和一杯我要的沙士汽水。

不久領班帶來一位舞小姐並給大家介紹，她很有禮貌向大家點點頭坐了下來。這位舞小姐看來大約有三十一二歲左右，個兒修長，化裝很淡，穿件淺褐色印花長旗袍，有些氣質看來好像不是從事這一行的。鄧叔問她：「府上哪裡？」她回答說：「無錫。」鄧叔接著說：「那是好地方。」她聽了笑笑也不作聲，非常文靜。音樂響起，鄧叔請她跳了一隻舞。不久音樂又響起當時最流行的排舞〈香檳酒起滿場飛〉，鄧叔叫我跟鄒小姐去跳，於是她牽著我的手走進舞池。我沒學過這種舞，不過擠在大人堆裡跟著他們跳也是很有趣的。回到座位不久領班的先生又來了，他說：「對不起，現在鄒小姐要換檯子了。」這位舞小姐很有禮站起來細聲細氣說「失陪了」，轉身隨領班走到裡面的檯子。當領班回轉經過我們檯子時，鄧叔叫住他說：「剛才那位鄒小姐，風度及氣質都很不錯，就是年紀大了點。」領班的說：「不瞞先生，她也是好人家出身，父親做過縣長，因為丈夫中風，半身不遂，下面又有年幼孩子，由婆婆幫助照顧，她才能來這兒下海伴舞，以後還得請先生多多捧場。」鄧叔點頭說：「一定，一定。」母親嘆了口氣說：「世上有多少不幸的人為了生活不得不做自己不情願做的事。」

大寶哥那時有兩個最要好的朋友，年紀與他差不多大，一個叫石頭，另一個想不到竟是姚莉的弟弟，我們稱他姚小弟，這兩家子剛好都住在璇宮舞廳對面一所舊公寓裡。有次大寶哥帶了我去找姚小弟玩，真不會想到一位漢口最紅的舞女，住的房子竟這麼陳舊，全家也不過只有兩間小房間，燒飯還在走廊上生小灰爐燒。那天姚莉不在家，見到了她的母親，看起來大約有四十多歲。

石頭的家更是貧窮，父親、母親也都是四十出頭的人了。石頭的父親為人非常老實，在我家隔壁的巷子口擺香煙攤子，舊書念得不錯，檯子上也放了紙筆替人寫信賺點小錢，這種收入很難維持一家三口生活。因此每天在傍晚四點多鐘見到石頭的母親，臉上脂粉濃厚經過我家門口，我們見了都覺得奇怪。有天廚師道統跟司機老蔡聊天說昨晚他在大舞台戲院附近的花街區看見石頭的媽在那兒拉客人兜生意，我在旁邊聽到心中十分難過，那年中秋節來送月餅討好父親的人也不知有多少，那些月餅連傭人們都吃膩了，其中有三盒五仁月餅因為裡面肥豬油不少，沒有人要吃，母親怕放久了會生黴，便叫聽差老袁把它丟掉。我忽然想起石頭的爸爸，便對母親說：「能不能給我一盒？我想給石頭的爸爸。」媽媽點點頭，於是我從老袁手上接了一盒，開了門我飛奔到石頭爸爸的香煙攤子上交給他。他打開盒子驚奇的望著我說：「呀！這麼珍貴的東西，你爸爸媽媽知道嗎？」我說知道，頓時他感激得流出眼淚一直握著我的雙手謝個不停。

在父親領導的部下中算周叔叔年紀最輕，賣相不錯，風流倜儻，好玩。他知道父親學舞學得起勁，便建議在石膏公司成立一週年那天晚上在大廳裡舉辦一個舞會，並由他來籌畫，父親答應了。那天晚上來了兩百多位來賓也包括不少老外，除了有樂隊外又請來舞國皇后姚莉來壯場面。記得那天她到場時穿了一件黑紗旗袍，手拿黑皮包，由於個兒嬌小所以高跟鞋穿得很高，引起不少人注意，的確人長得十分清秀，氣質很好，水汪汪的眼睛，嘴角兩端有對迷人的針錐小酒窩，整個外型看來非常像年輕時銀幕上的學生情人陳燕燕。那晚她只待了二十分鐘便匆匆離去趕往璇宮舞廳上班。

其實在那段期間周叔叔已開始迷戀著姚莉的姿色，瞞著太太對姚莉猛烈追求。當時追求姚莉的公子哥兒如過江之鯽，因為姚懼於周是特務分子身分儘量與其敷衍，哪知這件事傳到周嬸嬸耳裡，她認為姚是在搶她的丈夫。有天她在抽屜內找到周叔叔手槍，手上拿著手槍到姚莉家中談判，姚的母親嚇得半死，姚卻很鎮靜地對她說：「做我們這一行的客人都是高高在上不敢得罪，我與你先生除了吃過幾次飯沒有任何關係，我向妳保證，只要妳先生不來找我，我絕不會替你添任何麻煩。」

周嬸見她不像一般風塵女子那麼虛假，便信其為真回家去了。不料這件事情洩露出去上了報紙，父親知道非常生氣把周叔叔叫來臭罵一頓，因為這件事對他的工作及聲望都有打擊，加之中統高層來電要父親澄清此事，為了避風聲只好把周調去南京工作，因此周對父親產生懷恨，多年沒有來往。

大概過了半年，有天漢口各大報紙都登了「舞國皇后姚莉服毒自殺身亡」的頭版大新聞，這消息真令我不敢相信。讀了報紙之後才知道，姚莉的母親在生下小兒子不久丈夫便走了，全靠她在一家旅社做清潔工人養家，在姚莉十七歲時那年旅社關了門，生活開始有問題，姚莉不得不辭學到舞廳伴舞養家。大約半年多前姚莉在璇宮舞廳遇過一位姓張的客人，他那溫文儒雅的氣質非常吸引了她，那位姓張的客人也是有太太的，在舊式婚姻下結合，夫妻同床異夢感情不深。他為姚的美麗十分著迷，幾乎每晚來舞廳捧場，久而久之兩人墜入愛河，難分難離。男家父親是一富商，家庭十分保守，堅決反對兒子提出離婚手續娶一舞女，並斷絕他的經濟來源。兩人愛得太深，在沒有選擇的情況下，他們到一家旅館兩人服下了大量安眠藥雙雙自殺，當他們被發現時送到醫院，男的被救活了，女的卻香消玉殞，那年僅二十一歲。

父母親在漢口的牌友不少，霍家二少奶奶及霍大小姐是母親經常的麻將搭子，霍家二少爺則是父親打援哈（撲克）的牌友。母親常說霍家二少奶是她所見到的最漂亮的湖北女人，瘦高條人又挺，衣著時髦，一張像混血兒似的臉孔，一對波斯貓的眼睛，長睫毛，可惜一口牙齒長得不好，因此她不常笑，給人一種冷豔的感覺。霍二少是花花公子，仗著父親是湖北省數一數二的大官，平日除了賭牌便是票戲，逛歌廳、舞廳。我曾看過他演出京劇《石秀殺嫂》，這是採取《水滸傳》的一段故事，以一個業餘的票友能有這麼好的武功底子的確太難得了。家中雖有美妻但是他經常在外面拈花弄草，不久這霍家便發生幾件大事。

有位叫倩華的歌女年僅十七歲，原在中學念書，由於父親失業，母親臥病，弟妹年幼，故輟學到新生花園歌廳賣藝養家。由於人長得清秀又帶有學生氣質，與一般風塵女子大不相同，引起霍二少極大興趣，故經常光顧歌廳捧場，希望有一日能與她投抱送懷。在他的三朋四友的設計下，說有某大官人家過壽請她去唱幾支歌，價碼是她平日獻唱的三倍，首先得要與他家二少爺見面談談細節。於是有一天由霍二少朋友把她帶到一家招待所，敲了門來開門的是霍二少，他對她笑笑說請進來，她走進去一看前面是一張大床，覺得事情不對便轉身要開門出去，哪知門外已上了鎖，她拉了半天也拉不開，就這樣一個初入社會的純潔少女在恐怖的魔掌下被污染而失去了貞操。事發之後女家懼於霍家之勢力不敢報警，哪知這事透漏出去道名道姓地上了報紙，霍家老太爺看到大發雷霆，認為有毀他的聲譽。霍家二奶奶也吵著要跟丈夫離婚，在親友勸說下，霍二少向太太下跪寫了一張悔過書，霍二少奶奶才嚥下了這口氣，原諒了丈夫，自此之後霍二少的風流浪跡也收斂了許多。

霍家大小姐跟她弟弟剛好相反，為人樸素，勤儉治家，嫁給一位普通公務員，家中陳設簡單，沒有雇傭人，燒飯、洗衣都自己來，也從來不炫耀自己的家世。那年她懷了四個月身孕，有晚她進廚房發現一隻野貓，她正要趕牠出去，不料那野貓跑過來在她腿上咬了一口，當時只覺得有點痛抹了一點紅藥水，不料次日發高燒又發抖，這才緊張進了醫院，醫院判斷她是被瘋貓咬了，破壞了神經系統，輾轉在床上躺了一週終於不治而亡，據說死時形態恐怖像隻瘋貓一樣，把枕頭都抓得稀爛。

這天霍二少奶奶忙上忙下，原來是替霍二少爺過壽，到的客人很多，麻將牌開三桌，一桌撲克。撲克桌上有十來位客人，有位年約三十出頭姓劉的客人出賭注嚇人，由於太冒險結果便成了大輸家，最後身上的錢全輸光了便提早告辭回家。父親看這人充滿殺氣便好奇地問霍二少：「這位劉先生是幹什麼的？」霍二少說他是做貿易生意的。兩星期後武漢各報紙都登載一位叫汪紹伯的商人離奇遭人謀殺案，凶手出手狠毒，在汪姓商人頭頂釘了兩顆大鐵釘以遭死亡，「凶手是劉佑方已被逮捕」，父親看到報紙上的照片驚訝萬分，凶手就是一起打撲克牌的劉先生。原來凶手與死者是多年朋友，在生意上也有往來，劉因好賭欠債很多，於是心生邪念，串通好友杜國正做出傷天害理之事。死者三十來歲，是榮豐紗號經理，有天劉跑到他的公司騙他說手上有一大批棉紗不知他是否有興趣，汪心想金圓券貶值厲害，何不如買一批貨在手。在一九四七年十一月三日上午，他帶了五億法幣支票到劉住所，當他剛進門杜國正以槍頂著他，然後把他捆綁起來，劉以早先準備好之雙釘釘進他的腦袋，然後他與杜將汪之屍體運到郊外丟進一水塘裡，不料給一位農夫看見，於是農夫叫了幾個夥伴跑去團團把他們圍住，杜趁機跑掉了，劉被抓到送警察局，後來杜也被抓到，判決下來劉被處死刑，杜處無期徒刑。大約三週後，有天中午我聽到外面鬧哄哄的，開了大門跑出去看，只見一部吉普車上綁著一個臉色蒼白、穿白襯衫的年輕人，擴音機重複播著：「雙釘謀殺案凶手劉佑方今日下午三時將被槍決！……雙釘謀殺案凶手劉佑方今日下午三時將被槍決！……」我聽了全身顫抖，也感嘆這麼年輕為了好賭殺人而斷送了生命與前程。

一九四九年內戰開始，霍二少夫婦隨父母到了台灣，次年霍二少奶奶懷了身孕，夫妻倆盼望多年終於實現，心中有說不出的興奮。哪知天不從人願，在她臨盆時遇到難產，孩子還未生出來，因流血過多而過世，年僅三十一歲。

一九四八在漢口發生一件醜聞，地點是在英租界位於鄱陽路與青島路口的景明樓，該樓為英人設計，一九二〇年開工，一九二一年建成，共有六層樓，中日抗戰勝利後居民都是外國人，而以美國人及英國人居多，美國空軍招待所也設在此處。

在該樓有一美孚公司漢口分公司的經理人利富要回國，他的一位好友是美國空軍軍官喬治・林肯，他準備在九月二十二號為利富開一舞會為他送行。於是喬治找來了當時江漢歌廳及天星歌廳樂隊負責人菲律賓籍的賽拉芬，出高價請他組織一樂隊，並設法請中國婦女參加，條件是伴舞、伴宿，不准任何中國男人參加。賽拉芬領會到喬治的意思，於是計畫把中國婦女騙來然後拿了錢逃跑。他找來菲律賓籍的樂師克勞茲組織了一樂隊，並動員自己的姘頭菲律賓華裔章月明出面邀請中國婦女。

於是她找到了歌女莎莉及退休舞女曹秀英請她們號召中國婦女參加，章並謊稱這是一項高級社交活動卻隱瞞了要伴宿，當時她們請到的名媛有達官巨賈的太太和如夫人，其中年齡最大的是曹秀英三十二歲，最小的是他的女兒僅有十五歲。舞會共有三十多人參加，二十名男賓全是外國人，女賓全是中國人。這些婦女以為這是一個普通舞會，為了趕時髦及體驗一下上流社會生活而來的。

就在舞會即將開始前，新生歌廳歌女熊傑及其女友也被邀請參加，當她們剛跨入舞會場地時看到一群瘋瘋癲癲的洋人，知道事情不對，預備轉身出去，卻被人攔住，熊靈機一動對那人說她有兩位朋友約好了還未到，她忘記告訴她們是在幾樓，「我們去門口等她們把她們帶上來」，那人信以為真，讓她們逃脫了。

舞會開始，其中有少數婦女不習慣洋人把她們摟得太緊，預備離去，卻被人阻止謊稱電梯壞了正在修理。幾曲過後，洋人借酒裝瘋，突然有位空軍軍官將曹秀英按倒在地，並將其內衣、短裙扯破，這時一聲口哨響起，電燈隨著熄滅，這時賽拉芬及其樂隊紛紛溜走。接下來便是大規模有計畫的輪姦，有的婦女被輪姦三次，最小的一位事後因下部受傷並送到醫院治療。當地政府原想遮掩這事，不料武漢各大報紙都大幅登載這新聞，故警方不得不調查此事。由於美國人利富早已回國，罪首賽拉芬已逃去香港，一般婦女都為遮羞不願出來作證，雖然歌女熊傑願意出來作證，但她不是直接受害者，故起不了太大作用。美方為了保護自己的公民，聲稱美國軍人及美籍人士將由美政府審判，到底有無執行誰也不知道。當地政府最後判決了章月明、曹秀英等幾個婦女以「引誘良家婦女與他人姦淫罪」結案。

第十八章　黃金時代

母親指著自己的肚皮對張阿姨說：「德秀，妳看我這肚皮的形狀是男孩還是女孩？」張阿姨放下手上正在打織的毛衣說：「這不一定是可靠的，妳心中盼望的是什麼？」母親嘆了口氣說自圓圓過世後家中只有嘉陵這麼一個女孩子，每天混在哥哥們這群男孩子中間玩，都玩野了，她想給她生一個妹妹，張阿姨笑笑對她說：「妳最近那麼喜歡吃甜食，可能會是一個女孩子啊！」母親說：「那就好了，我的預產期是在初春，那正是杏花待苞的時節，如果是個女孩我就叫她杏子。」

記得那天母親房門關得緊緊的，裡面只有張阿姨及漢口最著名的婦產科醫生及帶來的女護士在裡面。雖然張阿姨在唐家沱做過護士，圓圓和老哈都是她接的生，到底她不是專家，父親為謹慎起見，便請了外面的專科醫生來接生。我及父親很焦急地在小客廳裡等消息，幾個鐘頭過去了也不見動靜，我就躺在沙發上睡著了。不知多久被母親的叫聲吵醒，我便跑到父親身旁，他也很緊張地摟住我，大約又過了一陣忽然聽到嬰兒的哭聲，大約又過了二十分鐘門開了，張阿姨跑到小客廳笑笑瞇瞇地對父親說：「是個女孩，一切順利。」父親才鬆了一口氣。

消息傳得真快，第三天就有人開始來送禮，記得第一個來送禮的是漢口當時的名女人外號叫

「冬瓜太太」，據說丈夫是吃軟飯的，就靠老婆在外巴結達官要人。爸爸媽媽並不認識她，她怎能放過這機會來搭上關係？於是帶了禮物來拜訪。那天由張阿姨在客廳裡接見她，冬瓜太太生得短小，身體長得圓滾滾的，穿著黑花紗洋裝腳踏三寸黑高根鞋，顯得皮膚很白，嘴角長得很甜，這或許是她迷惑男人的本錢。張阿姨並未讓她進母親臥房看小寶寶，託詞母親生產後需要休息，她也很識相坐了半小時便走了。張阿姨把冬瓜太太送來的禮物交給母親，母親打開看，是嬰兒的衣服又加一枚小金鍊子。母親好奇地問張阿姨：「冬瓜太太長得什麼模樣？」張阿姨很有耐心地把冬瓜太太從頭到尾地向母親形容了一遍。接著來送禮及探望母親的親友愈來愈多，不到兩週，小小嬰兒已經收到十多條金鍊子及小金戒指，杏妹生下做嬰兒輪廓就十分清楚，高高小鼻樑，鵝蛋形臉型，因此親友們都說她像母親。母親聽了十分高興，沒事就把她抱在懷裡，嘴上唱著：「媽媽的小美人乖乖，紅袍衫兒緞子鞋，這個小美人從哪兒來？」

由於送禮的人太多，這也是一筆人情，父親的部下及張阿姨已在籌畫滿月酒及慶祝之事。就在辦滿月酒的頭一天，有人送來兩籮筐的水果及糕餅，管家老袁在籮筐底下發現有十根金條，於是馬上向父親報告。想不到父親大發雷霆，認為不該收下這禮物，這是商人在行賄，於是叫老袁按照名片上之地址原封不動送還物主。

滿月那天來慶賀的客人不少，麻將牌開有四桌，客廳裡也擠滿了人，因為父親的部下請來了武漢名票友、社交圈裡有名的大美人華香琳來助興。據說華少年時家世不錯，只是天性活潑外向，能歌善舞，在十六歲時為當時政府一位葉姓首要生下一位女兒叫華華。那時中日抗戰爆發，葉某拋下她母女而去了後方，自己父母家中又不能接納，可說受盡折磨，辛辛苦苦地育養女兒，那時女兒大約有十歲與我同齡。華曾經下過功夫學習平劇，老師是中國四大名旦程硯秋的老師榮蝶仙，中日抗戰期間參加漢口法租界之冬社票房，由於扮相秀麗、身段輕巧而被譽為平劇皇后。

抗戰勝利後她曾被父親的部下抓起來以漢奸罪名關進牢裡，理由是在敵偽時間做過平劇演出，後因證據不足，同時該票房為了逃避日本人故在法租界成立，並未有媚日行為，故關了三個月便放了出來。這天她由王姓男友陪伴而來，身穿淺綠色旗袍，個兒不高，眉清目秀，皮膚白嫩如羊脂，氣質也不錯，不愧是美人胚子。她那天表情很嚴肅可能心中還忘不了父親當時把她關進牢裡，故與父親交談不多。那時華有自己的平劇團正在文化禮堂演出，此後經常送票來，外婆也帶我們看過她的《虹霓關》，可說是唱做俱佳。

不久華離開劇團及男友到大上海打天下，不到半年華成了上海花邊新聞雜誌的頭號人物，也是交際場中的名女人，與另外兩位湖北女人韓青清及謝家驊操縱了上海灘的交際圈子。這些女人除了美麗的外型，最主要的是口才及交際手腕，她們巴結的對象是達官富商，她們的收入靠拜乾爹、開幕剪綵、商業廣告活動及家中抽頭放賭，為爭上游能登上大銀幕更是最大目的。華在一九四九年到五〇年間演出五部電影：第一部是與喜劇明星韓來根、關宏達合演的《從軍夢》，接著與于素秋演出《雙槍女俠》，與王丹鳳、嚴俊主演《夜來風雨聲》，與張翠英演出《說謊的丈夫》，最後一部是與章志直演出的《夜鶯曲》。在電影中她除了國語略帶漢口口音外，演技還可圈可點，後來父親出差到上海也經常成了她的座上客。

杏子出生正碰上父親事業達上巔峰，認為女兒出生是一吉照，故為她起名叫家鳳。滿月那天母親為她穿上紅色嬰兒裝周旋在客人之中，杏妹只要你一逗她就開口笑，贏得大家的讚美及喜愛，她可以說是我們兄弟姐妹之中唯一有著這種光輝閃耀時刻的孩子。那天家中因為空間有限，晚餐時先為客人開了六桌酒席，家人只有等客人吃完才能另外開桌。那天因為家中客人多我興奮得東跑西跑湊熱鬧連中飯也忘記吃，故到晚飯時間肚子餓得發狂，哪能等客人吃完才吃東西，於是跑到對街賣雲吞攤子買了一大碗，裡面除了雲吞外有蛋皮、雜菜十分鮮美。我大口大口地把它吃完，又跑到新生花園玩了一陣，回家時見到石頭的父親在路燈下還在擺香煙攤子，同時拿出飯盒在那慢慢吃。我好奇地走過去跟他打招呼，只見他飯盒中除了白飯只有幾片青菜及兩片黃黃的蘿蔔乾。回到家中母親責罵我跑哪去了，我不敢告訴她出外吃東西。接著她說外婆他們都吃過了，後廚多準備了一桌在客廳裡沒人吃，趕快去吃。我只好走進客廳，見到一桌子的山珍海味，八色大拼盤，房間空空的沒人吃。我肚子裡的雲吞還未消化，哪裡吃得下，我在拼盤中夾了一片豬肝塞進嘴裡，趁母親不在便溜走了。

大約過了一個多月，母親發現自己奶水不足，於是託人找一奶媽，條件是要身體健康，相貌端正。不久父親一位部下帶來一位大約二十三四來歲的鄉下婦人，母親見到她眼睛一亮，因為這位鄉下女人與她想像的完全不一樣，生得嬌小玲瓏，烏黑頭髮向後梳成巴巴頭，雖是穿著白粗布衣衫、長褲及黑布鞋，掩不住她的秀麗。瓜子臉兒，柳眉杏眼，櫻桃小嘴，人看來十分清爽，人又靈巧，不像是鄉下出來的女人。母親覺得有這麼漂亮的奶媽，孩子吃她的奶就不會擔心會變醜，於是便點頭用了她。奶媽待遇與其他傭人不一樣，她有自己的單獨房間，雖然與其他傭人一塊兒吃飯，由於她要餵小女主人吃奶，故每天不是有碗雞湯，便是蘿蔔桂魚湯以便發奶。奶媽的來臨最興奮的是家中的幾位男傭人及司機，吃飯時每個人都搶著獻殷情，幫她添飯、夾菜、倒水，廚師道統還好幾次晚上偷偷給小奶媽送紅棗蓮子湯，十八歲的小聽差彭長青還買來一串白蘭花送給小奶媽，老袁外快賺得多，出手大方買條金鍊子送給她，小奶媽卻對他們一視同仁，不輕易動感情。有時司機跟老袁吃她豆腐，她只是斜著眼睛笑笑也不生氣，弄得這幾位男士神魂顛倒。

杏妹晚上跟奶媽睡，養得白白胖胖的，在杏妹三四個月時，小奶媽經常抱了她到我家對面青年會館前的花園散步、休息。青年會的樓下右側是一理髮廳，爸爸及我們都在那兒理髮，其中有位年輕的理髮師，個兒不高，是位單身的小白臉，久而久之與小奶媽搭訕起來，家中幾位男傭人看到為此而醋勁十足。有天奶媽正在餵杏妹吃奶，我走過去問她：「母親說妳家中也有一個像杏妹大的嬰兒，誰照顧他呢？」她望望我說：「是我婆婆。」我又問她：「誰餵他吃奶呢？」她說：「沒有人餵他吃奶，我婆婆每天餵他吃米湯。」說完後憂傷地低下頭，我就沒有再繼續問她。

在杏妹五個月時，已不完全靠奶媽餵奶，有時吃點克林奶粉沖的牛奶及粥。有天小奶媽向母親說她有位親戚進城，在中山大道一家茶莊門口等她，她想請假兩小時去會會他，母親說：「好，妳放心去吧。」小奶媽回到房中換了一套乾淨衣服，頭髮梳得油光光的，出門去了。幾位男傭人猜她一定去會情夫，於是派小聽差彭長青去跟蹤。小奶媽果真在中山大道一家茶莊門口站著等人，不久來了一位男士與她在那寒暄。小聽差定眼一看，果真是理髮廳的那位小白臉，不久他們一起往前走轉進右邊一條小街。那時馬路車輛很多，等小聽差過了馬路轉進小街已看不到他們蹤影，回來後他向司機老蔡報告，老蔡說八成開旅館去了。到傍晚小奶媽才回來，吃飯時老蔡及老袁冷言冷語地諷刺她，哪料小奶媽鎮靜得很，裝著沒聽見，照吃她的晚飯。

武漢的夏天熱得可怕，有晚房裡太熱受不了，跑到大門外去涼快一下，只見小奶媽房間的窗子外面，黑壓壓的幾個人伏在那兒向內張望，我走近一看是司機老蔡、老袁、廚子道統及小聽差彭長清。我好奇地爬到道統背上向內一望，我的天呀！原來是小奶媽全身赤裸在大木澡盆內洗澡。因為窗子開得很高，她又是側著身子，所以沒有發現外面有人偷看。我進屋去告訴媽媽，母親對著父親嘆口氣說：「好在下個月杏子就要斷奶了，早點離開也好，否則家裡還會鬧出事來。」轉瞬一個月過去了，杏子斷奶成功，母親多給了小奶媽半個月薪水，叫她回去買點好吃的孝敬婆婆，又送給她兩件布料。次日早晨她拿著布包到母親房間向母親辭行，又走到床頭望了一下正在睡眠的杏妹，她輕輕地摸了一下杏妹的小手，依依不捨地走了，之後我們就再沒見到這位風情萬種的小奶媽。

自從父親、母親學會舞之後幾乎每週都在家開舞會，我家大廳的地板是拼花地板，要灑一些滑石粉，所以開舞會那天母親總是叫我去藥房買包滑石粉。舞會中我又充當許多女客人的舞伴，同時又要管音樂，所以忙得不亦樂乎。來的客人多半是父母親的好友，其中彭伯母必定是每次報到；她很會踩拍子，尤其是慢四步跳得有板有眼。逐漸張阿姨及其他客人也帶了他們的朋友來參加。有天張阿姨帶來了一位女客人，她介紹給爸爸媽媽認識說她是對街楊氏夫婦的朋友，很愛跳舞。這位女客人姓賈叫月桂，陝西人，個兒高高的，人很溫柔，黑黑的皮膚，穿著非常樸素，臉上不施脂粉，有種天生的自然美，一對迷人的桃花眼，性感的嘴唇，未語先笑；當你跟她閒聊問她話時，她總是害羞地低下頭，然後臉紅紅的抬起頭微笑地回你的話，她這種體態出自自然，一點不做作，沒有多久她便成了家中的常客。

父親及他的朋友都被她這特殊的風情吸引住了，尤其是劉文島伯伯，每次見到賈小姐都緊握著她的雙手，癡情地望著她，他那種感受似乎把她當女兒又當情人，所以劉伯伯也成了家中的常客。

母親知道父親很欣賞賈小姐，雖然牌桌上的朋友經常提醒她，但她很放心，認為父親喜歡逢場作戲，不會認真，她一點也不嫉妒，並且替她取了個外號叫「大眾情人」，自己還是經常外出赴牌局，而造成許多父親與賈小姐見面之機會。聽司機老蔡說賈小姐有時也到父親公司裡見他。有次在陳家打牌，楊太太在牌桌上說了一句話：「許多男人有了漂亮的老婆還是在外拈花弄草，因為他們想在別的女人身上找到不同的風情。」母親聽了心中一愣覺得她話中有因，於是開始有所警惕。的確賈小姐與母親外型及性格完全不一樣，一白一黑，一個是雍容華貴、端莊，一個是柔情似水、嬌媚。

有一天廚師道統帶我去大舞台看于素秋演的《十三妹》，因為她武功好人又長得漂亮，所以紅遍武漢三鎮。我的大哥因迷戀她，幾乎每晚去捧場。她本人我在徐原泉伯伯過壽那天在他家見過。她是徐之乾女兒，那年才十九歲，細細高高的個兒，忙著招待客人，當她見到我時特別端了一盤糖果過來很慈祥地對我說：「小弟弟吃糖哦。」于的父親于占元是劇團主人，有武功，收了不少徒弟，大明星成龍便是其中之一。于素秋本人多年後在香港也成了影壇上武俠女明星泰斗，她替菲律賓富商莊清泉生了一個兒子，後來分手嫁給粵劇名伶新馬司會而終其身。

那天她的《十三妹》演出非常成功，連續用腳踢開十二根矛槍給不同方向的十二位跑龍套的演員，獲得滿堂彩。散戲後外面人潮擁擠，忽然發現父親的汽車被人潮擋住，走過去一看裡面坐著一位穿著軍服的將官威風凜凜，旁邊緊坐著一位女士，仔細一瞧原來是賈小姐，心中頓生奇怪；忽然想起這幾天父親向母親曾提過有位叫康澤的將軍要到武漢來視察，想必是他吧。康乃是蔣中正身邊紅人，蔣曾一度考慮他做接班人，後因與經國先生在政治上之衝突，未曾實現，賈小姐必定是父親安排來陪伴康將軍的。

武漢時局很不穩定，父親為了安全起見，叫母親、張阿姨帶了外婆、周媽、哈弟、杏妹、大妹、毛弟及我到上海暫避。外婆、周媽帶了哈弟、杏妹住在叔外公家，母親、張阿姨帶著我們三個較年長的住在《武漢日報》在上海的宿舍。宿舍位於靜安思路、恰德路口的一棟鋼筋水泥洋房。宿舍在二樓，宿舍有一大客廳只有兩間客房，一間已有人住，我們五人只好擠在一間房間。房間只有一張床，張阿姨跟我及毛弟只好打地鋪。看管宿舍的老劉只有三十多歲，他有自己的小房間及廚房，偶爾母親給他一點錢請他燒一頓飯給我們吃。宿舍樓下側間是冠生園，除了賣西點外也賣速食，我與毛弟經常在那兒吃香腸蛋炒飯。宿舍對街有一家江浙館叫綠幽村，那兒燒的雪裡紅燒黃魚這道菜，現想起來都流口水。

母親帶著我們白天不是到叔外公家就是去父親老朋友張國權夫婦家。張家的孩子則由奶奶帶著住在南京，他們夫婦則住上海。家中是二層樓洋房，家中雇有三個傭人外加司機，母親每次來少不了陪張伯母摸十二圈麻將，往往摸到晚上十一二點才回家。記得有一晚大約晚上十二點左右，我們自張家出來乘了二輛三輪車回宿舍，不料在半途中有幾位年輕人開了一部吉普車經過我們，朝著母親及張阿姨臉上用噴筒噴汽油，嚇得母親直叫，這些年輕人哈哈大笑加足馬力跑了。

叔外公是外公同父異母的二弟，在上海做進出口生意，做得很不錯，為人也很慈祥；他的元配夫人過世，又娶了一位填房，也替他生了一男一女。前房生了三個女兒、一個兒子都已成人都住在一起，好在舊房子很大，所以外婆等人來了也有個住處。過了幾天在吃飯時，幾個女兒都不出來吃，母親甚感奇怪，那位叔外婆推說她們身體不大舒服。有天偶然聽到那二女兒向大女兒講著寧波話抱怨說：「這麼多人住我們家煩都煩死了，那堂姐每天抱著她的小女兒叫小美人，好像世界上只有她的女兒最漂亮。」她們沒有防備我，認為我聽不懂寧波話，哪知道我只是不會講，聽都聽得懂。在叔外公家外有一長巷，巷口有一中年婦人擺了一個租連環圖畫的攤子，旁邊也放了幾張小板凳，只要付了錢就可坐著看。我與毛弟因沒事做，坐在那兒看得起勁，不知過多久來了一個年紀較大的婦人操著上海話說道：「阿花，怎麼這麼晚還不收攤？」那擺書攤的婦人以上海話回道：「不知從哪兒來了兩個小癟三，也不懂他們講的是哪一省的怪話，已經看了一個多鐘頭還不肯走。」其實上海話與寧波話很接近，我知道她在罵我們小癟三，我站起來指著她用上海腔回罵了她一句：「濃是個老癟三！」她聽了嚇一跳，然後道歉說：「對不起啊，我以為你們不懂上海話。」

有天來了一個三十來歲的婦人帶著一個七八歲的男孩，經介紹才知道是叔外公兒子的媳婦及孫子，他的媳婦帶了兒子回娘家才回來；人看起來很樸素，一身黑衣服，姿色平平。聽母親說福寶舅比她小兩歲，她自從小就來叔外公家做童養媳婦，在福寶舅十八歲就成了親，兩年後生了一個兒子。到他二十多歲時由於生意的關係，在外應酬多，不久在舞廳裡結識了一位長得非常標緻的舞女，於是發生戀情，不顧父母反對在外同居起來，可憐這位媳婦一直在公公家守活寡。後來福寶舅帶了新愛人到漢口來做貿易生意，也常來我家；福寶舅是個小白臉，他的愛人很有現代美，倆口子非常相愛，他哪會記得在上海的黃臉婆呢。

叔外公對我們很客氣，他在一家很有名的餐館東亞又一樓訂了一桌酒席請我們全家去吃飯。兩位帶位的小姐不但姿色出眾，做事俐落又是多才多藝，上的菜都是山珍海味，同時還有餘興節目。兩位帶位小姐一下換了服裝變成節目主持人，第一個節目是一位年輕、金髮的西方女郎穿著一件金黃鑲金片性感露胸的上衣及一條紅色長裙，打著赤腳手上捧著一盆大火，這時樂隊響起，她把火盆放在舞池中央圍著火焰苗翩翩起舞。舞了一半，兩位赤背大漢抬來一個鐵籠子上面罩了一塊黑布，大家正在好奇那是什麼東西，這時樂隊的鑼鼓聲忽然大響，女郎過去把黑布一揭，裡面竟是一條大蟒蛇，我們幾個孩子都嚇得叫起來。萬想不到那女郎不慌不忙地把上面蓋子打開，用雙手把那蟒蛇慢慢地捧了出來，放在肩上隨著音樂起舞，蛇很聽話也不咬她，我們看都替她捏把冷汗，當然她跳完後客人都給她熱烈掌聲。接著是兩位主持節目小姐輪流唱流行歌曲，唱得有板有眼，想是受過專業訓練。歌唱完後兩位小姐在每張飯座上放了二張餐館名片，上面蓋有不同號碼做抽獎用的，大約十五分鐘後開始抽獎，可惜我們這一桌沒有被抽中。

這天天氣很好，母親建議我們去城隍廟玩，我們兄妹三個高興得不得了，因為在武漢時就聽大哥說有多好玩。當我們到達那兒真是人山人海。城隍廟是長形地區的商業遊樂地帶，兩邊有許多古色古香的建築，雖然裡面有廟宇，規模不大，主要的是該地區餐館林立，各種不同的行業，到處都是賣小吃的、玩雜耍、算命及寫對聯的。我們停留在一個炸魷魚的攤位上，因為那一塊塊炸成金黃色的魷魚太吸引人。母親叫了三碟大家分著吃，當她正要付錢時發現皮包拉鍊開了，她開始緊張，打開一看果真所有錢被扒手偷走了，母親氣得直跺腳。張阿姨連忙跑過來說捨財免災，今天一切費用由她出。我們從頭吃到尾，生煎包、蟹黃燒賣、油豆腐粉絲，吃得胃都凸出來了。那時我真的覺得上海是一花花世界，因此西方人稱它為「東方的巴黎」。

早上起來有點微微咳嗽，母親叫我在家好好休息，肚子餓了吃點她早上買的奶油麵包及牛奶，她跟張阿姨帶毛弟、大妹要去張家赴牌局。我吵著要去，母親堅持不准，我只好留在宿舍生悶氣。

到傍晚時我從窗外看到對街有賣電影明星照片的，我想去買但身上沒錢，回頭一看媽媽的一個小皮包放在枕頭上，我於是打開皮包拿了五塊錢匆匆跑到樓下對街照片攤上選了張王丹鳳及胡楓的照片。回到宿舍，發現有一個年紀與我相仿、穿著灰色長衫的孩子坐在樓梯的斜角處埋頭睡覺，我好奇地把他叫醒，問他為什麼不回家睡覺，他說他沒有家。我又問他：「你爸爸、媽媽呢？」他說他原住在寧波，不幸三個月前家中失火，爸爸、媽媽都葬身火海，他流浪到上海在一家火柴公司做小差，賺錢很少根本租不起房子。我問他吃飯沒有，他搖搖頭。我看他可憐就把買照片找下的錢統統給了他，他感激得一直說謝謝。我對他說：「我要上樓去了，你明天再來好嗎？」他看看我笑笑沒有作聲。次日早晨我告訴媽媽我在她皮包裡拿了五元錢的事，媽媽說未經她許可拿她的錢是不對的，但幫助那孩子是件善事，功過相抵，因此這次不受處罰。傍晚我又跑到樓下去看那孩子，沒有見到，一連幾天都沒有再來過，這時我才覺得自己多幸福，上海雖是花花世界也有窮苦的一面。

爸爸的二位老朋友知道媽媽來了上海，一定要請她到一家海鮮餐館吃飯，於是媽媽、張阿姨帶了我們兄妹三人赴約。餐館生意興隆，是標準的江浙菜。媽媽一向飯量很小，那天竟然吃了兩隻醉蟹，她說這道菜她十多年沒有吃了。吃完飯時間尚早，李伯伯對媽媽說：「嫂子，既然到上海來了，就應該去百樂門看看。」媽媽說：「好，但怕帶小孩子不方便。」李伯伯說：「沒關係，一起帶去。」一到達舞廳，裡面燈光閃閃，地板亮得像鏡子，我們被安排在右邊牆角中央，正對著坐在那兒的一排舞小姐。聽說這些舞小姐多來自蘇、杭，所以身材纖細，皮膚白嫩，那時女人的旗袍流行短到膝蓋又是緊身，這些舞小姐可說美到一個勝一個。十人大樂隊奏出優美的華爾滋舞曲，許多客人走下舞池紛紛請這些舞小姐翩翩起舞，使我想到上海真是一個紙醉金迷的世界；忽然我又想起那天在宿舍樓梯旁見到的可憐男孩，心中不勝感慨。

在上海大約住了一個月，武漢局勢稍微穩定，父親來信催我們回去。離開上海那天叔外公親自送我們上船，哪知船上通艙上睡滿了阿兵哥，要去我們訂好的艙房，必須要經過這通艙；可是這些阿兵哥的打地鋪一個連一個簡直沒有放腳的地方，如果你踩到他們的被服，他們凶得罵你。可憐的叔外公一路向他們作揖、講好話，短短路程花了二十多分鐘才到所訂的艙房，他離開後我們真擔心他如何下得了船。

在船上我們認識了一位范先生，大約有三十二三歲，人很斯文，戴副寬邊眼鏡。當他知道我們姓熊，他問我們認不認識一位叫熊軍峰的，母親說那是我先生的堂弟。原來他們當年是藝專同班同學，自此之後他跟我們非常親近。范先生在漢口開了一家美琪電影院，因此每幾個月到上海來購買新的影片。母親是電影迷，他們聊天主題少不了是電影及電影明星。范先生說電影小生白雲是他的好朋友，半年前還特別到漢口來看他。母親說白雲人雖漂亮但脂粉氣太重，她比較喜歡劉瓊及張伐。劉瓊是架子小生，有股帥氣；張則是性格小生，有種難以形容的憂鬱感。大概三天之後我們又回到了漢口。

返回漢口之後，母親發現父親對她的態度很冷淡，於是把大寶哥叫來問他：「上個月賈小姐是否常到家裡來？」大寶哥點一下頭說：「是的。」母親心中感到很不舒服。其實賈小姐是有丈夫的，聽說夫妻感情不好，先生遠在延安工作，每月下來武漢看她一次。不久父親當選漢口立法委員，故有大半時間要去南京開會，父親先隻身赴南京報到，我們還留在漢口；奇怪的是此時賈小姐也被她所屬單位調去南京工作。大約過了一個多月，母親也去了南京，父親對她的態度依然十分淡漢。從司機口中知道父親跟賈小姐仍有來往，加之在南京居住的徐伯母告訴母親這段期間父親與一位叫桐仁為的女人常有來往，並替她買了一套昂貴的家具，母親心情開始十分低落，茶飯不思，一個多月竟瘦了三十磅，而提前回到漢口。張阿姨勸母親想開點，母親嘆氣說：「男人有了錢和地位就會出花樣。」的確如此，記得在抗戰期間，雖然生活很苦，父親對母親是那麼體貼、恩愛。

　　此時留在南京的父親身體開始不適，腹部總是不舒服，三兩天臥病在床，他一直認為是胃病，臥病期間賈小姐常來照應。不久南京局勢開始緊張，當保密局發現賈小姐是延安共產當局派來做父親工作而去捕獲她時，未料她在前一天已離開南京飛往延安。

第十九章　我的兄弟及堂哥

由於中日戰爭爆發，我的大哥與我們分開了八年，直到抗戰勝利，他隨外祖母到漢口來與我們團聚，那年他才十四歲。起初他與弟妹們有份陌生感，久了也就融合在一起。他看起來文靜，其實很外向，游泳、打球、看戲是他的嗜好。雖然皮膚很黑但五官清秀，有種健康美，贏得許多女孩子的芳心，可是他對她們卻沒有什麼興趣。最使父母頭痛的是他已是上中學的年齡，又是長子，對他寄望很高，於是以父親的關係進了武漢最有名的貴族學校文化中學。在校的學生除了家境好能付得出昂貴的學費，學生素質高，大哥對讀書已不感興趣，加之班上個個是天才，一學期下來竟有五門不及格，學校通知退學。爸爸媽媽非常失望，好在父親在武昌辦了一所中學叫荊南中學，自任校長，其實只是掛名，每月只去一次，一切責任事務都由教務主任映飛叔一手包辦。可是大哥一學期下來又是五六門不及格，映飛叔特別跑來跟父親商量，學生家長已經有抱怨，為什麼校長的兒子不經考試就來插班，現在主科全不及格，再留他的話非但對老師們無法交代，給同學們知道更不好。於是大哥又遭學校退學，蕩在家中，白天不是跑出去游泳、溜冰，就是看電影，晚上則跑到大舞台看京劇。那時武旦于素秋正在大舞台演出，大哥每晚去捧場，對于著迷萬分。母親每晚見不到大哥便問老袁：「大少爺去哪裡了？」老袁說：「大少爺捧戲子去了。」母親問是哪位戲子，老袁說是于素秋，母親很生氣認為兒子真不爭氣，書不好好讀，跑戲院倒是勤快得很。

因為在家閒得無聊大哥又染上了賭博的習慣，常常與司機、廚子們賭錢。有天我們正在吃午餐，大哥慌慌張張吃了一碗飯就離開了。下午母親拿錢預備叫老袁去明星麵包點買幾條剛出籠的奶油麵包，不料打開皮包錢不見了，她覺得奇怪，因為早上她才打開過皮包錢還在裡面。於是她把老袁叫來問他有沒有看到有人進她房間，老袁想了想說：「中午時候只見大少爺慌張地從樓上跑了下來，我還來不及問他，他開了大門便跑了。」母親聽了心裡有數，她沒有向父親提起怕惹他生氣。

有天母親與張阿姨聊天，母親嘆口氣說：「不知為什麼大兒子大寶這麼不爭氣，是否在走糊塗運，以後怎麼辦？」張阿姨說：「聽朋友說在中山路有位算命的李大師，靈得不得了，為什麼不帶他去算算命，看看將來如何？」於是母親、外婆、張阿姨及大寶哥一大夥人來到李大師那兒，母親把大哥的生辰八字給了大師，大師又叫大哥走幾步路給他看，他很嚴肅地對母親說：「這孩子的父親還在嗎？」母親說在，大師說：「這孩子的命硬，命中克父，尤其不能跟屬牛的生活在一起。」母親一聽嚇得冒冷汗，因為她及父親都是屬牛。接著他又說大哥一生多波折，會有許多災難，中年事業小有成就，晚年福星高照。母親回家後耿耿於懷，希望大師講的話不對。不久又託人在後花樓區找到一位有聲望的算命先生，是位瞎子，母親給了他大哥八字，想不到他也說大哥命中克父，必須遠離。母親不敢告訴父親，因為父親已經為大寶失望不喜歡他了，但也想不出其他辦法。

不久漢口招募新兵，小工友彭長青預備去報名應徵，大哥覺得這很新鮮可以跑到不同地方，所以也預備與彭長青一同去報名。經過體檢，兩人都合格，母親覺得與其每天在家浪費時間，不如去當兵也好，同時離父親遠一點，一來不會惹他生氣，再者命中不會相克。父親對大哥從軍沒有意見，覺得年輕人報效國家總是好的，於是大哥離開了我們。

不久這批新招的新兵將搭郵輪經上海轉往山東，在這短期的軍中訓練，他已感受到軍中生活與他想像中的相差太遠，因此當他們要離開武漢開往上海期間，他已在計畫如何逃跑。這年六月他們這批新兵上了郵輪，幾乎占去大半通艙的地方，經過數日航行，終於到達上海。這時下船的旅客很多，他認為機會來了，藉故說拉肚子要上廁所，於是在廁所中換了便服，混在擁擠的旅客中登上碼頭。上海他曾待過十四年，可說是地頭蛇，於是他搭電車找到叔外公家，在他家躲了一週。叔外公也不能久留他，替他買了一張去南京的火車票，並告訴他父親在南京出席立法院會議。他到了南京哪敢去見父親，於是在立法院找到父親的司機老蔡。老蔡說父親有位姓楊的親戚是空軍少校，為什麼不到他家暫住再說。楊看是親戚關係也就收留了他，大約過了半個多月，楊對大哥說：「你父親已開完會回漢口了，我想你還是回去好了，母親一定會原諒你的，到底是自己兒子。」大哥想想也對，長期寄人籬下也不是辦法。楊替大哥買了一張船票他終於又回到漢口。

回到漢口他哪敢回家，只有躲在父親公司裡。司機、廚子很同情他，也都對他不錯，為他瞞著父親。直到有一天張阿姨對母親說大寶哥已經逃回漢口來了，現在躲在公司裡不敢回家，母親聽了幾乎發暈。總之是自己的孩子，也不能長期在外躲躲藏藏，於是叫張阿姨傳話叫他回家。大寶哥隨張阿姨回來了，母親教訓了他一頓，暫時不讓他與父親見面，因為父親自去南京開會回來就覺得身體不舒服，沒精神，右下腹老是痛，體重也減輕不少，母親怕他生氣影響健康。直到有天他身體好多了，母親才對他說大哥回來了，出乎意料外地父親很平靜只說了一句話：「我知道了。」

毛毛弟比我小兩歲，長得圓頭圓腦，塌鼻子，小眼，母親美麗的細胞竟然沒有一點遺傳給他，做嬰兒時又喜歡哭，常常使父親整夜難眠，所以得不到父母的寵愛；加之長大後還一直尿床，害得外婆每天要把棉被拿出去曬，因此牢騷滿肚，也不喜歡他。小時在唐家沱住時，正值抗戰，物資缺乏，他整天打赤腳沒穿過鞋子，父母也從來沒帶他進過城（重慶），他也可以說是家中的小可憐蟲。好在鄰居季大娘沒有孩子，領養了一個女兒也有十四歲了，她特別喜歡醜小孩，也可能出於同情心。楊家有個小女兒華華年紀與毛弟同年，小鼻、小眼，長得奇醜，不得家人喜歡。季大娘每天帶了這兩個孩子坐在她家大門口，唱歌，講故事，像是一個義務保姆，有好吃的東西她都留著給這兩個孩子吃。毛弟一直是我的夥伴，我們一同上學，一同遊玩。毛弟在外經常與野孩子打架，受了傷也不吭一聲，很有英雄氣概。有次母親問我和毛弟：「如果有一天爸爸有了別的女人，你們要怎麼樣？我氣憤地說：「我拿槍把她打死。」母親聽了望望毛毛，他卻不慌不忙地說：「我們的爸爸不是這種人，我想他不會這樣做的。」母親聽了大為驚奇，覺得毛毛真是一個有智慧的孩子。可是毛毛在校成績很差，不是補考，就是留級，又喜歡與同學打架，父親也為他頭痛萬分。

有天父親與母親商量，他預備把大寶哥與毛弟送回到松滋老家，由芝舫叔照管。母親覺得大哥比毛弟大六歲，他可以照顧自己，毛毛才十歲，她不放心。但是，在父親堅持下，她也無法反對。當時母親只覺得這兩個孩子不喜歡讀書、不聽話，父親才下這決策，後來才明白父親如此做有其原因。自祖父過世後沒有分家，一切田地、財產全由芰舫叔接管，父親長年在外，二叔為人老實又是半個瞎子，自己過得辛苦也不敢與芝舫叔爭，父親覺得遲早財產得分家，於是先把兩個兒子放在那兒再說。

在大哥、毛弟離開的前一天我感到十分惆悵，尤其是毛弟從小就跟我沒分開過，那晚我跟毛弟睡在一起，我緊緊摟住他心中真是捨不得。三個月後，住在我家的堂哥家薪要回松滋探親，他說他會去看大寶哥及毛弟；不久他來信說，芝舫叔不但沒有送毛弟去上學，每天叫他去放牛，當傭人般看待，下月他回武漢是否要把毛弟帶回來？那時爸爸媽媽帶了大妹、哈弟已去了上海，外婆當家哪敢替父親作主，因此在家薪哥回來時便沒有把帶毛弟回來。

不久內戰展開激烈，中共已占領了大半江山正逼南下，上海、南京以及武漢局勢不安，父母帶了大妹、老哈弟已隨政府飛往廣州，因此父親來電叫我們立刻帶著簡單行李去廣州與他們聚合。外婆還很猶豫，因為捨不得家中的東西，張阿姨及家薪哥則一再催促外婆及我們趕快離開。那時母親的堂弟福寶及他的太太玟華借住在我們家，便由玟華帶著外婆、杏子的保姆周媽、廚子道統以及在武漢留下的孩子們搭粵漢鐵路去廣州。當時逃離的人很多，幸好那時匯東叔是鐵路局長，所以車票沒有問題。經過三天的行程終於到了廣州，那時立法院的委員都暫住在鳳凰酒店，廣州的市區非常熱鬧，尤其是餐館及賣小吃的攤販到處林立，俗話說「吃在廣州」真是名不虛傳。記得有一次父親的朋友請父親、母親到一家專門賣一樣菜白切雞的餐館吃飯，爸爸帶了我去。餐館生產興隆，裡面坐滿客人，這是我一生覺得最好吃的食物，那雞肉真是又嫩，又滑，又鮮。廣州近郊的名勝古蹟也不少，像黃花崗七十二烈士及白雲山、珠江大橋我們都去過。廣東人吃的東西真廣，有一天我們這一群孩子跑到菜市場去玩，看到有一肉攤掛了一排去了皮有兩手兩腳的動物，我們好奇地問旁邊的路人那是什麼，那人向前望望忽然轉頭睜大眼睛對我們說：「那是剝了皮的小孩子。」嚇得我們大叫，轉身拚了命的跑回旅社。後來才知道那是貓肉。又有一次看到一位旅社服務生在那吃午飯，似乎吃得津津有味，我跑過去一看是燕蛋，但裡面有一條條紅色像蜈蚣的東西。我問他那是什麼，他說：「是紅蟲，生在水裡，好吃得很。」我聽了伸伸舌頭。

共產黨以組織戰起家，地下工作人員幾乎滲透到各種階層，戰爭一旦爆發裡應外合，整個中國大陸如排山倒海一一被中共占領。不久消息傳來武漢已經失守，中共在武昌蛇山掛了一張十多丈的長布條，上面寫著父親的名字：「活捉熊東皋」。沒多久，大寶哥神通廣大竟然在廣州找到我們，外婆及母親都緊張萬分，因為父親時常病發，如果讓他見到大哥不是會被活活氣死？同時也想到算命先生都說他克父親，一家老小全靠父親生活，如果果真如此，以後可怎麼辦？因此覺得大哥不能留，必須返回松滋。於是母親給了大寶一筆路費，兩天後大哥再次離開我們。母親一直沒有把這件事告訴父親，等到我們去了台灣才對父親提起。父親嘆了口氣說：「既然他已到了廣州，就應該帶他一起來台灣。」想不到這一別卻改變了大哥的整個命運。

大哥離開了廣州非常彷徨，要回松滋沒有路條也不可行，於是他想起父親過去的一位老友潘經堂在湖南長沙，他也神通廣大，竟然找到了他。由於他的幫忙得到路條，終於又回到松滋。那時芠舫么叔因是地主已經逃往漢口，躲在一位做茶莊的鄉親閣樓上，然後經廣州去了香港。因此大哥帶了毛弟住在大媽家裡，這位善良鄉下女人，雖然一輩子得不到丈夫的愛，卻對大哥、毛弟如同己出。這時外面人心惶惶，大伯的長子家廷因平日作惡多端，強占民婦，因此要遭到地方的清算；他知道自己脫不了身，因此在清算前晚身上綁了石頭跳水自殺，哪知卻被人發現拖了上來，次日經過清算，在廣場上當眾槍決。大哥及毛弟每天躲在家裡不敢外出，大哥覺得這樣下去不是辦法，計畫去武漢闖闖。他跟毛弟商量後帶了幾件衣服離開了大媽，在快到碼頭時毛弟突然改變主意，他說他要回去，大媽一人在家沒人照顧，大哥再三勸說，他也不聽，回頭就走了。大哥到了武漢，首先他想到映濱叔，就暫時住在他家一段時期。他開始讀書、練字，他已經覺悟到現在只有靠自己才能生存，他準備再進學校將來做位老師。其實大哥智慧很高，經過半年苦讀，在幾位親友生活幫助下，他終於以同等學歷考進師範學校；數年苦讀下來，在湖北房縣找到一份小學老師教書工作。在他工作穩定之後就把毛弟接來與他同住，同時教他讀書、練字，生活雖辛苦還算平安。大概過了幾年，大哥聽到風聲，上級對他身分已開始懷疑，他怕牽連毛弟，只好儘快將毛弟送回松滋大媽家。果真，不久他被送進勞動營改造，每天在烈日下挖地做苦工，為了希望有好的表現早日出去，因此他工作比人家更勤勞。有天正在低頭工作時，忽然聽到一陣清脆的聲音：「下工了，歇歇吧！」大哥抬頭看看是位長相甜美的年輕的女子，大哥停下工來，對她笑笑。這位年輕女郎叫陳君梅，父親是富商，生性活潑，喜歡唱歌、跳舞，整天遊樂，被冠上「小太妹」——資本主義的遺毒，送來改造。

自此以後大哥與陳君梅有機會總是連在一起，彼此都有好感而產生了愛情，一年後他向上級申請結婚，幾經周折總算被允許了。婚後住在一間陳舊的小屋內，不久陳君梅懷了身孕，大哥工作更是努力，希望能早日出去。次年小寶寶終於誕生，是個女娃娃，有天君梅奶水不足，自己也餓得發狂，在半夜裡偷偷溜進公共食堂廚房偷了兩個饅頭回來充饑。那年冬天氣候很差，每日風雪交加，君梅抱著孩子冷得發抖，便叫大哥到農場抱些稻草擋住牆縫漏進來之冷風。大哥冒著風雪到農場抱了一把稻草，手足凍得發麻往家跑，一不小心跌到雪地上，他痛得躺在地上，想起了從小把他帶大的外婆、爸爸媽媽和弟妹，那時家中環境那麼好，自己不好好讀書，落得如此下場，便嚎啕大哭起來。自此之後大哥發憤一定要努力建立一個美好的家庭，由於工作表現好加之有副好嗓子，不久被分發藝工隊到各地演出。在生活上略有改進，但他總希望能長期和妻子、孩子在一起。兩年後他退了下來，在十堰市找到一份教書工作，他工作努力也很低調。一九六五年文化大革命發生，雖然受了一些苦，總算渡過了難關，此時消息傳來，曾經接濟過他的映濱叔因與教書學校學生發生同性戀，要被紅衛兵清算，便畏罪上吊自殺身亡。在松滋的大媽因是父親原配，也是紅衛兵鬥爭對象，有天夜裡便懸樑自盡。毛弟也在走投無路之下做了人家上門女婿。一九七五年四人幫終於被打倒，結束了十年紅禍，中國有了新的起步，大哥的工作更加穩定。他常說共產黨雖帶給他一些困苦，也改變了他整個人生，否則他便是一個標準的紈袴子弟。

家薪哥是父親二哥的兒子，中日戰爭期間便送來我家，由父親供他上學。他那時才十六歲，為人非常老誠、忠厚，在校成績也不錯，抗戰勝利後他返回松滋看望父母。平日他跟母親聊天時，母親因自己有所感受，常灌輸他一些新思想，認為舊式的婚姻造成多少人的不幸。家薪哥從小就訂了婚，但從來沒有跟這女孩子見過面，在他回到家第二天他的父母要他趕快成親，他卻堅決反對這項親事，他娘哭得半死，他實在受不了，待了一週拿了行李跑到漢口來投靠父親。

他因成績不錯，順利地進入一家專科學校，爸爸媽媽一向把他當自己的孩子，因此他生活得很快樂，我們一起去踢足球、郊遊，一學期過後他變得很神祕，常常一人在房間把門關了寫日記，有時他會自動講故事給我及毛毛弟聽，但故事發生地點都在蘇俄。記得他曾把無名氏的小說《北極風情畫》講給我們聽，但故事發生地點及人物也都在蘇俄。他也常講一些在中國地主迫害農民的故事，許多年輕學生為了打倒地主參加革命，但一批批年輕人被抓起來，當他們被執行槍斃前都大喊：「共產黨萬歲！」那時我心中有種感覺：「家薪哥會不會是共產黨？」我把我的感覺告訴母親，不料母親卻對我說：「不要亂說話，家薪哥怎麼會是共產黨？」

記得有一天，我覺得無聊，在父親的書房抽屜裡翻來翻去，忽然看見一支鋼筆，正當我覺得好奇把他拿在手裡，忽然背後有人一手把我手抓住說：「危險！」我回頭一看是家薪哥。他對我說：「你不要隨便動你爸爸的東西，這是你爸爸用來做防衛的武器。」我聽得丈二和尚摸不到頭腦，於是家薪哥小心把鋼筆打開，取出一枚小型槍彈給我看，我嚇了一跳，他又把它裝回去放進抽屜裡。事後我覺得奇怪：家薪哥怎麼知道父親的東西這麼清楚？他怎會跑到父親書房來？父親為什麼要有這種武器？

有天家薪哥對我和毛弟說，他有位同學也有兩個弟弟，每次到他家這兩個弟弟可真有禮貌，給他倒水、倒茶，走時一直送到門口，於是他說假如他的朋友到我們家來，我們也會這樣做嗎？我跟毛弟理直氣壯地說：「我們會做得更好！」不久他有位張姓同學到我們家來了，此人看來十分嚴肅，戴副眼鏡，穿黑色中山裝，我與毛弟爭著替他倒茶，他只是點點頭沒有什麼表情，在他走時又送他到大門口，並大聲喊：「再會！」此後他又來過兩三次，我跟毛弟每次都熱情招待他，他此時臉上才露出一絲笑容。家薪哥為此非常高興，對我及毛弟大大讚揚。

自我們離開漢口赴廣州後就沒有再見過家薪哥，直到四十多年後與我大哥見面才知道，家薪哥與張阿姨都是潛伏在我們家的共產黨，他那位張姓同學是他的上司，他所以要我們那樣對待他的朋友，也是為了保護我們。在武漢時局緊張時，家薪哥及張阿姨是最鼓勵我們離開的人，我想他們念在多年相處的恩情，才如此做的。

第二十章　別了，廣州

在鳳凰酒店住了大約半個多月，立法院在郊外分配了每家有兩房一廳的宿舍，我們於是搬了進去，雖然擠一點，勉強還可以住。父親此時舊病又發多半躺在床上休息，我們小孩子每天在外跑著玩。可能此地過去是墳場，常常見到大水缸裡面塞滿了一大堆屍骨，也常見幾條野狗在此徘徊，景色十分淒涼。在這種環境下，孩子們真是沒有什麼地方可以去玩，好在宿舍中間有一廣場，孩子們都集中在那兒玩遊戲。有天孩子們玩得正起勁，忽然衝進來兩隻大狼狗，對著我們汪汪大叫，嚇得我們四處奔逃。

有一天見到遠遠走來一位穿白襯衫、卡其長褲的年輕人，原來他是漢口國民黨所辦的《武漢日報》的名記者楊士鴻。楊在漢口乃一風頭人物，不但人長得高大英俊又是足球隊健將，更能跳得一手好交際舞，衣著時髦，為人風流，不少婦女為之傾心。他有兩位太太，小太太曾是漢口紅舞女董美麗，兩位太太都替他生了一個孩子。那天他顯得很憔悴，他告訴父親，漢口失守後，他連家人都來不及告訴，隻身從報館逃出，躲躲藏藏好不容易逃到湖南轉來廣州。他見父親臥病，坐了一會便說要去看看徐源泉先生，父親見他連換洗的衣服都沒有，便對他說看完徐先生請過來一趟，我會找包衣服給你，但他走後就一直沒有再回來。

在我家隔壁住的一家是美僑姓費的立法委員，先生是在美國土生土長，太太是從江蘇去美國求學認識的。費先生不會講國語，費太太常常與母親聊天，談了許多在美國生活的趣事。記得她說有一次她一手摟著年幼的孩子一手駕車去機場接她的先生，每小時開車一百公里，我們聽了都伸伸舌頭，覺得這個女人真了不起。他們有個女兒大約有四歲與哈弟同年，長得乖巧伶俐，哈弟很喜歡她，有時還吻她小臉，真是兩小無猜。

共軍如洪水氾濫已逼近廣州，人心惶惶，國民黨政府決定撤退遷往台灣。於是立法院為立委及他們家屬準備了一艘郵輪經香港直開台灣基隆港，所以在新宿舍住不到一個月我們又得離開。那天碼頭擁擠，船距離碼頭頗遠要走過一甲板才能上船，當我們正要經過時，杏妹忽然滑了一跤，半邊身體已落水，父親手快一把抓住她的左手拖了上來，否則後果不堪設想。船上亂哄哄的一團，我們運氣不壞占有一單獨臥房。可是船停了很久都未開動，只聽到外面又是一陣喧譁，有人說船載重過量不能開船，一直到傍晚船終於開動了，只見外面黑壓壓的一片，什麼也看不見。

次日中午船到香港，大約要停留四十分鐘，此時父親很不舒服心中發燥想吃西瓜，叫我上岸去買。這時也有一些人上岸，我跟了人群上了岸。上了岸沒有看到有賣西瓜的，我問碼頭的工人何處有賣西瓜的，那工人說上了山坡往裡走。我也不知走了多久終於看到一賣西瓜的攤子，我付了錢抱了西瓜就跑，心中又急生怕船開了，跑得滿頭大汗、氣喘如牛終於來到碼頭。哪知船上工人正在收甲板準備開船，於是我大叫大喊，船上有許多人看到了，馬上叫工人把甲板放回去。那甲板很窄又無扶手，我抱著西瓜像馬戲班藝人走繩索一樣一步步走了過去，望著深深的海水好像人一直要往下墜，咬緊牙關好不容易登上了船，看到的人都為我捏一把汗，紛紛鼓掌。

不久船就開動，父親吃了西瓜感覺舒服一點，昏昏睡了，我走到甲板上遙望香港愈離愈遠，逐漸那山頂上的白塔也看不見了，心中起伏著無限感觸，此去不知何時能重返大陸。我懷念度過童年的四川，那高山、揚子江上的漁舟、長長的白色沙灘，武漢的黃鶴樓、東湖、蛇山，及廣闊的江漢關碼頭，那兒有我的兄弟，也有我最要好的朋友，這時我不能自禁地流下了眼淚。

全書完

釀文學273　PC1082

揚子江邊的故事

作　　者　熊家基
責任編輯　石書豪
圖文排版　黃莉珊
封面設計　吳咏潔

出版策劃　釀出版
製作發行　秀威資訊科技股份有限公司
114 台北市內湖區瑞光路76巷65號1樓
電話：+886-2-2796-3638　傳真：+886-2-2796-1377
服務信箱：service@showwe.com.tw
http://www.showwe.com.tw
郵政劃撥　19563868　戶名：秀威資訊科技股份有限公司
展售門市　國家書店【松江門市】
104 台北市中山區松江路209號1樓
電話：+886-2-2518-0207　傳真：+886-2-2518-0778
網路訂購　秀威網路書店：https://store.showwe.tw
國家網路書店：https://www.govbooks.com.tw
法律顧問　毛國樑　律師
總 經 銷　聯合發行股份有限公司
231新北市新店區寶橋路235巷6弄6號4F
電話：+886-2-2917-8022　傳真：+886-2-2915-6275

出版日期　2022年12月　BOD一版
定　　價　350元

讀者回函卡

Printed in Taiwan

國家圖書館出版品預行編目

揚子江邊的故事 / 熊家基著. -- 一版. -- 臺北
市 : 釀出版, 2022.12
面 ; 公分. -- (釀文學 ; 273)
BOD版
ISBN 978-986-445-751-9 (平裝)

857.7 111019022